劳伦斯小说的伦理维度研究

白雪花 著

南京大学出版社

图书在版编目(CIP)数据

劳伦斯小说的伦理维度研究 / 白雪花著.—南京：南京大学出版社，2023.10
ISBN 978-7-305-26969-1

Ⅰ.①劳… Ⅱ.①白… Ⅲ.①劳伦斯(Lawrence, David Herbert 1885—1930)-小说研究 Ⅳ.①I561.074

中国国家版本馆 CIP 数据核字(2023)第 078013 号

出版发行	南京大学出版社
社　　址	南京市汉口路 22 号　　邮编 210093
书　　名	**劳伦斯小说的伦理维度研究**
	LAOLUNSI XIAOSHUO DE LUNLI WEIDU YANJIU
著　　者	白雪花
责任编辑	郭艳娟
照　　排	南京紫藤制版印务中心
印　　刷	江苏凤凰通达印刷有限公司
开　　本	880 毫米×1230 毫米　1/32　印张 8.375　字数 200 千
版　　次	2023 年 10 月第 1 版　2023 年 10 月第 1 次印刷
ISBN	978-7-305-26969-1
定　　价	39.00 元
网　　址	http://www.njupco.com
官方微博	http://weibo.com/njupco
官方微信	njupress
销售热线	(025)83594756

* 版权所有，侵权必究

* 凡购买南大版图书，如有印装质量问题，请与所购图书销售部门联系调换

目录

导论　1

第一章　生存个体及个体间关系：劳伦斯小说中伦理的经验维度　61

　　第一节　内在体验作为个体伦理的基础　65

　　第二节　内在体验之问题化：他者的初现　95

第二章　找寻理想他者：劳伦斯小说中伦理的辩证维度　115

　　第一节　逃离的旅行书写与"美国式自我"　122

　　第二节　对话与差异的存在：理想他者的可能　138

第三章　共通体的想象性构建：劳伦斯小说中伦理的本体维度　167

　　第一节　塞尚的苹果：劳伦斯晚期的艺术本体观　171

　　第二节　共通体的构建：伦理问题的本质　184

结论　223

参考文献　237

后记　262

导 论

导 论

大卫·赫伯特·劳伦斯(David Herbert Lawrence，1885—1930)是 20 世纪英国文学史上具有特殊而重要意义的小说家，其创作颇丰，著有十部长篇小说、九部戏剧、十部诗歌集以及大量中短篇小说、戏剧、诗歌、非虚构类的文学评论、书信、游记和散文随笔，等等。包括《儿子与情人》(*Sons and Lovers*，1913)、《虹》(*The Rainbow*，1915)、《恋爱中的女人》(*Women in Love*，1920)、《羽蛇》(*The Plumed Serpent*，1926)以及《查泰莱夫人的情人》(*Lady Chatterley's Lover*，1928)在内的小说作品在学界都备受关注，同时也引起过较大的争议。劳伦斯在英国文学批评史上一直是个有争议的作家。尽管如此，劳伦斯在题材选择、语言运用、思想深度以及文体原创性与突破性等方面所表现出的天赋却一直备受赞誉。著名文学批评家利维斯(F. R. Leavis)认为劳伦斯的创作实则体现了一种道德层面的严肃性，并将其与奥斯汀(Jane Austen)等小说家共同纳入英国文学传统的体系之中。在其《伟大的传统》(*The Great Tradition*，1948)一书中，利维斯肯定了英国小说家与以福楼拜为代表的法国作家对生活的厌倦和鄙夷截然相反的品质。这些英国作家"对生活抱有一种超常发达的兴味，吐纳经验的肺活量，一种面对生活的虔诚虚怀，以及一种明显的道德热诚"(14)，而劳伦斯就是其中一位。不同的是，"他投身到了最是艰难也最见持久的创造性的劳动中，而且作为小说家，他代表的是生机勃勃且意义重大的发展方向"(38)。

劳伦斯在"'形式'、手法和技巧上是个非常大胆而激进的革新家。他在《儿子与情人》获得评论界的成功却无法获取公众的认同后便试图创造新的写作模式。然而，驱使劳伦斯去发明和实验新的写作方式的，则是他对生活所持有的至为严肃而迫切的关怀，比乔伊斯(James Joyce)在与过去和将来的关系上更显意义重大；就技巧的发明家、革新家和语言大师而论，也更具真正的创造性"(41—42)。从一方面来看，利维斯为劳伦斯"正名"的举动在一段时间内对文学评论界乃至整个社会对于劳伦斯作品的片面解读给予批评态度，为作家本人"正名"；另一方面也揭开了学术界针对劳伦斯作为现代主义作家的本质诉求——对于战后英国现代工业文明社会存在问题的深入洞察以及伦理秩序的重建，进行重新解读和挖掘的新篇章。利维斯对劳伦斯作品意义的肯定创造了学界重新审视其作品的新机遇。他认为，"劳伦斯作品所富有的见解、智慧，以及对于人们健康状况的复苏作用正是岌岌可危的英国文明所需要的"(Leavis xiii)。也许劳伦斯的作品并未教给我们判别道德是非的明确标准，然而他对于情感、性、社会以及宗教等问题的探求本身便是他对于人类最基础和本真性问题的历险过程。他提出诸多现实问题，包括"现代社会群体、自由与约束、性与人类身份、爱与权力、语言与真相等。劳伦斯的散文与诗歌不断地探寻何为活着以及真正意义上的人这一问题"(Squires and Cushman 4)。这些关于人存在本身的话题的探讨都涵盖了劳伦斯对社会现实和生存问题的关注

导　论

与思考。

　　劳伦斯作品中对现实的关注在其多类别的散件作品中已然彰显。在他至亲为他撰写的传记中,例如杰西(Jessie Chambers)认为"生活直接被纳入他的作品中",而著名的劳伦斯研究者理查德·奥尔丁顿则肯定了劳伦斯作品与其个人境况及周遭的关怀。这里的境遇与生活则是劳伦斯生长的英国矿区。劳伦斯本人的生长环境是整个英国工业社会的缩影。

　　劳伦斯在思考与批判英国社会问题时也体现出一种超前意识。国内著名劳伦斯小说译者黑马认为,劳伦斯在 20 世纪伊始就已经显现出其揭示现代社会各种弊病的"后现代性"意味。[①] 劳伦斯在小说中通过语言和意象表现了现代文明瓦解崩溃的整个过程。不管如何评价他,他所起到的作用就同种子一样(Callow 12)。梅勒(Norman Mailer)也肯定了劳伦斯作品体现出的超越其自身所处时代局限的原创性与实践性,具有一定的前瞻意义,

> 他的思想并不能够单纯地取得胜利。这些思想需要在他那英式怀疑主义的砧板上考验、加热,几经锻造,最终被击打得面目全非。即便这样,这些思想也不能被接纳,至少不被完全接纳,因为就连他笔下的角色本身都仿佛被这些思想折磨得疲惫不堪。(138—139)

[①] 具体参见黑马所著的《文明荒原上爱的牧师:劳伦斯叙论集》,新星出版社 2013 年版,第 325—326 页。

梅勒肯定了劳伦斯敢于实践创新的勇气，也暗示其写作中所隐含渗透的思想被普罗大众接受的难度。当代著名文学评论家布鲁姆（Harold Bloom）则认为劳伦斯对于有关人性、爱以及心理的、生理的多重生存状态的书写体现出他的一种特殊的能力："有关生存状态、意识模式以及意志的矛盾性被表达得不可思议般简洁而生动，因为在小说中对于这些主题举重若轻般的呈现几乎前所未有。劳伦斯作为一名非凡作家的能力就在于，他能够言说那不可言说之事，表现那不可表现之物。"(12)伍尔夫曾经论及"劳伦斯不是安定而令人满足的社会的一员，这也解释了其作品中充斥的不安感及对所抑制之物的渴求"（Woolf 354—355）。学者亚历山大（Edward Alexander）也从这方面肯定了劳伦斯文学思想的重要意义："劳伦斯希望用文学的方式改变社会。他坚持其自身感觉与自然事实的统一，想象与真理以及直觉与道德原则的和谐。"(249)这些学者的关注一方面强调了劳伦斯写作中透露出的强烈责任感与道德维度，另一方面也说明，劳伦斯的作品在生存、伦理和道德等多个当代西方文学研究主要议题上同样具有重要意义。由此可见，劳伦斯的小说研究，尤其是与其思想与伦理诉求的结合方面，尚有进一步挖掘的空间，值得引起学界的重新重视。

国外研究情况概述

作为20世纪英国文学史上最具影响力的作家之一，劳伦斯对于英美文学与世界文学的意义不言自明。在文学批评界，有

导　论

关劳伦斯的批评论著与论文不计其数。就劳伦斯研究的整体情况而言,根据劳伦斯的创作轨迹(尤其自《儿子与情人》开始)及其作品在当时社会的读者接受度及舆论反响,国外针对劳伦斯的研究经历了争议阶段、正名定位阶段以及多样化、专业化研究阶段三个较为明显的分期。近些年来随着研究的深入,国外劳伦斯研究也逐渐呈现出对其哲学思想、意识形态以及伦理观等侧重于其思想理论性和整体性的关注。

国外劳伦斯研究的第一阶段主要集中于传记、背景方面。由于时代和社会的局限性,劳伦斯的作品在当时争议较大,常常遭到指责,甚至被查禁,因此,该阶段研究主要集中于作品内容以及常见主题的分析与评述。当时 E. M.福斯特、T. S.艾略特都对其有所评价。福斯特认为劳伦斯是作家中"唯一具有先知先觉意识的,他的伟大以美学为源泉,从内心发射着大自然的光彩"(33—34);而艾略特则评价其为"一个着了魔的人,一个天真无邪的抱着救世福音的着了魔的人"(35)。在劳伦斯去世之后,其多位亲友为其出版了回忆录、传记等。[①] 这些传记类作品从劳伦斯的个人生活、创作经历等方方面面的经验披露和展示,为其作品和思想提供了丰富的一手资料和背景知识,为后人对其创作观的深入研究奠定了基础。

到了20世纪五六十年代,利维斯在《伟大的传统》和《小说家劳伦斯》(*D. H. Lawrence: Novelist*, 1955)中为劳伦斯正

---

① 如奥尔丁顿(Richard Aldington)的《劳伦斯传》(*D. H. Lawrence*, 1930)、钱伯斯(Jessie Chambers)的(*D. H. Lawrence: A Personal Record*, 1936)以及弗瑞达(Frieda von Richthofen Lawrence)所著的《不是我,是风》(*Not I, But the Wind*, 1934)。

名。与此同时,企鹅出版社《查泰莱夫人的情人》一书诉讼案获胜并解禁,成为劳伦斯作品命运的重要转折点,甚至可以说"劳伦斯产业"也应运而生。这期间,劳伦斯各种体裁的作品都开始大量出版,包括《火凤凰》(*Phoenix: The Posthumous Papers of D. H. Lawrence*, 1936)的重印,《火凤凰Ⅱ》(*Phoenix Ⅱ: Uncollected, Unpublished and Other Prose Works by D. H. Lawrence*, 1968)以及诗歌、戏剧、绘画作品全集等。① 可见,此时劳伦斯的影响力逐渐开始凸显,其批评者的研究也随之深入,并呈现出多样化的特征。② 在早期传记、背景研究资料的基础上,此时的研究者进一步通过文本细读,对其作品及思想进行较为全面、公正而客观的评价,深入小说文本内部试图为其思想定性。

随着文学批评范式的不断推演,劳伦斯研究者结合其作品中的各种主题,在心理分析、女性主义、马克思主义文化批评、结构主义等不同的批评视域和理论观照下对其作品进行了多样化阐释。在心理分析批评领域,代表性的专著包括霍夫曼(Frederick J. Hoffman)所著的《弗洛伊德主义与文学思维》(*Freudianism and the Literary Mind*, 1945)、韦斯(Daniel A. Weiss)的《诺丁汉的俄底浦斯》(*Oedipus in Nottingham*, 1962)

---

① 具体参见 Becket, Fiona. *The Complete Critical Guide to D. H. Lawrence*. London: Routledge, 2002.

② 其中代表性的研究论著包括斯皮尔克(Mark Spilka)所著的《劳伦斯的爱情伦理》(*The Love Ethics of D. H. Lawrence*, 1955)、古德哈特(Eugene Goodheart)的《劳伦斯的乌托邦想象》(*The Utopian Vision of D. H. Lawrence*, 1963)、克拉克(Colin Clark)的《溶解之河》(*River of Dissolution*, 1969)、穆尔(Harry. T. Moore)的《爱的传教士》(*The Priest of Love*, 1974)等。

以及卡维奇(David Cavitch)的《劳伦斯与新世界》(*D. H. Lawrence and the New World*,1969)等。① 而在女性主义批评领域,众所周知,米利特(Kate Millett)在其博士论文《性政治》(*Sex Politics*,1970)中将劳伦斯作品中用来反对工业文明的两性描写主题及手段定义为一种性政治,是一种男权社会思想的产物。米利特对于劳伦斯的定位又一次将劳伦斯推到了舆论的风口浪尖,于是,他在70年代再一次成为众矢之的(Arai 2)。尽管米利特的论调在一定程度上奠定了劳伦斯研究在女性主义批评界的基础,其他学者对劳伦斯笔下的女性主题仍有不同的释读。麦克劳德(Sheila Macleod)在《劳伦斯笔下的男人与女人》(*Lawrence's Men and Women*,1985)一书中将劳伦斯式主体的呈现同对其文本的"象征含义"的理解结合起来。相比于米利特而言,麦克劳德并非仅仅针对阶层、性别以及种族等单一主题的文本分析(Becket,*Complete Critical Guide* 147),而是考虑到了劳伦斯的思想本身以及作品意义的整体性,因此更注重人物的普遍象征性。

自20世纪90年代开始到21世纪,剑桥系列作品的相继出版标志着劳伦斯作品基本实现了经典化过程(Royle 178)。与此同时,劳伦斯研究也进入新的阶段,脱离受所处时代影响而形成的单一而略显片面的解读视角,逐渐呈现出多样化、专业化与精细化的特征。这一阶段主要体现在一些具有代表性的高水平论文及专著上。这些研究试图逐渐挖掘劳伦斯小说创作背后所

---

① 贝克特(Fiona Becket)认为这些早期的心理分析批评研究都是劳伦斯小说中的弗洛伊德理论的注脚或者变体。参见 Becket, Fiona. *The Complete Critical Guide to D. H. Lawrence*. London: Routledge, 2002: 136.

隐含的思想线索。其中,英格索(Earl G. Ingersoll)的《劳伦斯,欲望和叙事》(*D. H. Lawrence, Desire, and Narrative*, 2001)撇开了此前研究者们对劳伦斯作品偏重于"作者说"的传记式考察,转而在后现代(主要是后拉康)语境下探讨其主要小说中的欲望主题如何推进小说叙事。诺丁汉大学劳伦斯研究专家约翰·沃森(John Worthen)所著的《劳伦斯:一个局外人的生活》(*D. H. Lawrence: The Life of an Outsider*, 2005)则以"局外人"为关键词,融合传记与评述的形式全面总结劳伦斯的整个创作生涯,应该是继利维斯所著《小说家劳伦斯》之后有关劳伦斯最为重要的传记作品。不同于单纯的作家生平与现实生活的简单陈述,沃森以劳伦斯的生活经历为时间坐标,实际上试图描摹出其内心与思想的成长轨迹及其同文学创作的紧密关联。沃森从文学与社会的双重身份出发探究劳伦斯被称为"局外人"的深层原因,进而定位其小说在英国文学史乃至世界文学史上的独异性与重要意义。扬波列夫(Irena Yamboliev)以劳伦斯小说作品中的彩色玻璃意象为研究对象,分析其小说中的象征逻辑(representational logic),即如何通过外部环境去塑形心灵内部。[①]这篇论文强调了劳伦斯小说中象征的运用与其思想的重要关联。

在当代西方思潮思想的多元化影响下,文学批评逐渐呈现出理论转向的趋势。在此影响下,劳伦斯研究者同样在多种哲学理论流派和文学批评理论的观照下,从较为新颖和理论化的

---

① 具体参见 Yamboliev, Irena. "D. H. Lawrence's Stained Glass." *Twentieth-Century Literature* 67.1(2021): 1-30.

视角重新释读劳伦斯的小说作品,挖掘其作品深层次的理论意义,以及与当代哲学及社会重要议题息息相关的当下意义。

部分劳伦斯研究者注意到了劳伦斯作品的当代性,同时试图将劳伦斯所有体裁的作品作为一个研究整体来考察。因此,他们在重新解读劳伦斯重要小说文本的基础上,尤其重视兼顾非虚构作品之于小说解读与作者创作思想的重要意义,分别围绕劳伦斯小说中的"存在"、"意识形态"以及"后人类"等当代哲学界以及文学批评界的重要主题,试图界定劳伦斯作品的总体思想特征。

在这类研究中,英国学者弗尼豪尔(Anne Fernihough)的专著《劳伦斯:美学与意识形态》(*D. H. Lawrence: Aesthetics and Ideology*,1993)颇具代表性。弗尼豪尔将劳伦斯的身份定位为艺术评论家或谓艺术理论家,认为其思想可作为一个整体来考量。无论是小说、文学批评、绘画还是其他创作形式,都是他的同一种"符号学方法"(semiotic approach)(14)。小说作为其中一种形式,折射出劳伦斯有关美学、政治以及社会的综合考量与反思,从而实现其"美学"愿望。在该论著中,弗尼豪尔还将劳伦斯各类体裁作品中所蕴含的思想与1910到1930年间以海德格尔为代表的德国哲学家的艺术观进行类比,认为他们都善于提炼有机的隐喻(organic metaphor),进而批判现代社会的唯心主义倾向。他们共同关注资本主义社会工业以及科技样态对环境的影响以及可能产生的后果,同时也试图挖掘艺术中的政治维度及其蕴含的反帝国主义的潜质。在这部专著中,劳伦斯作为文学、艺术评论家甚至思想家的当代性得以凸显,因此可以说该书是近年来劳伦斯思想研究的重要作品,为其思想的深度探索与当代性释读奠定了坚实基础。

除了弗尼豪尔,还有一部分研究者同样关注到劳伦斯作品中的思想性,在当代哲学理论的观照下进一步进行深度解读。蒙特哥梅尔(Robert E. Montgomery)的《幻想家劳伦斯:超越哲学和艺术》(*The Visionary D. H. Lawrence: Beyond Philosophy and Art*, 1994)一书将劳伦斯置于英美哲学和欧陆哲学两种思想传统语境下考察,将其与叔本华、尼采、赫拉克利特等哲学家的思想进行对比和考察。贝克特(Fiona Becket)的专著《劳伦斯:作为诗人的思想者》(*D. H. Lawrence: The Thinker as Poet*, 1997)主要透过隐喻这一概念,来理解劳伦斯不同创作时期的作品。作者认为,劳伦斯并不是将隐喻作为修辞去理解,而是作为一种生存性的理解模式。贝尔(Michael Bell)的专著《劳伦斯:语言与存在》(*D.H. Lawrence: Language and Being*, 1992)是一部"系统、详尽地叙述在劳伦斯小说创作生涯所贯穿的哲学思想的论著"(Gindin 536)。贝尔将研究重心放在了劳伦斯语言观的本体论维度,提炼出劳伦斯作品的"叙事本体论"(narrative ontology)这一重要概念,探讨了劳伦斯以语言为媒介,试图揭示其本体论的视野和思想,阐述语言如何在世界和自我之间调和,揭示其对人类存在层面思考的原始性与独特性。[①] 弗纳尔德(Anne E. Fernald)的论文《"局外状态":劳伦斯作品中的异化与胁迫主题研究》("'Out of It': Alienation and Coercion in D. H. Lawrence", 2003)同时以论

---

① 具体参见 Bell, Michael. *D. H. Lawrence: Language and Being*. Cambridge: Cambridge University Press, 2011.

文《无意识幻想曲》和小说《恋爱中的女人》为范本,分析劳伦斯小说叙述语言和人物塑造中的技巧与策略,认为这些实则体现了劳伦斯将现代主义所体现的政治倾向问题化的尝试,而并非简单地、系统地将文本表现为意识形态,从而对读者和大众进行说教。① 华莱士(Jeff Wallace)的专著《劳伦斯、科学与后人类》(*D. H. Lawrence, Science and the Posthuman*, 2005)颇具原创性地指出,劳伦斯作品有意反对现代工业文明与科学影响下的工具理性,其作品与后结构主义和解构主义思想有着一定关联。他的写作思维是高度抽象化的后人类主义的表现。这部专著同样突出了劳伦斯超越其时代的创作视野与创作思想,同当代文学研究中的后人类主题探讨形成对话。

总体上来看,20世纪90年代以来的专著较之前研究来说,一方面更注重劳伦斯作品的整体性意义,关注其作品蕴含的价值及思想内涵;另一方面关注劳伦斯思想的"当代"意义,或者可以被称作其超越自身所处时代而彰显出的前瞻性,并将其同现当代理论学界包括海德格尔等思想家在内的重要概念或观点进行类比和探讨。其中,弗尼豪尔、贝尔以及贝克特都关注到劳伦斯对存在问题的思考及其与海德格尔思想的联系与讨论空间。他们的专著与论文成果为劳伦斯作品思想的深入研究与当代阐释开辟了新的路径,为本研究集中于劳伦斯思想的当代解读与释析的展开提供了重要支撑与借鉴。在文学批评理论转向不断细化与深入的背景下,有关对劳伦斯与生存哲学关联性的探索

---

① 具体参见 Fernald, Anne E. "'Out of It': Alienation and Coercion in D. H. Lawrence." *Modern Fiction Studies* 49.2 (2003): 183-203.

可以同当今文学批评的伦理学转向①一并思考,可以探寻当代伦理学观点与劳伦斯语境下伦理观之间对话的一种可能性。因此,以伦理为关键词的劳伦斯研究可以构成其思想探索和作品释读的一条有效途径。

在劳伦斯思想研究的基础上,已经有学者以伦理为关键词,尝试结合现当代的伦理学理论观点挖掘劳伦斯文本中所蕴藏的伦理思想内涵,代表性成果包括专著、期刊论文等。这些成果的共同点在于,研究者们肯定了劳伦斯对道德问题的迫切关注,同时结合现当代伦理学、道德哲学以及相关哲学理论的重要概念,结合文本细读方法,以伦理探究为主线,重新释读并进一步挖掘劳伦斯主要小说文本中伦理问题的显现以及构建。在文学批评伦理学转向的语境下,这些成果较为集中而具有原创地探讨了劳伦斯创作思想所具有的伦理维度以及在其部分代表作中的表征。

萨金特(Elizabeth Sargent)和沃森(Garry Watson)合著的论文《劳伦斯和对话原则:他者的陌生事实》("D. H. Lawrence and the Dialogical Principle:'The Strange Reality of Otherness'",2001)结合当代哲学界"对话主义"思想家列维纳斯、布伯以及巴赫金等的对话理论,否定了劳伦斯作品作为其个人宣扬关于性和社会信仰的独断式作品的一贯偏见。文章分析劳伦斯作品中隐含的对话主义与他者思想,认为它们对于当今的伦理学问题

---

① 自20世纪80年代以来,所谓"后现代主义的终结"以及"伦理学转向"成为北美文学批评界最引人瞩目的现象,以《新文学史》(*New Literary History*)于1983年发表《文学与道德哲学专刊》为起点。具体参见陈后亮《西方文论关键词:伦理学转向》,《外国文学》2014年第4期,第116—117页。

的探讨具有一定贡献。

亚瑟(Kenneth Asher)的文章《劳伦斯笔下的情感与伦理生活》("Emotions and the Ethical Life in D. H. Lawrence", 2011)将劳伦斯作品中折射出的道德观与亚里士多德以及当代伦理哲学家纳斯鲍姆(Martha Nussbaum)的道德哲学观点进行对比,强调劳伦斯的作品中个体意识的不可预测性。文章肯定了劳伦斯小说对于伦理思想的贡献,分析了其小说中情感描写所呈现的智性维度,进而显现伦理属性。在劳伦斯语境下,情感是非理性的,在原始自我的运动中伴随而生,而这一点与亚里士多德意义上的情感上的认知元素并不冲突,因为以个人情感为关注点的知识是一种具有伦理性的实践智慧型知识。

相比之下,穆瓦亚尔-沙罗克(Daniele Moyal-Sharrock)在其文章《维特根斯坦与列维纳斯:文学与伦理的实施》("Wittgenstein and Leavis: Literature and the Enactment of the Ethical", 2016)中围绕劳伦斯伦理观的讨论则更为具体。论文提炼出劳伦斯思想中所表达出的道德观,并强调他与维特根斯坦、利维斯同样强调小说作为文学样式的一种,反对命题抽象化的真相表现形式。以具体化的人为基准来探讨道德,就是要将道德去理性化,而将其作为一种态度、一种存在和行动的方式;同时也将道德过程去理性化,道德是通过血液,通过发生的即时性而到达心灵的。①

布恩(N. S. Boone)的文章《海德格尔与列维纳斯间的劳伦

---

① 参见 Moyal-Sharrock, Daniele. "Wittgenstein and Leavis: Literature and the Enactment of the Ethical." *Philosophy and Literature* 40.1(2016): 240-264.

斯:个人主义与他者性》("D. H. Lawrence Between Heidegger and Levinas: Individuality and Otherness",2016)整合了前文所涉及的有关劳伦斯与海德格尔、列维纳斯伦理学思想的相关观点,认为"劳伦斯可以说在20世纪伦理学话语中占据一席奇怪的位置——介于海德格尔个体本真的本体论(ontology of individual authenticity)和列维纳斯的激进他者伦理(ethics of radical alterity)之间"。在已有研究的基础上,布恩补充了两点。首先,布恩具体解释了海德格尔本真性与劳伦斯个人主义思想的关联;其次他还补充了劳伦斯语境下他者哲学中个人与他者的关联,个体不仅会尊重他者,不会同化、吸纳他者,同时个体的主体性也是建立于他者基础上并且由他者所决定。[1] 学者贡纳尔斯多蒂尔-坎皮恩(Margret Gunnarsdottir-Campion)则继续深化了劳伦斯小说中围绕他者的伦理维度。他认为此前有关劳伦斯哲学以及伦理学观点的研究主要是海德格尔式的观点阐发。他探究了劳伦斯的短篇小说《圣·莫尔》所呈现的伦理问题,并在列维纳斯伦理学的语境下阐释小说中所展现的无所不在的他者意识。[2] 以上研究从不同的伦理学或哲学视点,提炼出劳伦斯语境中与列维纳斯他者伦理中的"他者"、"无限"和"他异性",以及海德格尔诠释学中的"本真性"、"共在"等关键概念相关的主题,例如将其主要小说作品中的恋爱关系(如《虹》中的

---

[1] 参见 Boone, N. S. "D. H. Lawrence Between Heidegger and Levinas: Individuality and Otherness." *Renascence* 69.1(2016): 49-70.

[2] 参见 Gunnarsdottir-Campion, Margret. "The 'Something Else': Ethical 'Écriture' in D. H. Lawrence's 'St. Mawr'." *D. H. Lawrence Review* 36.2 (2011): 92-110.

汤姆与安娜,《恋爱中的女人》中的伯金与厄休拉、杰拉德和戈珍)作为个体遭遇他者的典型情境,分析其中个体自身经验的持存,以及同具有无限性和他异性特质的他者之间的动态关系。

除了以上结合当代伦理学概念阐释劳伦斯作品伦理观的研究,还有一些学者试图分析劳伦斯作品在以后人类主义为代表的、同生存和伦理相关的议题中体现出的伦理维度。瑞恩(Derek Ryan)在其《在蛇与飞蛾之后——现代主义伦理与后人类主义》("Following Snakes and Moths: Modernist Ethics and Posthumanism", 2015)中探讨了劳伦斯的动物主题作品中隐含的伦理意义。瑞恩的观点深受德里达的启发。文中瑞恩提到,德里达以劳伦斯诗歌《蛇》为例,提出了一种"不可辨认"哲学的观点:"不可辨认性"是伦理学以及一切规则的开端,而并不是人类的开端。所以只要事物可以辨认,只要有人类,伦理便处于沉睡状态。因此德里达对劳伦斯诗歌的解读可以看成是对列维纳斯"他者"边界问题(如是否包含动物)的一种质疑与回应。瑞恩认为,德里达对劳伦斯现代主义动物美学(animal aesthetics)的解读有后人类理论层面的意义。首先,在面对劳伦斯的文本时,有关人类文化与语言的考量不再具有优先性;其次,诗歌本身的内容与形式也具有非人类中心主义的内涵,因而具有伦理效应(Ryan 290)。因为动物作为人类外的存在,打开了新的时空维度。[①] 从动物的视角出发,瑞恩想要表达的是,劳伦斯的动物诗歌预设了一个场景,那就是人类在后现代的整体语境下,向原始

[①] 具体参见 Ryan, Derek. "Following Snakes and Moths: Modernist Ethics and Posthumanism." *Twentieth-Century Literature* 61.3(2015): 287-304.

动物性复归以获得一种新的生存筹划方式。泰勒(Mark Taylor)的论文通过分析劳伦斯小说中植物般的人物形象,进而在柏格森思想的观照下探讨劳伦斯小说中人类、非人类与超人类的概念划分,及其中的后人类思想意义。①

无论是伦理学、道德哲学,抑或其他哲学(如诠释学)范畴的伦理关注,上述国外研究为劳伦斯小说研究预设了新的伦理场景和理论合理性。一方面,这些研究者普遍认为劳伦斯对于伦理问题的思考具有一定的前瞻性。因此,可以通过援引当代哲学及伦理学的诸多关键概念澄清有关小说文本所隐含的伦理问题,对劳伦斯创作中的伦理考量进行更为理论性的阐释。另一方面,劳伦斯致力于弥合文学与哲学之间的断裂,寓理论观点于文学文本的伦理实践可以与当代伦理学界的一些重要观点展开文学与伦理学之间"阔别已久"的对话。

国内研究情况概述

相比于国外,国内劳伦斯研究变化基本和其作品译介的情况保持一致。20世纪30年代伊始,郁达夫、林语堂对劳伦斯的作品给予了高度评价,饶述一的《查泰莱夫人的情人》译本于1936年出版。直到50年代,国内开始重新评价劳伦斯的作品,由于时代的限制,劳伦斯被定位为反动作家,其作品在国内也被

---

① 具体参见 Taylor, Mark. "The Strange Stimulus of the Forest: Bergsonism and Plantlike Posthumanism in D. H. Lawrence's *Aaron's Rod*." *Modern Fiction Studies* 65.2(2019): 338-353.

封禁。自80年代中后期开始,国内学界对其以主要小说为代表的作品进行大量译介和简单评析,劳伦斯研究的热度也进而有所上升。与此同时,1988年10月中旬在上海召开的首届劳伦斯学术研讨会,以及与会的国内外劳伦斯研究者的论文集结而成的《劳伦斯研究》(1991),可以被看成是国内劳伦斯学界的一次学术成果的展演,对国内劳伦斯研究起到了重要的推动作用。①

进入20世纪90年代,国内劳伦斯研究进入全新起步阶段。在专著和论文集方面,蒋炳贤编选的《劳伦斯评论集》(上海文艺出版社1995年版)、冯季庆的《劳伦斯评传》(上海文艺出版社1995年版)、罗婷的《劳伦斯研究》(湖南文艺出版社1996年版)以及毛信德的《郁达夫与劳伦斯比较研究》(杭州大学出版社1998年版)都是这个阶段具有代表性的成果,在国内劳伦斯专题研究领域开了先河,在研究的整体性和系统性方面奠定了坚实的基础(张涛 6)。期刊论文方面,郝素玲、郭英剑的《劳伦斯研究在中国》[《河南师范大学学报(社会科学版)》1993年第3期]、张涛的《劳伦斯研究在中国:九十年代劳伦斯研究综述》(《社会科学动态》1999年第9期)以及董俊峰、赵春华的《国内劳伦斯研究述评》(《外国文学研究》1999年第2期)等论文,"概括了国内对劳伦斯文学作品研究的不同时期的不同特点,归纳出国内研究劳伦斯的代表学者,如侯维瑞、潘灵剑、蒋承勇和毕冰宾等"(丁礼明 14),总结他们的研究内容并突出他

---

① 具体参见刘洪涛的论文《新中国60年劳伦斯学术史简论》,《南京师范大学文学院学报》2013年第4期,第8—15页。

们研究的意义。尽管如此,此时的国内劳伦斯研究尚且存在着一手资料不足的问题,同时研究较多局限于作品主题内容的梳理和理解层面,深度和广度依旧和国外存在一定的差距。

除了以上集中探讨劳伦斯的论文和专著外,一些国内学者也着眼于英国文学史上劳伦斯的定位与贡献并对他进行了评价。在《英国二十世纪文学史》(1994)中,王佐良、周珏良重点阐述了劳伦斯在现代主义文学,尤其是小说领域的重要意义。作者概述了劳伦斯面对工业文明的悲观现状而展开的三个阶段的创作实践,总结道:劳伦斯"把出路寄托于人的原始的动物性本能上"是一种可悲的行为(326);其笔下人物不幸的根源是源于工业化的发展而导致的人性的畸形,而他试图摆脱工业社会枷锁而建立起的和谐关系是一种"唯心论的探索",只能是幻想,不可能找到解决资本主义矛盾的解决办法(341)。此外,学者阮炜等在《20世纪英国文学史》(1998)中对劳伦斯的作品以及性主题进行较为详细的评述与评价。他认为,劳伦斯更像是"思想、社会意义上的现代主义者",而不是"美学意义上的现代主义者"(125),其小说通常"结构混乱,人物单薄,甚至通过人物之口说教"(127)。阮炜肯定了劳伦斯诗化的创作风格,以及将"社会性主题"和"性心理"问题结合起来的写作手法,同时批判了其"血性意识"及其对现代教育、妇女运动的偏激言论(135—139)。综合来看,一方面,这些国内学者肯定了劳伦斯对于英国文学史不可估量的地位以及作为现代主义作家所具有的革新性;另一方面,他们认为劳伦斯的部分作品为了强调事件的象征意义导致了结构的混乱和松散,同时在面临文明与自然的选择问题方面

导　论

显得过于理想,甚至偏激。[①] 此外,值得一提的是,陆建德探讨了《查泰莱夫人的情人》在国内翻译出版时的各种现象在"启蒙思想的正统信仰"中的典型性,让人们反思"启蒙"语境下对劳伦斯作品的单调和同一化解读,甚至误读。[②] 作者不仅呼吁文明中应该存有禁忌,更重要的是应该正视劳伦斯作品的主题和价值本身。刘须明通过分析西方女性主义批评对劳伦斯的评价过程,证明劳伦斯的研究热度不仅是文学现象,同样也是文化现象,同社会的发展以及一些文学流派的兴起和消亡有一定联系。[③]

进入21世纪,近二十年来的劳伦斯研究无论从研究范围还是纵深程度都有较大提升。这些研究兼顾作品分析与思想探究,结合作品的文化、哲学与历史语境,从不同的理论流派出发,重读劳伦斯的主要小说作品,重新并阐释其中有关情感、政治、宗教等主要议题,其中的代表性专著包括《双重意识与文本变异——民族和文化地理学视域下的D.H.劳伦斯作品解读》(曾利红,上海大学出版社2017年版)、《生态伦理视角下的D.H.劳伦斯小说研究》(薄婷,宁夏人民出版社2016年版)、《重建人类的甸园——劳伦斯长篇小说研究》(蒋家国,湖南大学出版社2003年版)、《文明荒原上爱的牧师:劳伦斯叙论集》(黑马,新星出版社2013年版)等。这些作品理论视角明确,从当代理论角

[①] 参见王佐良、周珏良:《英国二十世纪文学史》,外语教学与研究出版社1994年版,第316—342页;阮炜、徐文博、曹亚军:《20世纪英国文学史》,青岛出版社1998年版,第125 139页。

[②] 参见陆建德:《启蒙精神的正统信仰——从〈洛丽塔〉和〈查泰莱夫人的情人〉说起》,《世界文学》1999年第3期,第290—304页。

[③] 参见刘须明:《是天使还是恶魔——从劳伦斯研究中的女权主义论争谈起》,《当代外国文学》1999年第1期,第128—134页。

度出发为劳伦斯经典新读提供重要借鉴。其中,曾利红从民族与文化地理学出发,聚焦其游记作品中体现出的他异性与差异(7),描摹并阐释不同时期更复杂和更冲突的关系中理解劳伦斯作品中同时存在的"英国特性"和"非英国特性",及其对现代西方文明的反思意义。①

此外,近些年来,国内已有多篇系统研究劳伦斯作品及思想内涵的博士论文,是目前国内劳伦斯研究进展最主要的呈现方式之一。这些论文在当代文学批评语境下,围绕劳伦斯作品中生态意识、生存、空间和情感等主题,对其思想内涵进一步系统性地挖掘。② 具体而言,这些论文涉猎到劳伦斯作品的主题、文

---

① 参见曾利红:《双重意识与文本变异——民族和文化地理学视域下的D. H. 劳伦斯作品解读》,上海大学出版社2017年版。

② 例如,苗福光的《生态批评视角下的劳伦斯》(2006)结合生态批评相关理论,从自然、社会以及精神三个层面探究了劳伦斯的生态思想,描述了劳伦斯作品中工业文明社会影响下自然生态的异化以及人们远离生态自然后的精神失衡。闫建华的《劳伦斯诗歌中的黑色生态意识》(2010)以生态批评理论为依托,通过文本细读,以当代生态诗歌为参照,结合考古学、人类学、自然科学等学科的一些研究成果,从"野蛮人"、动物、死亡等主题对劳伦斯诗歌中的生态意识予以全面考察,来挖掘劳伦斯善用黑色表征生命、生命力的深刻内涵。丁礼明在《劳伦斯现代主义小说中自我身份的危机与重构》(2011)中借助弗洛伊德和拉康哲学思想中有关自我建构的理论视角分析劳伦斯的四部主要现代主义小说,探究小说主人公们置身于工业社会遭受身份危机后如何进行自我建构和重构。李晓岚的博士论文《论劳伦斯小说的情感表现》(2013)则是集中在劳伦斯小说中的情感及其表现这一重要主题,采用以精神分析为主,以英美新批评、结构主义、符号学和读者反应批评为辅的研究方法,对劳伦斯小说的情感表现进行专门、系统、深层次的研究。作者认为"本能情感"是劳伦斯小说艺术表现的核心,试图通过这一概念将劳伦斯小说中的情感体系化。祝昊的博士论文《关于生存理想的言说——论D. H. 劳伦斯的神话书写》(2014)认为劳伦斯是现代小说中神话化倾向的奠基者之一,在创制"现代神话"的过程中表达其生存理想。值得指出的是,该研究以"神话原型"视角切入探讨劳伦斯所言的作为生命的核心线索的"关系本身"的问题,探讨其如何通过深化书写呈现人与人、人与社会关系的存在问题。张琼的博士论文《D. H. 劳伦斯长篇小说矿乡空间研究》(2014)较具

导 论

体以及改写等研究内容,运用诸如后殖民主义、生态批评等批评理论和视角,在劳伦斯小说整体研究的方法与视角上有一定的创新。而在以期刊为主体的其他类型成果方面,国内研究者同样围绕劳伦斯的作品中的宗教思想、生态主题以及叙事、现代主义风格、文学技巧等方面展开深入而富有理论性的探讨,同之前的研究相比更具系统性,与当今文学批评界的整体研究趋势保持同步。其中代表性的期刊论文包括:冯季庆的《反现代性的修辞——D. H.劳伦斯〈恋爱中的女人〉的情调》(《外国文学研究》2010 年第 6 期)、秦烨的《劳伦斯的绘画创作与小说叙事》(《中国比较文学》2012 年第 4 期)以及王立新、祝昊的《D. H.劳伦斯与犹太神秘主义》[《南开学报(哲学社会科学版)》2014 年第 3 期]等。这些研究关注劳伦斯具体作品的重要主题及其微观分析,同时兼顾他作为现代主义作家群体一员的身份的宏观事实,

---

创新性地从空间批评和文学地理学批评视角,结合实地考察,系统剖析劳伦斯长篇说小中矿乡空间及其建构与主题表达、人物塑造和审美追求等的联系,挖掘出当时的文化情感结构,在劳伦斯思想来源、创作过程的背景线索研究层面有重要意义。罗旋的《边界区域中的对抗与对话——D. H.劳伦斯墨西哥小说殖民话语研究》(2015)在后殖民主义理论和文化批评的共同观照下,在文本分析和历史文献研究的基础上,探讨了劳伦斯《羽蛇》、《骑马出走的女人》、《圣·莫尔》和《公主》几部墨西哥小说中所呈现的他者问题,认为这些小说"揭示了在边界状态下自我与他者的对抗与对话,以及由此带来的身份的持续变化"。作者对劳伦斯针对西方社会和印第安社会的立场进行了判断,认为其正是要通过这些小说展现矛盾立场,"既对殖民主义有所反思,又在一定程度上遵循着殖民话语规则",因此对于学界普遍认为它们缺少美学和叙事价值的评价也做出了回应和解释(108)。该论文对劳伦斯作品所呈现出的文化价值和社会价值外延意义的拓展有一定的贡献。高速平的《D. H. 劳伦斯的"完整自我"观及其文学表征》(2017)在劳伦斯的论著及散文中提炼出其"完整自我"的核心概念,并确定其为其轴心思想;其"完整之人"是直觉感知和理性认知都能充分发挥各自作用、能够与其他生命和宇宙本源建立活的连接。作者认为劳伦斯的这种自我观影响其艺术观和小说创作。劳伦斯对人之此在、人之本质和人之价值的探究以及在此基础上形成的"完整自我"观与其艺术观和小说特征具有内在的关联性(ii)。

进一步加深了其小说创作理念和意图的探索。还有部分研究者试图挖掘劳伦斯作为一名哲学家的思想价值所在,将关注点转向了劳伦斯小说创作过程中逐渐形成的思想,即劳伦斯创作中的哲学探索。其中郑达华在《〈白孔雀〉——劳伦斯哲学探索的起点》[《浙江大学学报(人文社会科学版)》2001年第5期]中提出劳伦斯以文学的形式探讨哲学问题的起点,着重探讨了理性与直觉、肉体与精神、自然与文明等对立关系。

期刊论文方面,除了同样包含以上学者对劳伦斯的思想价值所表现出的关注与重视之外,还有一些学者认为伦理和道德是劳伦斯思想探究的重要路径和关键指向,因此将关注点集中在劳伦斯作品中所体现的道德观和伦理思想。李维屏认为,劳伦斯用其独到的方式考察了人类困境,肯定其小说中对于伦理道德问题的启迪作用,其"现代主义视野体现了他在异化时代的一种独立和自由的人文精神。这种视野不仅反映了一个现代主义作家对社会与人性的深刻认识,也包含了他对传统的道德观念和艺术准则的反叛"(49)。一些研究者结合劳伦斯主要小说作品中的常见主题(如性、婚姻以及生态等),梳理劳伦斯反对以价值判断为标准的道德观的思想观点,具体研究成果主要包括以下三个类型:

在细读型成果方面,研究者通过具体解读劳伦斯的个别作品中的人物和主题,探讨其中所折射反映出的伦理观点。主要成果包括覃艳容的《"莫瑞尔太太"与劳伦斯的清教伦理观》[《北京大学学报(哲学社会科学版)》2002年第39卷第A1期]、杜隽的《论D.H.劳伦斯的道德理想与社会的冲突》(《外国文学研究》2005年第2期)、蒋家国的《从〈白孔雀〉看劳伦斯的婚恋伦理观》(《外国文学研究》2010年第6期)以及钟鸣的《人性因子与兽性因子的斗争与转换——〈查太莱夫人的情人〉的文学伦理学解读》(《外国文学研究》2013年第1期)等。

在理论型成果方面,学者们将对劳伦斯一部或多部小说作品、信件以及论文随笔等文本的深度阅读,结合性、身体、婚姻、情感以及生态等主题,试图通过构建概念的方式,从理论层面挖掘这些主题背后的伦理学内涵。其中,何卫华的《〈查特莱夫人的情人〉:身体和伦理共同体》(《外国文学研究》2014年第3期)一文指出劳伦斯以文字的方式反抗身体的压制,通过作品中以树林为象征的自足空间构成一个前现代的伦理共同体,与外部世界形成根本性对抗,实质上是他对新的伦理共同体的召唤和建构。蒯正轶《劳伦斯生态伦理批判》(《东南艺术》2013年第3期)认为劳伦斯对西方工业文明社会的批判包含生态及伦理批判两个层面,指出其提倡天人合一、反智主义及反伪人道主义的立场,突破自然生态理念而进入生态伦理批判的视域。此外,张建佳、蒋家国《论劳伦斯小说的性伦理》(《外国文学研究》2006年第1期)认为劳伦斯小说的性伦理就是提倡人回归自然本性,反对传统工具理性和道德约束对于人的压抑和控制,但过分强调了人性的自由发展。

还有学者在东方的研究语境下,以比较文学为研究框架,将劳伦斯小说所呈现出的伦理道德思想放置于不同语境下进行平行或对比研究。一方面,通过将劳伦斯与现代主义其他作家(如乔伊斯、伍尔夫以及卡夫卡等)就现代主义的"非道德化"问题进行异同研究,例如赖干坚在《论现代派小说的非道德化》[《厦门大学学报(哲社版)》1993年第2期]中,从现代主义文学整体出发,认为现代派小说具有非道德化的倾向,体现了现代主义作家从不同方式和层面显示出的对传统观念的叛逆,而又带有不容忽视的、宣扬性解放和反社会、反人类文化的倾向。作者单独指出了劳伦斯的道德观的核心则是他的超验主义的"血的意识",即关于两性之间"纯真"关系的一种哲学理念。另一方面,还有学者将劳伦斯与中国作家进行对比,将其以"性"为关键词的伦理思想与郁达夫进行比较,如蒋家国的《劳伦斯与郁达夫小说的性伦理思想》(《中国文学研究》2009年第3期)一文认为两位作者笔下性伦理的共性在于反对理性和道德对于人性的干预,主张回归人的自然本性,追求灵肉相谐。不同点在于,劳伦斯否定了任何道德的必要,因而其伦理观具有缺陷,而郁达夫的观点则更具有人道精神,社会现实意义更大一些。

通过对国内外劳伦斯研究现状的梳理,可以对目前劳伦斯研究的整体状况、特点以及趋势有一定的把握和认识。国外研究方面,劳伦斯作品细读与当代文学批评以及哲学思潮的趋势和转向紧密结合,与时俱进,作品批评因而呈现出更为理论化和多元化的特征,通过解读劳伦斯小说作品以窥探其思想全貌、哲学考量和当代意义。不仅如此,研究范围和结构也呈现出较为体系化的趋势。通过结合现当代文学批评理论以及哲学、伦理学观点,在主要小说文本的常见主题意义挖掘的基础上更进一步,尤其关注到劳伦斯创作思想中对伦理问题的探索及其在作品中的表征,为更为理论化的劳伦斯研究开拓了新的研究进路。相比之下,国内研究方面,同样有很多学者在当代文学批评语境下,对劳伦斯作品进行了更为理论化的释读。然而,尽管国内研究者同样关注到了伦理问题在劳伦斯研究中的核心地位及重要意义,由于对伦理概念及其研究范围的局限性理解,甚至误用混用的现象,这方面研究暂且停留在结合劳伦斯作品中有关性、婚姻、生态和情感等主题层次。同时,一些研究比较片面地将劳伦斯的伦理思想研究等同于劳伦斯文本的价值判断与批评本身,使得研究方法和结论较为平面化和程式化,并没有开拓新的探讨空间。这在一定程度上忽视了伦理和道德问题与劳伦斯整体创作思想及其对工业社会伦理困境思考的一体性。因此,无论是理论性还是系统性,国内针对劳伦斯伦理观的研究均与国外存在一定差距。

综合目前国内外研究情况,可以看出,伦理可以看作劳伦斯作品以及思想研究的重要关键词之一。尽管欧美学者已结合当代伦理学观点对部分作品进行解读,注意到作品主题与伦理学中重要概念的关联性,但是对有关劳伦斯在各类体裁散件书写中所表达的道德观点,并未进行细致的梳理归纳,其小说中有关伦理问题的表征研究也尚显不足,阐释的作品范围比较局限。因此,劳伦斯主要小说中的伦理维度及其创作过程中伦理观点的发展和变化等研究方面仍有较大的阐释空间,这为本研究奠定了合理性基础。

事实上,劳伦斯作品对伦理问题的聚焦同现代主义文学整体的诉求密不可分。正如第一次世界大战前庞德(Ezra Pound)的"推陈之新",作为现代主义各派别中的一类,现代主义文学也拥有两个所谓现代主义共同的定义属性。一是在遭遇传统鉴赏时促使他们行动的异端的诱惑;二是对原则性自我审查的使命感(盖伊 7)。前者是作家们对传统与权威的批判与反拨,后者则是不断地自省、推翻与创新。可以说,对文学传统与创新的关系的思考与对社会现象的个性化的反思性映射是现代主义文学的重要特点。

纵观现代主义同时期以 T. S.艾略特、乔伊斯、伍尔夫等作家为代表的极具实验性、创新性的作品,不难发现,现代主义文学整体对于伦理危机问题的共同关注。现代主义艺术本身反映了艺术家的美学观念,具有强烈的自我指涉的色彩。而"个体意识则是现代主义作家们表现万物最为推崇的媒介。比如叶芝(William Butler Yeats)、艾略特、乔伊斯、伍尔夫以及贝克特等,对于他们来说,伦理本身就是一种美学形式"(Oser 7)。他们"用审美现代性传达出现代人不安的现代体验,表现出对人类现代化境遇的否定"(隋晓荻 171)。[①] 现代主义文学整体试图以文学为话语场,指出西方的现代化实践留给现代世界的后果是不可逆转的、反人性的伦理危机。因此,现代主义作家们在文学实践与探索上所取得的突破不仅仅是传达意义与价值,而且将文学作为更为复杂而多样化的美学媒介。尽管在作品主题与创作技巧上来看,劳伦斯可谓独树一帜,与其他现代主义作家不尽相同。"他的作品的结构布局,仍然保持着传统小说的许多特点。但使劳伦斯成为一个杰出的现代主义作家的重要因素,是他对人的内心世界的探索,以及对现实问题答案的寻求。"(侯维瑞 195)劳伦斯作为现代主义作家群体中的一员,同样面临英国工业社会的道德困境问题。而稍显不同的是,劳伦斯自身作为

[①] 例如,在《追忆似水年华》中,主体性在现在中退隐至记忆;在《尤利西斯》中,主体在现代世界中探索返家之路;在《变形记》中,主体在不知所以的现在中陷入无力控制生存的境遇等。详见隋晓荻《现代化状况与主体性自由:现代主义文学的伦理向度》,《外国文学评论》2013 年第 4 期,第 171 页。

导　论

一名矿乡成长起来的作家,见证了工业化对周遭生活环境造成的直接影响。小说是劳伦斯反思英国工业社会发展进程及其后果,进而为不同于工具理性的新型伦理道德发声的有力途径。劳伦斯多部长篇小说故事背景的选取都在其成长地,英国诺丁汉郡西北部的伊斯特伍德。这些小说作品中多以矿区人民的生活为背景,展现英国现代社会以工人阶级为代表的普通民众在经历战争创伤后精神迷惘麻木,失去人生重心的生活状态,从另一侧面反映了当时英国社会生存及伦理秩序遭到破坏的情况。可以想象,劳伦斯作为出生成长于此的工人阶级之子,在社会和家园经历如此变化后想要重建和谐生存秩序的强烈诉求。

从《虹》和《恋爱的女人》开始,劳伦斯在环境、人物和主题上都反映了工业文明、工具理性对于人生存和精神变化的影响。事实上,在"一战"前的早期创作阶段,甚至从其处女作《白孔雀》(*The White Peacock*,1911)开始,劳伦斯对于男女关系的探讨就已经暗含了个体与整体、个体与社会以及个体与世界的伦理问题的指涉,旨在考察人类存在的整体状况及存在的问题。尽管在其创作过程中,思想难免发生变化,但是对于人之存在的多重关系的呈现和建构一直是劳伦斯创作中反复思考和出现的主题。小说创作伊始,劳伦斯已然肩负起了以文学实践反映生存伦理问题的责任重担。这些思想分散在包括小说、诗歌、论文随笔等其他多种体裁的非虚构作品创作中。其多部非虚构作品更是直接而有力地透露出其试图通过小说构建新型伦理道德秩序维度的愿望,包括《谈小说》、《小说为什么重要》、《道德与小说》、《给小说动手术或者扔一颗炸弹》、《艺术与道德》和《作画》等论文。劳伦斯认为小说(艺术)的职责是在一个充满生机的瞬间揭示人与周围环境的关系(《道德与小说》25),小说中表现出的道德是表现人与人之间相互关系的最高典范,在其自身时间地点内一切都具有真实性,但同时具有如颤动着的天平般的不稳定性(27)。从普遍道德问题的探讨上升到伦理关注时,劳伦斯试图通过文学作品,尤其以小说为代表的表征实现伦理观念的建构与呈现,实现文学与以伦理学为代表的哲学的共同探讨。在多种体裁的作品中所呈现的正是其通过文学语境建立世界崭新的关系,即崭新的道德的诉求。在他的早期论文《无意识幻想曲》("Fantasia of the Unconscious",1922)中,劳伦斯将个体存在的特殊性与存在的完满性作为存在的目标指向,并且认为只有通过一种具有生命力的、动态性的关系,一种人与人之间具有无限信任、责任以及领导力、服从力以及服务性的关系才能达成。可见,劳伦斯希望通过探寻个体与外界关联的方式实现个体生存体验的完整性。小说最美和最伟大的价值并不是急于去确定什么事情,如同哲学、宗教或者科学那样。相反,小说是那种微妙的相互关联性的最高范例(Phoenix 528)。换句话说,小说可以展现个体与外界的多样化的联结方式,从而建立并呈现新的道德。

劳伦斯试图以小说这种文学样式,建立以小说语境为伦理范畴的典范,以小说中动态型关系的呈现作为伦理观照点,以进行实践层面的伦理建构。换句话说,劳伦斯小说及其思想的着眼点是以重建伦理秩序为目的和基础的,其文学创作的本质是包含道德唤起和构建在内的伦理行为。劳伦斯洞察到现代人生存伦理问题的核心所在。在工业文明的冲击影响下,人之所以为人的生命活力受到了压抑和破坏,有了知识和理性武装后,现代人日益追求思想上的精密与完美。伴随而来的个体生命活力的失落在文学作品中已经有所展现，成为所有现代主义作家面临的核心问题。比起其他现代主义作家，通过文学技巧本身去反映这种主题，劳伦斯退后一步，希望从文学形式的本质上打破这种僵局。正如学者英格拉姆（Allan Ingram）在语言上分析劳伦斯与其他现代主义作家（尤其是康拉德、乔伊斯和艾略特）的区别时所言，如果说其他现代主义作家的标志在于语言游戏过程，那么劳伦斯则体现出其更深层次的严肃性。对于劳伦斯来说，文学语言更像是被委以时代的使命，他想借此去改变英国人民的生存现状。如果说它没有说出我们想要说出的真相，那么劳伦斯对这种文学语言会不屑一顾(17)。对以语言为代表的小说要素的反思及运用折射出劳伦斯小说中严肃的道德责任感。

在劳伦斯眼中，现代主义作品的文学样式与道德责任，正如他在《美国经典文学研究》(*Studies in Classic American Literature*, 1923)时评价托曼斯·曼（Thomas Mann）的文风一样，像逻辑学一样，客观、抽象而确定，如同从外部强加在文学作品上；现代性作品又如同莎士比亚的《威尼斯商人》，主题与精心设计的叙述严丝合缝，极其缜密的象征以及主人公的动机坚如磐石。对于劳伦斯来说，这些死板的写作模式让艺术僵死，因为他们不仅在范围上强加了界限，而且代表了一种精神上的委顿(Kiely 93)。"与其说这种对于形式的渴望来源于艺术道德感，不如说是生活态度的产物"(*Phoenix* 308)。劳伦斯还将曼同蒲柏和福楼拜进行类比，认为他们都是由于对物质生活的厌恶而诉诸美学的绝对真理，寻觅构建出的完美作为他们厌倦生活的替代物（同上）。劳伦斯并非简单化地认为艺术家不应该对作品进行构思。他想指出的是，当文学构思变成目的本身，绝对而毫不变通，那便毁灭了艺术的最高目标,而在生活上笼罩阴影(同上)。如同《查泰莱夫人的情人》中,康妮与其丈夫克里福德在面对现代主义时期法国代表作家普鲁斯特时所持有的不同观点:克里福德喜欢普鲁斯特"细腻以及有修养的无序状态",而康妮认为普鲁斯特枯燥、感情匮乏,妄自尊大,会让人变得死气沉沉(214)。① 不同的文学观显然呈现出不同的生活态度。看似见仁见智的讨论暗含了劳伦斯对于现代主义主流作家作品极为辩证而深刻的透视。究其根本,劳伦斯并非在批判文学形式的优与劣,而是在感慨这些文学作品在唤起生活积极性这一点上的不足,因为他总是希望在以小说为代表的艺术创作和伦理观点的阐发之间寻求一种统一。

劳伦斯所渴求的是现代主义文学能够真正焕发出活力,真正思考人的本原问题,从而实现伦理危机的救赎。从另一角度来说,劳伦斯对于生存意义的伦理问题的探索与其写作实践密不可分,这种构思贯穿其整个写作生涯。从这一点来说,劳伦斯仍然是现代主义作家整体的一员,同样对于战争与文明进行深刻的反思,不同的是,他采取了一种从文学形式到内容都要变革翻新,以示其新的道德救赎策略,具有积极性和建构性意义。劳伦斯重建社会伦理秩序的志向在此,其作品必定是其口舌。用他的话来说便是以小说——这一最具有活力和变化性的道德手段去抵御绝对的理性。换而言之,劳伦斯对伦理问题的考量集中体现在:运用小说形式去重塑一种新型的道德观。因此,小说也围绕着新型道德新的基础与义项逐一呈现出其伦理维度。

---

① 本书选取的该作品译本为杨恒达、杨婷所译的《查泰莱夫人的情人》上海三联书店 2014 年版,后文不再另注。

劳伦斯伦理思想之眼：小说之"活"

劳伦斯在其多篇论文中阐释了小说作为一种文学样式，如何在现代世界进行道德重塑。小说中展现人作为个体的原始生存经验，还有人与人、人与周遭环境的原初关系的伦理诉求成为劳伦斯创作的重要目标。相比从文学形式本身的变革上寻找突破，劳伦斯更倾向于反思文学的功用、责任以及同文学肌理的关系所在，希望以小说形式承载伦理内涵，以更为积极建构的形式进行写作实践。换句话说，模仿并指涉机械文明影响下现代社会人们的思想意识，通过语言游戏和文学形式反映变革固然凸显了现代主义作家在文学上的突破与内省，而劳伦斯认为以意识流小说为代表的，单纯注重文学形式的变革显得消极且不彻底，不能够反映真正的真理。如同在这个时期哲学、艺术上凸显出的抽象化特征一般，此时的大多数小说作品在劳伦斯看来显得"愚蠢"，未能去挖掘有关人类的新现象，而是拼命去找反映在人身上的物理学现象（Ingram 97）。小说必须说出人以及与人相关的东西。"对于自然、意义以及人类的本质问题，如果要到达真理，必须有效地与整个人及其经验的所有多样元素相联系，这样以排除并战胜抽象化与选取的扭曲性的影响"（Moyal-Sharrock 249）。小说可以作为一种展示个体多种经验的平台，在劳伦斯看来，作家应该利用这个平台去展现人如何生存的多种可能性，而意识流作家们所做的仅仅是个体意识自怨自艾的镜面反射，忽略了小说对于文明与社会所应担负的责任。因此，劳伦斯的小说创作根植于这种强烈的伦理意识和社会责任。他在多篇论文中所发表的有关小说创作、小说特征以及艺术观的观点实际上都是自己对于小说与伦理问题的关联及其呈现方式的深度思考。

劳伦斯以小说为伦理的实践阵地，创建出只有小说中才可以呈现出的新的道德观。具体而言，小说所描述和展现的对象必须是充满活力的，而情节要极力地展现呈现人的内在体验、人与人、人与周围环境的动态关系，突出这种关系的不确定性。这种动态关系的呈现展现了人在生存体验上的真实性，因为人类经验本身就是丰富、杂多、具有多种辩证而不可预测的发展，以及同周遭多样的关系，远非科学意义上的绝对、精确与确定，因此小说如此般展现人之"真实"的能力体现其伦理学维度上的意义。小说作为艺术经验的一种形式，具有承载伦理建构使命的特征，那就是萨特所总结的"创造性"（invention），"艺术与伦理的共性在于，两者都是种创作和创造"，而"创造"实则就是工具性关系的对立面。如同素描中的人物一样，动作本身和创作就是合一的（Guerlac 176）。

在《谈小说》中，劳伦斯认为"一切都是相对的。神或者人嘴巴吐出来的每一条戒律严格地说都是相对的，都只适用于特定的时间、地点和环境。小说之美就美在这里，任何事物只有在其特定的关系中才成其为真，而不可另作延伸"（10）。因此，在文学领域内，劳伦斯试图抗议一种等同于科学概念般的绝对。正是这种绝对，摧毁了小说中试图展现的各种相对而富有生气和活力的多种可能性的关系，掩盖了其他多种可能的"真实"。劳伦斯强调了小说的三点特征：小说应该具有一种生命力；不为绝对之物说教；必须是富有生气的，其所有部分是生动地、有机地联系在一起的，正直诚实的(《谈小说》7—11)。在这里，贯穿劳伦斯大部分作品的主题"性"的意义便也昭然若揭，与小说本身的伦理功能相吻合。小说要求我们忠实于我们心中跳动的那团火焰，而"性就是火焰，小说宣告说。这火焰要烧毁一切绝对之物，甚至阳物也要烧毁。因为性的内涵远比阳物丰富，远比本能欲望深刻。性的火焰要烧焦你的绝对，还要残酷地焚烧你的自我"(15)。劳伦斯将性作为反拨绝对和理性的途径，而远非简单地信奉与神化。因为在其眼中，性是人生命力及其表达的一个隐喻。劳伦斯还将小说家的使命与牧师、哲学家以及科学家对立起来。牧师谈及的"天堂的灵魂"、哲学家谈及的"无限和无所不知的纯粹精神"都比不上小说家笔下"活生生的人和事物"，比不上人的身体本身所懂得的东西(18)。

劳伦斯将人的生命本身提升到最重要的地位，同时也将身体作为小说家创作的灵感源泉和本体。他坚持摒弃在工业文明背景下哲学家和科学家在研究中试图矫枉过正，对人作为生命体的"肢解行为"和片段化的研究理念。这一点与现代欧陆哲学思想家海德格尔在其诠释学领域中有关世界图像的论述不谋而合，强调了科学具有限定性的条件的研究范围，与人丰富多样化的经验相对。[①] 劳伦斯断然否定人就是灵魂、身体、思想、智力、

[①] 参见海德格尔《林中路》，孙周兴译，上海译文出版社2004年版，第84—91页。海德格尔认为，限定研究对象的区域是科学作为研究的根据，因此科学必须确定研究范围，因此必须是具体的，这不是必然弊端，是本质上的必然性，因此将存在者对象化，也使自身个别化。科学作为现代的本质性现象，人成为主体，世界被把握成图像，体现了人作为存在者的本质性决断。此处，劳伦斯实则强调这种科学思想在艺术、文学领域的渗透。

头脑、神经系统、肾脏或者身体任何其他部分,而坚信整体大于部分。小说家的要义就在于对于人整体的把握和描绘,尽管在点点面面的层面不及那些大师。只有小说才能以整体的形式使人颤动起来,比如《圣经》、荷马和莎士比亚的作品,它们都是以其包罗的一切来影响所有的人,以其整体而影响整个活生生的人,是人的整体而非其任何一个部分。它们是让整棵树都颤动着新生命,而不是仅仅促使它朝某一个特定的方向生长(《小说为什么重要》21)。坚持人生命的整体性,保留其各部分的变化,而排除对部分的绝对坚持。这是劳伦斯认为小说的价值和伦理立场所在。① 在这篇文章中,劳伦斯又进一步阐明了小说的职责和其无法被其他现代学科取代的原因:小说保有人之为人的活力、变化与复杂构成的整体性。只有通过展现人本身,才能解答战后英国社会的困顿与危机,"在战后经验和传统断层现象如此确信之时,劳伦斯在其塑造的活生生的角色中具体展示了人类传统的本质"(Coombes 280)。

《道德与小说》中针对小说职责(推广到艺术整体),更是做了直截了当的陈述。以凡·高的画为例,劳伦斯认为,如果只是去评判向日葵的外形,凡·高概不能与照相机相提并论。画中所呈现的不仅仅是向日葵本身或者凡·高自己,是"说不清道不明的第三者","摸不着说不清","画布上的图像既无法称量也无

---

① 与此同时,劳伦斯也批判了部分小说对人物尤为一贯统一的处理。比如"照着模式一直行善,或者照着模式一直作恶,或者甚至是照着模式反复无常,他们都会完蛋,而且小说也死了。小说中的人物必须活,否则他就什么也不是",具体参见《小说为什么重要》,《劳伦斯读书随笔》,陈庆勋译,上海三联书店2007年版,第22页。

法度量,更不可能用文字描绘"(25)。这是劳伦斯晚期自身对绘画的鉴赏和实践后的体悟。劳伦斯强调艺术中真正有意义的是作品所呈现出了一种不可名状的关系。"对于人类而言,这种人与周围世界的完美关系就是生命的本质……同时,存在于由纯粹关系构成的无向度空间中的事物又是没有死亡,没有生命的,也就是永恒的。超越生死"(26)。劳伦斯正式界定了道德——小说中的道德:

> 我们的生命就是存在于为在我们自己和我们周围生机勃勃的世界之间建立一种纯粹关系的奋斗之中。我就是通过在我与万事万物之间建立起一种纯粹关系而"拯救我的灵魂"的。我与另一个人,我与别的人们,我与一个民族,我与一个种族,我与动物,我与树木或花草,我与地球,我与天空、太阳、星星,我与月亮,这中间就像大大小小的满天繁星之间一样,有着无数种纯粹关系,这些纯粹关系使我们共同获得了永恒,也使我们彼此获得了永恒……而道德,它就是我与我周围世界之间的一架永远颤动着、永远变化着的精密的天平,它是一种真实的关系的先导又与它相伴相随。(《道德与小说》26—27)

劳伦斯强调了小说所具有的可呈现人类真实颤动的而非科学般强调逻辑和理性关系的能力。它是"人类迄今发现的微妙的相互关系的最高典范。它在它自己的时间地点之内,一切都是真实的",而"小说中的道德就是那架颤动着的天平的不稳定性"(《道德与小说》27)。劳伦斯同时一针见血地指出新旧道德之间"破与立"的关系。新道德的提出就意味着旧道德的破裂。真正有道德的小说应该展现的是真实和生机勃勃的关系,以尊重这种本来就存在的关系。劳伦斯认为最能代表这种关系的便是男人与女人之间的关系,因为对人类来说,"这是最主要的关系,而且它永远变化着,永远是探索人类新生命的中心线索。生命的中心线索是关系本身,而不是男人与女人,也不是由这种关系偶然产生的子女"(30)。男女之间富于变化的情感关系也成了劳伦斯多部小说所呈现的最具典型性的关系模式。《虹》和《恋爱中的女人》两部作品集中体现了劳伦斯在男性和女性在各个层面的对话与碰撞。他反对男女必须相爱这种约定俗成的观点,这里唯一的道德就是让男人忠于他的男人本性,女人忠于她的女人本性,让那种关系堂堂正正地自己去形成。因为对双方来说,它都是生命的本质(31)。抵御日常的思维惯性、揭示人和事物的本来面目以澄明其真实状态是劳伦斯小说伦理的目的指向。

因此,小说本身能够反映个体生命原始面貌的真理性这一事实便体现了小说所具有的伦理维度。从形式上,劳伦斯似乎也通过直觉式写作去模仿生命体验的多样性面貌。劳伦斯多部作品的写作几乎是以"一蹴而就"的方式完成的,即使修改也几乎是完全重新来过的创作过程。正如劳伦斯传记作者戴尔(Geoff Dyer)所言,"劳伦斯的精华——使他的文字成为劳伦斯体的特质——总是处于起草阶段。修改后的提升和他初次接触某个主题或事件所表达出的震撼相比微不足道"(《一怒之下》126)。

在劳伦斯看来,情感是小说展现个体体验和关系的重要主题。在《小说与情感》一文中,他谈及灵魂与文明的发展背道而

驰的情势,认为人类在开始驯化自己的同时,对情感培养的遗忘,

> 如何教化情感?其方法不是确立条条宗教训诫,也不是确立条条哲学原理与前提。就连断言如此这般就是有福气也不是。教育的方法根本就不是用言语……如果说从黑暗的血管中我们自己的森林里发出的呼叫声太遥远,我们没法听见,那么我们可以读一读真正的小说,在那里倾听。不要听作者高调的说教,小说中的人物在他们命运的阴暗树林里徘徊,我们要倾听的就是他们发出的低沉的却又是发自内心的召唤。(38)

可见,劳伦斯小说中最为关注的是个人的情感、内心,以及由这些构成的真正自我与其他自我所迸发出的真正关系。在树立以"个体"、"自我"为核心的文学旗帜的同时,劳伦斯也暗示了他想要指出的现代小说在其所期待的真正有道德这一层面上的不足。从乔伊斯的《尤利西斯》(*Ulysses*,1922)到理查森(Dorothy Richardson)的《尖屋顶》(*Pointed Roofs*,1915),再到普鲁斯特(Marcel Proust)的《追忆似水年华》(*À La Recherche Du Temps Perdu*,1913—1927),这些被看作严肃小说的作品,被劳伦斯认为"沉闷无味,气息奄奄,懒婆娘裹脚似的滑稽戏。它们把自我意识撕扯得如此又细又碎,以致于它们的大部分肉眼看不见了,你非得用鼻子去嗅不可"(《给小说动手术》40)。劳伦斯认为,"纯洁的感情与心理分析的绝技已经表演到了尽头"(43),对意识流小说在自我意识中的如痴如醉和沉闷描述在劳伦斯看来正

是所谓严肃小说的症结。针对这些,劳伦斯将一种崭新的感情上的突破和变革比作炸弹,"当这些民主制的,工业化的,多愁善感的,亲爱的带我去找妈妈之类的事儿被炸成瓦砾之时,我们身上会有什么潜在的动力推动我们去建立新事物呢"(41)。换而言之,劳伦斯希望将小说与某种使命结合在一起,让小说的表达不仅停留在人自我意识反映与表达的初级层面,而应该更有见地和深度。真正的小说应该去描绘一种有所启示的"应该所是",而不仅仅是可以直观观察到的"表象所示"。

劳伦斯在思考小说本质的同时,试图在文学话语场内打破旧有的叙述方式,进而构建一种新的表征形式。这种文学表征可以将内容与形式有机地结合,真正地去反映人真实的生存状态。这才是其所认同的小说的道德和功用所在。小说所展开的情境应该包含人生存体验的真实描绘,严格地与唯智论所倡导的精准、具有普遍性的真实对立起来。后者的真实只存在于人的抽象思维中,而小说的描绘会表现多样化的经验本身,跨越那只存在于头脑中的理智疆界,而这个疆界正是现代社会及其所孕育的工业文明的问题所在。

显然,劳伦斯发现了小说中揭示真实生存体验的伦理属性。在诸如上述的非虚构作品中,劳伦斯清晰地提出小说在伦理层面上应有何为。在此理念的引导下,在确立了小说的伦理揭蔽属性后,作家在创作中所构建的小说要素,以及所希冀达成的读者效应都将具有伦理属性。无独有偶,劳伦斯在创作中的"文学—伦理"实践理念在西方思想史上早有先例。例如,劳伦斯认为古希腊思想家柏拉图的《对话录》可以为此提供借鉴,"神话时代之后哲学与小说的分家则是世界上最大的遗憾,小说与亚里

导　论

士多德、阿奎那和康德分道扬镳。结果,小说变得无病呻吟,哲学变得抽象枯燥。它们应该在小说中言归于好"(《给小说动手术》43)。① 自柏拉图以降文学哲学的割裂恰是整个西方形而上学面临的关键问题。在劳伦斯看来,这一方面是发现形而上学中的弊病,另一方面也是重塑文学之伦理/哲学维度的良机。然而,若想展望小说之未来,建立小说之道德,小说家的当务之急应该是去构思新的方法,而并非单纯地,希望一劳永逸地去运用抽象概念。小说家应该去关注小说主人公真正关涉的问题,积极地寻找小说揭示并建构人生存意义的可能性。通过小说这一语境,可以建构理想的伦理语境。从语言上来说,"小说促使我们日常的概念词汇得以扩充,我们获得了一种有生气的意识体验,也便是一种新的体验"(Moyal-Sharrock 248),丰富人们的精神感受和道德体验。小说将表面上看上去平凡普通的人物立体化,通过虚构的形式,将有关概念、情感价值的洞见和清晰的呈现嵌入虚构的人物、叙述以及故事中。这就是利维斯所言及的文学的一种表演性质(249)。虚构与复杂化的生活场景、艺术化的语言以及超越日常化的思考维度都促成了小说成为具有伦理属性的言说方式。

---

① 这一点,劳伦斯在此体现出与海德格尔和尼采对于艺术与哲学关系修缮观点的一致性。尼采认为科学理性的过度发展和其对艺术的碾压是同步的。而一种文明的理想状态应该是哲学文化与艺术文化的协调共生。而他的任务就在于"表明生活、哲学和艺术之间如何能有一种更深刻的和意气相投的关系"。而在其基础上,海德格尔面临柏拉图以降"诗"与"思"的分离,所提出的本体论意义上的此在诠释学。具体参见尼采《哲学与真理》(上海社会科学出版社1993年版),第164页,以及孙周兴《未来哲学序曲——尼采与后形而上学》(上海人民出版社2016年版)第48—53页。

劳伦斯最为突出而擅用的做法便是赋予笔下人物探索自身生活体验的伦理维度。在多部小说中，他总是试图去展现那种"慢性的人物角色态度"（chronic character attitude）的消解过程。他的短篇故事以及小说看起来总像是有关自我变形记的长篇叙述（Adamowski 320）。"所有劳伦斯的人物角色都是极具辨识度的个体，即便是他们的先验感受也同样区别于彼此。但是他们所有人都在寻觅一样事物：令他们获得完满的经验模式。他们放弃了他们固有的自我意识而要去获得本身并不稳定的终极统一。"（Miko 112）这种对于个体意识经验及其发展过程的表现似乎构成其小说的一种潜在结构。劳伦斯早期的作品已经关涉到与人相关的自然、身体以及知觉经验等主题，已经显露出其对于个人意识的关注，这构成了劳伦斯伦理问题讨论展开的基础。

劳伦斯试图将文学样式与主题进行整合，利用小说之"活"，着力构建并呈现伦理问题。在个体经验为伦理范畴基础的前提下，劳伦斯将文学作为伦理语境，试图探索个体经验实现以及确定的存在前提。人作为生存个体的活力与个性化成为其小说伦理的重要议题。以文学作为传输其伦理观点的媒介，以个体的生命体验为伦理关注，劳伦斯的伦理观似与20世纪90年代以来文学批评的伦理学转向语境中对于文学的伦理维度及其本体性的中心地位的探讨有着强烈的契合之处。因此，文学批评的伦理学转向中文学与伦理的合一探讨，为本研究提供了一些有效的借鉴和策略。

在文学批评范畴内，伦理学从广义上来讲主要指一种解读文学文本的伦理模式或研究方法。而针对文学文本的道德批评是其重要分支。20 世纪 70 年代之前,以利维斯以及布思(Wayne C. Booth)为代表的英国道德批评传统将道德判断作为文学文本道德价值的标准。因此,文学文本的伦理批评,即道德批评是建立在一定的确定性价值判断之上的(格洛登 450)。而伦理批评范式下的另一分支,即 80 年代以来的新伦理批评则可以以米勒(J. Hillis Miller)的阅读伦理学(*Ethics of Reading*,1987)和史密斯(Barbara Herrnstein Smith)的《价值的不确定性》(*Contingency of Value*,1988)为例,质疑了这种确定性,并指出文学活动与文学伦理就本质而言是相关的(格洛登 452)。哈珀姆(Geoffrey Galt Harpham)在《伦理》(*Ethics*,1955)与《伦理的阴影》(*Shadows of Ethics*,1999)中,提出伦理让道德保持开放,并服从于"某种自动解构"。因此新伦理批评的不同之处在于其并不立足于某个价值体系,而在于价值自身无根基这一概念(453)。自 90 年代以来,列维纳斯(Immanuel Levinas)的伦理学呈现出与后现代思想相适应的趋势,引起了伦理学界以及文学批评界的重视。在列维纳斯语境下,伦理学并非要建立一个完全理性基础的道德体系,并不需要诉诸规范、原则,其非本体论、非知识性决定了伦理学的首要任务不是认知问题,而是关系问题。以此为依据,文学研究中出现了一些具体的伦理批评范式,如阿特里奇(Derek Attridge)的《革新、文学、伦理:关联他者》(*Innovation*, *Literature*, *Ethics: Relating to the Other*,1999)、戴维斯(Collin Davis)的《20 世纪法国小说中的伦理问题》(*Ethics Issues in Twentieth-Century French Fiction*,2000)等,都试图与伦理批评、后现代批评建立一种关联。在文学批评伦理学转向的语境下,哲学尤其是道德哲学的思想家将伦理意义与伦理作用归功于文学及文学批评。其中，麦金泰尔（Alasdair MacIntyre）、罗蒂（Richard Rorty）以及纳斯鲍姆分别针对奥斯汀以及詹姆斯（Henry James）作品中体现出的具体而有想象力的伦理构建，认为文学提供了一个比理论更安全的媒介，强调一种差异性个体间动态、自由伦理关系的呈现（455—458）。这些都体现了当代哲学思想试图在文学领域寻找伦理实践范式的尝试，即用文学作为伦理的一种范式，揭示人的存在，以及人—人关系的可能性。

在国内文学批评语境中，21世纪伊始由聂珍钊提出的文学伦理学批评概念及视角目前已经成为国内文学批评的重要范式。聂珍钊的文学伦理学批评以作家与创作、读者与作品等多重关系为研究对象，将文本回归其社会道德语境在具体的文本分析中（杨金才 37）。聂珍钊认为"文学伦理学批评的阐释机制具有包括乱伦、伦理禁忌、伦理蒙昧、伦理意识、伦理环境、伦理身份、伦理选择、斯芬克斯因子、人性因子与兽性因子在内的一系列经过积累完善的关键术语"（陈博、王守仁 122）。因此，伦理批评在此语境下更加突出文学因教诲功能而显现出的伦理价值（聂珍钊 13）。相比之下，西方语境下，以列维纳斯、纳斯鲍姆为代表的伦理学家所进行的伦理批评，认为文学更多地为伦理学概念和问题的探讨提供了具体、丰富而具有辩证性的场域条件。在此意义上，文学作品呈现出伦理维度。

在劳伦斯的语境下，伦理同样作为问题本身在其作品中凸显出来。在这一点上，文学研究与哲学探讨也达成了一种统一。如前文所说，劳伦斯对于自柏拉图以后文学哲学分家这一事实表示遗憾。文学不再指导人的行为，不再与伦理二字息息相关，这是文学,尤其是现代社会注重所谓形式的现代主义文学的病症所在。因此,他在作品中多次强调的伦理属性便是以人之为人,忠实于自我个体,体现人生命活力,同时具有杂多性的内在体验为基础的。劳伦斯通过构建有关人物与意识的丰富概念以彰显伦理问题,具有当代性与前瞻性。与此同时,他也在回应20世纪初风雨飘摇的英国小说中的道德传统。所以说,劳伦斯既是伟大的传统保持者,同时也是革命者(Moynahan,"Lawrence and the Modern Crisis",29)。

劳伦斯反思传统的同时构建未来,体现了他超越其所处时代的远识。视小说如战场,劳伦斯在其各个阶段的作品中均展现出他对于伦理问题各个层面的关注与积极建构。书写情感、宗教、性、政治,被诟病为"非理性"的直觉式写作,从内容到形式上的离经叛道,可以理解为其实现伦理设想的手段。因此,本研究试图将劳伦斯的创作看成一个整体,不同时期的小说作品可以作为其不同程度和侧面思考伦理危机问题的展现。从解构工业社会的旧道德,从外部世界的工具理性论转向以人为本的生命体验,再到通过个体间经验沟通中他者问题的引入,直至他走遍欧陆与美洲,重新回归,以家乡为原型发现共通体的可能性,劳伦斯不断地推翻、深入,同时辩证地进行伦理问题的思考,即如何去重建复归人的生命体验问题,进而建构和谐的后工业时代的家园。

劳伦斯对个体经验和他者等为关键词的伦理关注体现出解构性与未来性。这与现当代伦理学家,尤其是以"异质性"为特点,而重视个体的独一性以及由此引发的个体间关系的不可通约性问题的法国思想家们异曲同工。诸如巴塔耶(Georges

Bataille)、列维纳斯以及南希(Jean-Luc Nancy)等法国伦理学家、思想家恰是围绕生存个体及其所遭遇的异质性进行关系型伦理的探讨和分析。因此,尽管在不同的学科领域,在伦理问题的主要关注点上,劳伦斯同这些伦理学家形成了一种本质上的呼应和对话。

巴塔耶是搭建伦理的"异质"基础的第一人。在巴塔耶与莱里斯·爱因斯坦等一同创办的著名杂志《文献》(*Documents*)上,巴塔耶第一次提出了"异质"(Heterogene)概念[①],所谓异质,是指一切拒绝与资产阶级生活方式以及日常生活同化的东西,这些东西也在方法论上反对科学。巴塔耶的"异质"概念是超现实主义作家和艺术家基本经验的结晶:他们用令人震惊的方式宣扬醉、梦和本能的迷狂力量,以此来反对功利性、规范性和客观性的命令,目的是打破常规的感觉模式和经验模式。异质领域只有在瞬间的震惊中才会把自己敞开。而且,其前提在于,确保主体与自我和世界维持联系的一切范畴统统遭到击破(哈贝马斯 248—249)。巴塔耶认为,现代社会中同质实体对于异质元素的漠视集中地体现在了科学研究的思维中,科学并不能知晓自身的异质性元素(转引自 Lawtoo 217)。可见,巴塔耶对于科学所代表的工具理性所暗含的局限性不置可否,所以对

[①] 在巴塔耶语境下,"异质"与"同质"相对应。它体现在世俗世界的强烈形式,"同质性社会"中。而同质性的社会"是个生产的社会,即实用的社会。一切没有用的要素都排除在社会的同质部分之外"。所有的要素都不卷入生产链条当中,在可通约性范围内发挥作用。实际上,巴塔耶将资本主义世界作为同质世界的典型形式来看待的。而异质性则对应于不可通约的、非生产性耗费、逻辑混乱的一切。异质性世界将社会无法同化的东西囊括其中。参见《色情、耗费与普遍经济——乔治·巴塔耶文选》(吉林人民出版社 2010 年版)编者前言,第 19—20 页。

导 论

异质性元素的重新强调、展现以及建构其他伦理补充的可能性也成为其思想过程的重要议题。也正因为如此,巴塔耶原创性地模糊了主客体的界限,不断地推向知识和已知经验领域的边界。在其语境中,就算是描述这种边界融合的隐喻也会使其自身逃逸(Wall 256)。

巴塔耶异质思想中的关键概念肯定了内在经验的异质性,在有关现代语境中文学定义与功用的论述中,可以看出巴塔耶在理性的场域之外,找到了人类存在的另一种方式,一种拒绝工具理性的参与、完全臣服于主体内在冲动的耗费行为……以充分实现主体价值(赵天舒 132)。这些为劳伦斯在其非虚构论文中提出并逐渐明晰的以"个体生命的内在经验"作为新的伦理问题探讨原点提供了有力的支撑。同时,文学中主客体关系的呈现、内在经验概念的表征也为劳伦斯小说伦理探讨的可能性提供依据。之后列维纳斯、南希在巴塔耶的基础上所提出的后现代意义上重要概念的伦理内涵及其构境,也可以帮助勾勒劳伦斯小说中伦理思想的发展脉络。

巴塔耶围绕"内在体验"所奠定的伦理问题探讨的疆域重新划界限,为伦理的经验维度确立了合法性。巴塔耶从"异质"问题入手,考量现代社会的伦理问题,以具有"非知"特征的个人体验作为伦理合法化的基础。他对于内在性绝对性之封闭性的重提,以及对以"色情"为范例的无限经验进行伦理基础重构的可能性,显现出与劳伦斯在面临现代问题时渴望建立新的伦理基础的一致性。在巴塔耶的思想中,"内在体验"、"耗费"、"献祭"以及"共通体等"概念为个体经验维度作为伦理基础提供了具有一定深度和效力的阐释。与此同时,作为评论家和小说家的巴塔耶承认文学作为一种艺术经验形式,可以成为"神圣化"的途径。例如,他认为诗歌作为一种献祭形式,语词本身则作为牺牲者,不再奴役于工具而是被鞭笞到极限处,陷入"迷狂"中,从它们的日常使用中逃脱出来(Wright 54)。在《文学与恶》中,巴塔耶以《呼啸山庄》为例,解释了文学在呈现违背道德规范之恶的"共谋"作用,自由、无组织的,而与"神秘主义"的某种相似性让文学接近另一种真实(11—12)。在巴塔耶看来,文学可以成为探讨和呈现"异质"经验的方式,这一点是日常经验所不及的。

巴塔耶是法国第一位详细介绍尼采思想的哲学家,尼采对于德国思想传统的反思以及对于价值、理性和道德的重新考量对巴塔耶产生了重要影响。1945 年"二战"结束后《论尼采》的出版开启了法国学界对于整个善恶、理性、意义、真理等哲学传统的批判先河(魏宁海 56)。哈贝马斯认为,尽管巴塔耶与海德格尔为现代性的哲学话语所指出的方向一致,但是巴塔耶并未涉及内在的形而上学批判,而是进入了美学经验领域,这也是他与海德格尔的区别所在(248)。而与海德格尔关注现代化的认知合理性的基础的区别,在于巴塔耶关注的是伦理合理化的基础。而以此关注点为基础,二人也实行了不同的批判策略:

> 海德格尔从形而上学批判入手,在先验主体性的牢固基础上向前挺进,目的是找到一个贯穿在时间当中的原始的真正基础。相反,巴塔耶从道德批判入手,关注的不是主体性的深层基础,而是主体性的越界问题,即主体性的外化形式,它使单子化的自我封闭主体重新回到了内在生活领域。(哈贝马斯 250—251)

导　论

巴塔耶伦理语境下的越界问题为其打开了看待现代性问题的新视角，"不能为了一个超基础主义的存在天命而剥夺自我超越的主体性的权威和权力；而应当重新赋予主体以本能的冲动"（哈贝马斯 250）。对于界限的超越并非主体性的彻底弃绝，而意味着"主体性要获得解放，获得真正的自主权"（同上）。主体的自主权则体现在经验的澄明与界限的突破上。这种对于本能与主体体验的重视与宣扬，同劳伦斯一道，从正视现代社会的症结开始，以更积极的方式去建立以去权威的主体化经验本身为范畴的伦理维度。

巴塔耶有关色情与死亡的写作是对主体性以及主体经验界限的僭越性尝试。其中，有关从人性与动物性的区别更是探讨界限所在的主要路径。"人性是怎样建立的？它是如何摆脱兽性的？"这构成了巴塔耶思想的基本问题。（《神圣世界》42）塑造人性的社会是一个"同质性"的社会，"每一个要素都和别的要素相关，都对另一个要素发挥作用，都卷入一个紧凑的生产的链条中而变成一个功能性环境，它们在一个可通约的范围内发挥作用"（44）。与此相反，巴塔耶推崇的正是一种与之相对应的异质性元素，例如色情、情感、死亡与宗教体验便存在着不可通约性，因为这些经验无法在社会的同质属性中找到相似的"逻辑"。德里达认为，巴塔耶的写作"越过了意义、统治和在场的逻各斯"。南希也持有相同的看法，"巴塔耶不过是在抵制他的话语表意……我们在其著作的字里行间只能读到抵制意义的书写游戏"（转引自汪民安《色情和死亡》158）。

巴塔耶为挑战现代社会的同质性而进行的多种体裁极限体验的异质书写中体现出与劳伦斯同样的诉求，那就是通过人动物性的复原以反思现代社会的"人性"的同时,建立新的重视个体内在所具有的丰富的异质性体验的伦理诉求。如同在其著作《色情史》中所表达的观点,整理一种思想,远离(将自己的对象跟与对象不相容的存在方式联系起来的)科学观念,但是严格,无比严格,如同一种思想体系的一致性所要求的那样,这种思想体系足以穷尽全部可能性(巴塔耶,《色情史》4)。几乎与萨德的极端书写异曲同工,巴塔耶在解构系统化科学观念与科学知识的前提下,以色情书写为极端的案例来呈现人类与生俱来,而非后来塑造的本性。相比于为色情辩护,巴塔耶强调自己"只想描写无比丰富的整体反应",而这种书写体验所激发的人类对于性欲的恐惧本身决定了色情诱惑的价值,因此巴塔耶捍卫的是人类的普遍意义(8)。巴塔耶将色情世界作为理智世界的一种补充,暗示了人类生命经验的内在性以及多重可能性。也许来自有关尼采的相似阅读经历,让巴塔耶与劳伦斯在道德谱系的书写以及伦理合理基础的重新界定有了新的思考。而巴塔耶对于异质经验的根本性思考也为列维纳斯以"他者"为关键词的伦理学埋下伏笔。

巴塔耶本人在文学领域的探索更是为伦理学与文学的合力探索提供了重要启示。《文学与恶》一书则通过文学文本中"恶"的书写对其旨在突出异质性的思想进行了僭越实践。不难看出,文学成为巴塔耶书写其思想的一种实践文本,因此尽管是文学文本,其中反映出的问题不再是被描述的对象,即审美对象。以文学中的恶为例,其自身带有问题指涉意味。文学的功能也从审美过渡到伦理功能(韩智浅 94)。这里的恶即是其在多个文本所声明的那种过渡形式。无论是这里的"恶"还是前文提及的"禁忌",都是其异质性思想的具体表现形式。巴塔耶笔下回归人生存经验的伦理阐发为伦理学研究,以及文学作为艺术经验样式的伦理学阐释提供了新的见解。

列维纳斯伦理学中的他者概念为伦理学开启了新的讨论界面,确立了伦理问题探讨所不可或缺的要素——他者,阐明了伦理问题的探讨实质就是个体与他者所展开的"关系"的探讨,具有一种辩证性,这为劳伦斯的"逃离"书写过程中他者问题的展现提供了一种理论性的补足。如果说巴塔耶通过僭越个体经验证明了重新界定伦理维度的一种可能,那么以"他者"概念为其思想核心的列维纳斯揭开了"自我理解的角度和深度"(王恒 6)。这正是在自我结构中从发生学意义上引入了他人,而并非简单,亦即接近同质化的自我实现。"将伦理学作为第一哲学"这一口号显然是为了抵御自柏拉图以来以主体观念把握世界的西方形而上学,"将真理、正义、价值等等确立在先于哲学之前、先于自我意识之前而存在的与他者的关系之中"(胡继华 44)。这与以巴塔耶为代表的法国异质性思想的传统一脉相承。在这种意义上,"从他人到他者的那种拓扑学意义上的批判—建构性进路,才是真正后现代意义的旨趣所在。列维纳斯作为后现代最伟大的伦理学家就是这种旨趣的集中体现"。他人是真正对我的威权、我的世界具有威胁的,因而就是我在真正的意义上想要使其归于无、使其成为不存在的东西。因而,伦理就是我之所以存在的条件。它也是真正的超验,在存在的本义是"在场"的意义上是不存在的,但为存在奠定基础(王恒 7)。在巴塔耶的基础上,列维纳斯确认了伦理问题所应该具有的超越性与关系性。伦理的本质在于其超越的意向之中,而并非任何超越的意向都有意向行为—意向相关项（noesis-noema）这样的结构。伦理学就其本身而言，就是"光学"。① 因为它并非局限于提供思想的理论操练以垄断其超越性（Levinas, *Totality and Infinity* 10）。在肯定个体内在体验之本体性意义的前提下，列维纳斯认为体现个体意义与伦理的可能性的关键取决于他者。在列维纳斯看来，"所有伦理思想是以恢复他异性的超越地位，亦即他者相对于主体意识的绝对陌生性和无限性为基本动机的"（杨国静 185）。

在列维纳斯哲学中，"他者"从多重意义上来说都是抽象的。因此，大写的他者（the Other）概念与日常小写的他人（the other）区分开来（Alford 25）。这正是因为列维纳斯想要去除总体性的思维。大写他者所突出的正是作为我的伦理驱动者的无限性与先验性。"在愉悦之中我完全作为我自己。作为一个完全不涉及他者的利己主义者，我完全超出了所有交流以及拒绝交流的范围所在。"（*Totality and Infinity* 134）根据这种自我与他者的划分，可以看出列维纳斯思想的重点所在。他更想强调的是一种脱离于差异的分离，不然就还是意味着有这样一个包含着我们知晓对方的自我和他者的总体存在。我知道我的世界中他人的存在，并且与他们有所交流，但是他们依然如同壁纸般在我的生活中出现，存在着但是并不被注意到……然而与他者

---

① 此处笔者采用英文版本"Already of itself ethics is an 'optics'"，并转译成中文。法语原文为"l'éthique est une optique"。该书的中文译者朱刚将此处翻译为"伦理是一种看法"，认为列维纳斯所希望表达的是人与人之间要直接地"面对面"，故是一种特定的看法。本书为突出伦理的超越性本质，作为无图像的观看（a "vision" without image），保留列维纳斯原始的"光学"隐喻语境，故直译处理。

的遭遇还是提醒了你一件事,那便是除了你之外世界的剩余部分,延伸向无限的那一部分(Alford 26)。对于个体有限性的外展与可能性的探寻构成了列维纳斯伦理学的核心,这也是其认为伦理学为第一哲学的原因所在,不然人就只是机械而封闭性的存在。因此,与他者之间具有先验性责任关系的展开构成了伦理的主要问题。相反,"他者的退隐引发的必然后果就是伦理的衰亡"(杨国静 30)。通过认识他者元素在伦理探讨的关键作用可以更好地理解劳伦斯中后期的旅行写作所蕴含的伦理维度。因为这期间,劳伦斯旅居各地,遭遇各种新的环境与事物,试图找寻能够为英国社会带来活力的新的可能性。对于界限的跨越与可能性的探寻体现在他对于异国地域风情、宗教以及两性关系间"他者"元素的挖掘,进而找寻现代社会自我问题的反省与超越的意思可能性。这是对于以自我为核心基础,透过他者探寻以关系为基本伦理问题的文学实践活动。

  列维纳斯为倡导异质性思想的巴塔耶提出的不可通约、无法同一化的个体"内在体验"提供了开放性的结构,同时以"他者"为前提拓宽了伦理展开的疆界。而作为解构主义思想家德里达的学生,南希在个体与他者问题调和的基础上,从本体上定义伦理的实质。南希在法国差异思想传统的语境下延续并生发了巴塔耶的"异质性"思想,其"无用的共通体"正是源于巴塔耶最先提出的"共通体"设想。巴塔耶从尼采的《重估一切价值》中提炼出比酒神狄奥尼索斯更好的意象,"迷失于海洋和这种赤裸要求的人":"成为那种海洋"指定了体验和体验所通向的极限。

> 在体验中,生存不再受到限制。在这里,一个人无法

以任何方式把他自己和其他人区别开来；其他人身上的江河在他身上迷失。这样一个简单的命令："成为那种海洋"，那种和极限相连的海洋，它同时把一个人变成许多人，变成一片荒漠。这个表达概括并明确了共通体的意义。(《内在体验》43)

这便是巴塔耶语境下只以体验为对象的共通体的描绘。而南希的"共通体"①概念一方面是试图克服传统形而上学中主—客体的认识论关系，另一方面试图通过"意指"(signification)和"意义"(meaning)的思考而转向有关个体生存及个体间关系的伦理问题。

南希批判了形而上学，即现代人所面临的认识模式，"当意义的形而上学发现自身已经是其界限时，它展开(expose)自身。它以一种无法返回到任何意义的方式展开自身，然后重新打开整个意义问题，回到问题的关键，用另一种方式思考和实践意义本身"("On Wonder",65)。正是共通体的概念明晰了这种"展开"。

在《无用的共通体》中，南希集中且具体地去描述共通体。"与西方最古老的神话同样久远的时期，共通体可以说就是对于人类分享神圣生命的思考(这种思考非常现代)：思考人与纯粹

---

① 本书中"共通体"一概念采用自 *Les Communauté Désœuvée* 的中文版本《无用的共通体》(郭建玲等译，河南大学出版社 2016 年版)对于 communauté 一词的中文翻译。译者建议将 communauté 一词译为"共通体"，同时保留了"共同体"的翻译，并用并存的斜线式的外铭写方式，共通体/共同体。不过由于南希与译者同时提到"通"实则是对"同"的解构，以及本书所强调的劳伦斯语境中异质性元素对于关系构建的作用，本书采用"共通体"这一翻译，以侧重"共通"状态，而非对于"同"的追求。具体参见《无用的共通体》作者中文版序，第 2—5 页。

内在性的交融"(22)。在南希的语境下,"共通体,以及沟通,是个体的构成,而不是相反"(242),"共通体是有限的共通体,也是他异性的共通体,发生到来的共通体"(246)。南希语境下所强调的共通体"不是历史的,似乎存在与永恒的流动之中",因为"历史是有限的,是间隔的,而共通体却存在于这些间隔之中"。我们分享时间的间隔,我们在间隔之中的共通体中沟通交流(张正萍 360)。南希对于共通体的构建在肯定了以差异和间隔为前提的伦理空间的同时,也体现了对于共通体非"总体性"的整体性复归的筹划。因此,南希语境下共通体是"内在性之夜的绽出意识",因为"像这样的意识乃是对自我意识的中断"(《无用的共通体》44)。这种对于没有实体的"共通体"保留了个体意识的内在不确定的维度,其本质,同其他诸如德里达、德勒兹以及列维纳斯这些注重差异性特质的法国思想家来说,是反对基础主义(foundationalism)以及哲学概念意义上的极权主义(totalitarianism)[①]的思想演绎(May 3—4)。南希试图脱离政治话语的单一语境,而重新划归到无政府状态的个体本身问题,用其自身的概念"独一的个体"构成分联共通体的状态。

从巴塔耶正式提出的这种由个体经验的"内在性"本质而生发的伦理维度构成了法国差异思想传统抵御观念论的伦理手

[①] 梅(Todd May)认为在理解 totalitarianism 这一概念时我们没必要太过于与专制政体联系起来。尽管无法完全脱离其语境,totalitarianism 在诸如德里达、列维纳斯以及南希等差异理论体系的思想家看来有着更为宽广的视域,因此更深地根植于我们自身看待世界的思辨方式之中。而这显然与 foundationalism——作为给予任何哲学论题以绝对和毋庸置疑的解释而存在的哲学范式密切相关。具体参见 Todd May. *Reconsidering Difference: Nancy, Derrida, Levinas, and Deleuze*. University Park: The Pennsylvania State UP, 1997: 4.

段。从现代性思潮的爆发到后现代解构和异质性思想的过渡与转换展现了围绕个体生存问题所产生的伦理维度探讨的可能性尝试的开端与发展的整个过程。围绕个体经验的内在性所展开的伦理观为劳伦斯作品中伦理要素及维度的阐发提供了进路。对小说家劳伦斯而言,"现代科学的全部目的在于消除我们自身经验所引发的敬畏与惊叹"(Pearce 102),如何用写作去复原、反思与呈现这样的经验便是一个人重要命题。"从早期的写作开始,劳伦斯就努力尝试将其丰富的阅读体会与其所感知的生命体验融合在一起,并在作品中展现一种世界观"(Harrison 152),而这种世界观则折射了他对于生命的本质及其伦理要素的揭示。可见,作为小说家的劳伦斯对于现代社会伦理问题的思考轨迹体现了他超越自身时代境遇的局限性,包容对于不同地域文化多样性的眼光。这体现了劳伦斯立足于文学,而放眼于个体的伦理境遇的道德责任感与未来性思想。戴尔提出劳伦斯通过其作品呈现出的冲击和批判逐渐实现自己的"内在命运"(《人类状况百科全书》222)。因此,劳伦斯在文学场域内所进行的正是透过文学创作本身,反观对于英国社会体现在社会、文化以及文学等各个领域的弊病,通过侧重人物内在精神意识与生命体验书写,以及围绕人与人、周遭环境、世界的多重关系的伦理可能性,透视战后英国社会所爆发的主体精神内核上的伦理危机。相比于同期的现代主义作家,劳伦斯的特别之处在于他一针见血地道明工业社会思想地震的核心问题:人丧失了其自身作为丰富精神维度,以及对于生命体验具有自省意识的个体之基本属性,而沦为与机械化快速运转的社会

导　论

同盟的零件人,即"没有个性的人"①,这都体现出劳伦斯抵御同一化思维的生存原则与创作理念,而其整个创作过程都折射出极强的反思性与建构性。伴随其反思性的创作过程,劳伦斯作品所反映出的伦理思想也经历了一定的变迁和发展。

纵观劳伦斯各创作阶段,从《白孔雀》中自然以及人物的原始性,劳伦斯作品中已然表现出的各种经验的雏形,即情感经验、感觉经验以及意识经验等,然而经验书写并没有突出分析性与方向性,是因为劳伦斯在此阶段并"没有确定把握情感意图"(利维斯,《劳伦斯与艺术》110);《儿子与情人》中开始强调个人关系及其脆弱性与依存性的表征,描述人物在各种经验领域的疏离与断裂。尽管该作品已经体现其卓越的写作天分,尖锐的情感问题与紊乱的情感关系则破坏了他所希冀在小说中表达的个人经验与关系(111)。从《虹》和《恋爱中的女人》开始,劳伦斯侧重于表现作为生存个体的人物的经验表达,以及个体之间的关系,用其自己的话来讲"几乎用另一种语言写作",体现他自己不同于以往的"大量劳动、兴趣和方法的表现,探索和技巧革新",而这些正是劳伦斯之后"熟练写作的基础"(110)。这种熟练具体来说,意味着劳伦斯找到了小说创作与伦理观照的一个平衡点,因此,这个阶段可以被看作其伦理实践的真正起点。

本书主要选取《虹》、《恋爱中的女人》、《羽蛇》以及《查泰莱夫人的情人》四部小说为主要研究对象,同时兼顾展现劳伦斯伦理思考的其他关键虚构与非虚构作品,并将它们看作一个整体。

---

① 源于与卡夫卡、乔伊斯和普鲁斯特并称的奥地利作家罗伯特·穆齐尔的小说《没有个性的人》,小说围绕主人公乌尔里希想成为一个出人头地的人而展开,描绘了其试图在现代物质化社会找寻个体可能性与整体秩序的尝试和思考。

在法国"异质"思想传统的巴塔耶、列维纳斯和南希等思想家"内在体验"、"他者"和"共通体"等关键概念的观照下，分别考察劳伦斯创作三阶段体现出的伦理的经验维度、辩证维度以及本体维度，进而厘清劳伦斯小说伦理建构的过程。

第一章主要探讨劳伦斯小说伦理问题的根基，即个体内在经验的确立，主要论述《虹》中内在体验如何作为伦理问题探讨的基础。从小说如何呈现男女间在意识、情感等多重关系的冲突与碰撞，个体经验与意识如何通过与他者进行对话关联，以互为依存的形式得以呈现，而构成伦理问题。此外，本章将探讨《恋爱中的女人》中他者如何作为伦理问题的初步显现，揭示在工业社会的语境下，个体与他者关联的失落而导致的人性扭曲以及情感枯萎的过程，同时进一步探究工业文明社会伦理问题的症结。劳伦斯对于个体内在体验、个体间内在体验关系的探索实际上体现了他对人和世界关系的生存论意义层面关系型伦理的可能性的探索。

第二章主要探讨劳伦斯小说中他者如何作为伦理问题的主要呈现方式，如何通过他者的切入而展现伦理的辩证维度。劳伦斯这个时期离开英国、欧洲大陆到澳洲、美洲等地所创作的以"逃离式"旅行为主题的作品，以及其中对"美国式自我"中民主和自我问题的审视，可以看作劳伦斯将"身体意识"转换成艺术经验的创作历程。本章探讨劳伦斯在以《羽蛇》为代表的"逃离式"写作中如何通过异域、宗教等充斥着"他性"和"异质性"的他者元素时空范围内，探寻新的伦理可能性，确立以他者"无限性"为要求和责任的伦理关系，进而建构一种具有神性和信仰色彩的理想世界。在他者的不断挑战与冲击下，劳伦斯笔下的人物以及劳伦斯作为旅行者本人通过以语言为手段的"异境"体验,使得艺术与本体实在可以融合(Leone,"Art and Ontology",127)。

第三章主要探讨劳伦斯小说中通过"共通体"模式探寻伦理本质的可能性。本章主要寻找劳伦斯晚期融入在绘画评论与实践中的艺术本体观与其伦理关注的契合点;分析劳伦斯如何透过英国绘画批判现代主义文学整体的症结,通过新的感知方式以进行艺术本体复归的探索;同时,在劳伦斯回归其伦理探索的原初语境的背景下,试图论证小说《查泰莱夫人的情人》如何通过实现个体关系的重新认识,在保留个体独一性的前提下,与他者建立和谐共生的共通体,从而以克服自身经验不完全性的方式实现一种具有目的性的、具体而为的总体性伦理价值,从个体出发的角度论证存在于世的伦理维度的意义。

劳伦斯小说中的经验维度、辩证维度与本体维度构成了其伦理问题探讨的主要框架,也暗含他在思考并建构小说伦理的全过程。巴塔耶、列维纳斯与南希等思想家伦理学概念的引入与借鉴提供了可以具体而微地探讨劳伦斯小说伦理观点和发展的理论指向与坐标,突出劳伦斯着眼于现代社会伦理危机而进行积极文学救赎实践的思索深度与前瞻性意义。如同他所提倡的从个体经验出发的伦理观点,劳伦斯的"直觉式写作"实验与创作同步。尽管经常被诸多批评家认为写作主题善变不一,忽略文学文体和语言在形式上的优雅完美,但是这种实践本身实则在挑战读者和文学批评界的惯性思维和正统观念,而这或许正是劳伦斯希望通过小说本身实现的伦理重塑过程。

第一章

生存个体及个体间关系：劳伦斯小说中伦理的经验维度

第一章 生存个体及个体间关系:劳伦斯小说中伦理的经验维度

在给编辑加奈特的信中,劳伦斯透露将寄给他《姐妹们》(*Sisters*)的第一部分。这部劳伦斯原本更想称为《结婚戒指》(*The Wedding Ring*)的作品,被他认定将与《儿子与情人》迥然不同:几乎是用另一种语言写就。他不会再运用《儿子与情人》那般充满知觉与表现的、强硬而极端的写作方法(*Letters 1* 259)。正是这部《姐妹们》,被拆分为《虹》和《恋爱中的女人》两部作品分别出版。从《白孔雀》开始,劳伦斯与其他作家在小说人物处理上的差异便显现出来。其小说中,人物具有"一种与众不同的个性模式,仿佛一个有机体,有生长甚至改变的可能"(Black 36)。在这个阶段,劳伦斯对于小说人物的个性化处理还显得不够成熟,因为早期作品中的主人公(如乔治、莱蒂等)仍然缺乏自省意识。而那些高度自省,能够表达自身,甚至有思想的小说人物随着劳伦斯不断的写作实践也即将悉数登场(42)。

自《虹》这部作品在人物塑造上开始的转向引起了学界对于劳伦斯创作思想缘起的思索。贝尔认为《虹》是劳伦斯第一部将其有关个体客观感觉的形而上学(metaphysics of impersonal feeling)置放于中心地位并详尽阐述的作品。这种客观感觉并不是一种情感和心理特质,而是与世界的一种联结方式,是对存在者的一种回应(Bell, *Language and Being* 51—52)。从早期作品到《虹》所产生的变化不能完全说明劳伦斯对于自我和社会问题看法的变化，毋宁说是他对于个体与存在问题思考视角的变化。也正因为这种视角的变化，对于社会以及生存意识的侧重考量深化了小说的伦理内涵。以《虹》和《恋爱中的女人》两部作品为开端，劳伦斯的写作正式转向以个体内在体验为关键词的伦理思考的第一个重要阶段。在经历了《儿子与情人》写作实践和舆论风潮的洗礼之后，劳伦斯认为大众依然未能理解他的创作本意。这也更加稳固了劳伦斯希冀通过小说传达其思想和道德警醒的愿望。换句话说，这更坚定了他在小说中的吁求，"只有重新去调整男性与女性之间的关系，解放并正视性的问题，才能获得重生。我可不想让我的艺术臣服于某种形而上学，像曾经有人提到哈代的那样。我只想让我的英国民众改变，能够感受到更多"（*Letters* 1 204）。值得注意的是，劳伦斯"所感兴趣的不是性本身"，而是把自己献给"伟大的神明"（王佐良、周珏良 337）。对他来说，性问题更重要的是作为英国社会的一面镜子。劳伦斯以性作为一种隐喻，将它作为个体间关系的重要观察点以反观英国社会的道德失落问题。这体现了他反观时代弊病，试图以文学实践的方式去展现并反思"性"这一问题，从而阐明新型伦理可能性的迫切愿望。

  无论从文学样式的改写还是伦理基本问题的展现，劳伦斯在作品中一方面突出了作为个体在探寻伦理出口时的困境与不安，另一方面呈现出以客观形式存在的他者的一种可能性。《虹》和《恋爱中的女人》两部作品分别突出了这两个侧面。劳伦斯通过转写内在体验的方式对个体存在展开初始性的探索，是其伦理问题探讨的第一范畴，为后文个体间关系的处理以及他者的出现奠定基础。尽管劳伦斯以伦理为内核的写作动机很早就已经显露出来,不过如同其作品在形式和内容上都时常表现出来的善变倾向一样,经常令读者与研究者们理不清头绪。或许这种所谓"善变"的特点本身就是劳伦斯创作实验性的例证。劳伦斯正是在创作过程中不断地进行摸索。因此,这种探索本身就是带有强烈的不可拆解性,无法被系统化、同一化地进行理解。劳伦斯作品语言形式和主题策略的多变一方面说明他对于伦理问题的思考一直在不停地发展,修正并扩充,因为劳伦斯从未间断抵御惯性的思考,哪怕是推翻自身;另一方面,这多重变化也迎合劳伦斯抵制绝对统一化的文学形式,反对以传统价值判断作为伦理基础的初衷。《虹》和《恋爱中的女人》构成劳伦斯伦理探索的第一阶段。在这一阶段,以生命、存在、体验和精神意识为关键词的伦理关注呼之欲出。伦理的主题也开始呈现出问题化特征,为伦理建构的可能性埋下了关键性线索。为了阐明劳伦斯在这部作品中所展现的以个体内在体验为关键词的伦理基础,本章将援引当代伦理学家巴塔耶"内在体验"等关键概念,用以阐释劳伦斯在《虹》和《恋爱中的女人》中如何通过大量意象、隐喻和象征的手法,通过转向生存个体的内在经验以构建伦理问题的基础。

第一节　内在体验作为个体伦理的基础

如同在多篇非虚构作品中所表述的一样,劳伦斯小说伦理诉求的着眼点是人作为生存个体的生命与存在,以及人与人之间富有生气的关系。利维斯在《小说家劳伦斯》中对《虹》褒奖有加。他认为劳伦斯小说尽管取材于自身经历，但是经过了客观化和艺术化的处理。同时，对于小说中伊斯特伍德地区跨越三代的主要人物的处理体现了劳伦斯对于个人生存这一问题的反复呈现，反映了英国社会的变化。[①] 在《虹》的开篇，劳伦斯就以其特有的、具有创造性的诗性语言描绘出一种"生命的整体感"（unity of life），这与他自身创造的概念"血液亲密"（blood-intimacy）和"血液凝聚"（blood togetherness）密切相关。总的说来，这印证了他将自己认为是黑暗之神的预言者——坚守着直觉可以战胜理智、高尚还有文明的立场（Leavis 113）。尽管利维斯的褒奖——道德严肃性和创作的整体感，肯定了《虹》对当时英国社会现世意义的一种创造性呈现与反思，在一定程度上继承了英国文学与文学批评传统中对道德和伦理问题的关注，然而另一方面，相比于乔治·爱略特、哈代等前辈，劳伦斯实现其伦理诉求的途径所凸显出的特立独行又似乎在利维斯所提出的"伟大的传统"之外游离而显得格格不入。不难看出，尽管身处英国文学"伟大的传统"之列，心系英国社会乃至文学所反映出的伦理危机的救赎这一要任，但由于其青年时期大量而分散的阅读经验所获得的多元、丰富纷杂的思想来源，与常年出离英国、旅居美洲以及欧洲其他国家的经历，被学者沃森称为一名"局外人"的劳伦斯思想源泉的多元性似乎让劳伦斯背离传统，而去汲取来自包括欧陆哲学等在内的思想观点中的养分，置于

[①] 与《虹》侧重历时书写相比，《恋爱的女人》更是写作同时代英国社会的现实写照。

第一章 生存个体及个体间关系:劳伦斯小说中伦理的经验维度

其作品中以建立一种新的道德秩序。[1] 可以说,劳伦斯的思想来源并非直接成为其创作的理论框架,这也正是他本人所持有的艺术理念所坚决反对的。与其说诸如尼采、卡莱尔、弗洛伊德等思想家的观点与视域直接影响了劳伦斯,不如说劳伦斯以小说这种形式彰显并发展了这些观点。反思性的写作方式也同他一直所推崇的直觉式创作理念相契合。

可见,劳伦斯是充满改革精神,有着强烈伦理诉求的现代主义作家中不可缺少的一员,因此在转向人内在世界这一层面与其他现代主义作家有一定的共性。现代主义作家们作为整体进行的是一种异质的文化运动。劳伦斯的"直觉式"书写便是这种"异质性"的一个例证。这种书写的内核就在于关注个体经验本身。这一点与现代主义文学的主要分支——意识流小说手法有相似之处。意识流主要强调人的经验意识是一个统一的整体,意识的内容不断变化却从不间断,将对外在世界的客观描写转向对人物的内心刻画。这种外部世界向内在世界的转换究其根本是从秩序井然的物质世界转向丰富却纷杂的精神世界,进而强调人的精神体验维度的重要性。对于内部精神体验的重视与刻画成了劳伦斯以及其他现代主义作家的重要转向。具体而言,个体意识书写引起了劳伦斯的深层思考,认为有关世界的

---

[1] 劳伦斯的写作来源可谓广泛而杂多,这些来源固然与他的游历与交际经验密切相关,然而在评论界也莫衷一是。克洛克尔(Carl Krockel)认为劳伦斯在写作《虹》的这种"陌生性"或谓"外来性"就是来源于他丰富的德国生活经验,包括他与弗里达及其亲友的来往,有关托曼斯·曼的书评,对蓝骑士画作的关注,包括在此期间阅读歌德、诺瓦利斯以及尼采作品的经历(107)。具体参见 Carl Krockel. *D. H. Lawrence and Germany: The Politics of Influence*. Amsterdam and New York: Rodopi, 2007.

知识无一不在人的意识思考之中。在其论文《论做人》("On Being a Man"，1924)中，劳伦斯提出了源自贝克莱认识论的主观主义思想，"对于已知的我来说，所有的事物都作为一种知识形式而存在。一个人正如我所了解般存在，而英格兰也是我所了解的英格兰。我自己也是我所知道的自己。主教贝克莱是绝对正确的：事物仅在我们自己的意识中存在"(*Phoenix* II 617)。认知主体的瓦解也一直是劳伦斯作品中所关注的问题(Weinstein 319)。可见，对于个体意识、经验的关注、承认与醒觉是劳伦斯思想的重要基础。

其友人钱伯斯在回忆劳伦斯时也曾提及，在早期的阅读与写作经历中，相比于外部描写，劳伦斯就已经表现出对人精神内部如何思考同感受的急切关注(Chambers 105)。第一次世界大战后，战争的瓦砾和灰烬让英国文明也随之黯淡，工业社会所倡导的工具理性与战后创伤让人们的精神也如碎片般难以振作，这种状态让劳伦斯感到绝望。他认为英国人民的精神空间遭到了科学理性主义的碾压，失去了其本身作为生命个体的自主性和活力。因此，劳伦斯认为重建伦理的第一步就是让人们明确到社会的症结所在。人们应该重新对那缤纷而充满生命力的内在世界引起重视，这与其多部作品中一直呈现的经验多样性保持契合。在劳伦斯的第一首真正的幻想诗《野外》("The Wild Common"，1921)中，叙述者发现并宣称自我具有实体性与直接性。灵魂或谓心智与肉体的生命紧密相连，二者不可分离……尽管直觉无法像科学一样精确，可以求证，劳伦斯却始终忠实于他所认同的"直觉式"写作，因为这正体现了人区别于机械物体的特性所在。这种对于自我的理解被学者莫伊纳汉

(Julian Moynahan)称作有机的道德心(organic conscience)("Lawrence and the Modern Crisis", 37)。生存体验的直接性、具体性与多样性等特征形成了与科学所代表的抽象性和精确性对经验扁平化处理的一种对照。

因此,个体生命体验构成劳伦斯伦理诉求的基础和关键词。大量宗教、神话以及民族学、人种学的书籍和文献的阅读融汇在劳伦斯的思考过程中,形成了原创性的概念——"血液知识"(blood knowledge)。可见,劳伦斯与其他现代主义时期作家的不同之处在于,在他发现伦理危机要害所在而转向对于个体内在体验的强调之后,又朝前一步,即在自省这些意识体验的同时,试图积极找寻建构其理论的伦理维度和意义。如同赫胥黎(Aldous Huxley)对他的评价,劳伦斯在艺术上所追求的自发性同样适用于他的伦理原则,一个人首要的道德责任就是不要去超越他作为人的位置或者与生俱来的心理所得而活(1253)。这也构成其创作特点之一,将社会、宗教以及个体问题看成一个整体置于其创作之中。文学创作即伦理实践与建构。

在 1913 年给柯林斯(Ernest Collins)的信中,劳伦斯写出了或许最能表达他自己的思想出发点,并贯穿其创作的原始观点。他直接而明确地称之为自己的"宗教",

> 我那伟大的宗教就是对于血液、肉身的信仰,这可比理智聪明多了。我们的头脑会出错,但是我们血液所感受、相信和道出的却总是真相。理智就像马嚼和缰绳。知识有什么好在乎的。我只想要去回应我的血液,直截了当,不需要头脑、道德此类种种的干扰。我认为人的身体如若一种火

焰,就像蜡烛的火焰,永远笔直却又在变动;那理智如同烛光照亮了周围的事物。可我没那么介意周围的事物——有关理智——却关心那永恒颤动的火焰的神秘……我们变得如此可笑地理智,以至于我们都不知道我们为何物——我们只知道那些我们照亮的东西。只剩下了残余的火焰旁若无人地燃烧着光亮。与其去追寻那在我们身外逃亡着的、只有部分被照亮的事物的秘密,我们更应该看看我们自己,然后说"上帝,我就是我自己!"(*Letters* 1 180)

劳伦斯运用了火焰来比喻血液、肉体,体现他对于那只有人类才具有的生命力的深度信仰。书信透露了劳伦斯写作过程中极为敏感而丰富的洞察力。劳伦斯对生命中难以形容的成分的察觉和推崇是对华兹华斯所言的"不可命名的存在方式"的超凡的敏锐和深刻理解。他强烈地关注世界的秘密,而这神秘对他来说如同神一般。劳伦斯几乎从未忘记,在人类显意识(conscious mind)界限之外的他者如黑暗一般的存在。这种特殊的敏感性自然催生了在文学艺术中去表现可以即刻感受到的他异性(immediately experienced otherness)的惊人能力(Huxley 1249)。感受他者,并通过与他者联结确立自身存在,这是劳伦斯伦理观所关注的问题。

在《虹》与《恋爱中的女人》中,劳伦斯较之前作品更为突出地体现了这一特点。《虹》的开篇中对于宗教的体验维度与知识性问题的提出在一定程度上划定了伦理问题的讨论范围。三代主人公个体生命体认的实现似乎都一定要通过一番挣扎,通过他者的出现以实现自我内心体验的确认和表达。个体同他者的

第一章 生存个体及个体间关系:劳伦斯小说中伦理的经验维度

联系也并非任意,而是建立在对自我心理的探索与再发现的基础之上,一种脱离日常而抵抗惯性的行为。开篇有关女人生活的描述似乎透露出劳伦斯小说最为有趣也最具挑战意味的成就所在:"女人们的目光却离开这热乎乎的、盲目的农家乐去看远处的有声世界了。她们意识到了那个世界的嘴巴和头脑在说话,在表达着什么。她们听到远方的声音,于是她们便伸直了耳朵去谛听。"(《虹》2)[①]"远方的声音"正是与现实的"农家乐"世界对应的他性世界。这是整个小说的缩影,《虹》小说自身就是有关语言、有关那言说与不可言说之间,表达与不可表达之间,言语与沉默之间可能有的关系等问题的小说作品(Ingram 119)。语言不可言说之处为个体经验提供了新的阐释空间。

在《虹》中,从个体生活经验的不可言说性与多样性出发,劳伦斯赋予小说形式以新的生命。作品中出现了大量描绘主人公心理活动、情感状态以及精神意识的抽象表达。比起传统小说的情节铺陈与叙述,劳伦斯更倾向于分析性的写作方式。《虹》以抒情的笔触描绘一种群体生活;营造一种更为宏观和理想性的诗化的氛围,有时还运用了非常鲜明的圣经式叙述语言。这种描述群体的方式反映了人们(尤其是男性)的价值(Leith 251),尤其是《虹》一开篇对于玛斯农庄的诗性描摹,"埃利沃斯河在桤木林中舒缓流淌……塔楼直耸云天"(1)。事实上,劳伦斯早期的作品更偏重于视觉上的描绘。韦克斯勒(Wexler)对劳伦斯的风格有过较为详细的分析,认为劳伦斯和其他现代主义作家一样,试图运

[①] 本书所选取的《虹》的译本为黑马、石磊译,上海三联书店 2014 年版,后文不再另注。

用象征作为一种表达非实证经验(non-empirical experience)的途径,而这种象征正是文学伦理功用的缩影,

> 用这种语言进行描绘的象征性场景以角色和背景的经验性陈述开始,然而随着叙事中引进重复、矛盾、押头韵、抽象概念、直白的断言以及有韵律的措辞,感觉性描述便开始弱化。对于实践经验细致入微的观察与人物意识与无意识感觉之间的相互交织,普通的事件被心理剧强化了。而这心理剧的强度大大超过了实际情况的强度。就像弗洛伊德的"不相配的婚姻",不一致就在于这些段落需要象征性的阐释才行。这些情景象征着一种非实证经验的能力,而并不需要去详细说明到底是什么构成了这种经验。(170)

劳伦斯对于人物意识活动和内心感受的着重刻画似乎令新批评式的文本分析无处遁形。如果按照惯常的小说人物分析,去分析主人公的性格、行动与命运走向,那么劳伦斯的作品大概无法被很好地理解。因为内心体验是无法被给予确定性,或者说无法直接定性的。大量意识活动以及前意识中所混杂的各种隐喻,正是劳伦斯写作的用意所在。"劳伦斯将无意识概念作为其艺术以及社会批评以及文学批评的基础。然而劳伦斯所要批判的正是这个概念的原始语境,即科学和文化。他认为现代危机的中心议题应该指向人和文化。"(Kessler 470)因此,劳伦斯转而化用无意识概念于人真正的生存体验之中。因此,在劳伦斯整体写作意图下去理解这些隐喻便成为理解其作品的关键所在。

劳伦斯似乎将一切内心暗潮涌动的意识比作黑暗或者黑

夜。黑暗作为一种隐喻,代表与外部世界相对应的内心世界。它体现在作品的多个主题和侧面,体现了劳伦斯极强的精神性探索,展现了内在体验的复杂性和不可知性。比如,在《大教堂》一章,威尔面对林肯大教堂,表现出了一种极为出神的状态,仿佛"心都要跳出来了";他觉得"教堂是天空上的一个标记,是圣灵,像一个鸽子、一只雄鹰一样俯视着大地"。威尔甚至用"她"来指代教堂,以示无限崇敬。威尔参观教堂的过程中,仔细观赏教堂的装饰,从回廊仰视石柱以及石柱中的黑暗,感受着自己灵魂的强烈震颤,

> 他的魂跳了起来,飞入这宏大的教堂。他被这高大的教堂迷住了,却步不前。他的灵魂跃进了黑暗,被黑暗所攫取,灵魂离开自己、昏厥了,这灵魂就在静谧、黑暗、丰沃的母腹中震颤,如同种子坐在狂喜中创生一样……在这里,薄暮是生命的本质,这为色彩所掩映着的黑暗是一切光明与白昼的萌芽。在这里,天正破晓,最后一缕余晖正在西沉,永恒的黑暗中生命的白昼将会花开花落,重复着平静与永恒隽永的沉寂。(191)

可见,威尔完全沉浸在了教堂带给他的震颤中,教堂的神圣与庄严所折射出的神秘与不可知性被劳伦斯比作黑暗。这超越任何时空的范畴,似乎黑暗中就孕育了一切希望与幻想。尽管教堂是宗教信仰的象征,劳伦斯此处描写的用意不在于对宗教信仰本身的推崇与宣扬。这是因为与威尔一同前往的安娜则对教堂有着不同的看法。威尔与安娜的不同体验形成了对话效应。尽

管"她也受到了震撼，但是她沉默着，不去向往那个地方。她喜欢它，是因为这个世界与她自己的世界不大一样，但是她讨厌他的这种忘我的狂喜。他对大教堂的激情最初让她生畏，后来让她气愤了。归根结底，外面还有一重天呢"(192)。

这段心理侧写表现了安娜与威尔对于教堂在各自体验上的差异所在。安娜更加关注陌生性，希望摆脱日常，摆脱日常生活世界的平庸，而同时很清楚两个世界之间的差异性与不可兼容性。威尔在小说中似乎可以作为宗教性体验与权威的化身，"威尔的教堂经历揭示了宗教超验的两个根本倾向：个体的主要接受模式为被动地等待神示，即自我的消解；垂直的二元空间对立取消了下面的俗世，而终极的天堂和上帝的视角达到了超越时间和历史的永恒状态"(武伟 80)，因此这里强调了一种反历史性的观点。

此处，劳伦斯在描写人的心理活动时加入了对于人存在模式的思考。不同个体对存在所进行的思考具有本质上的差异。内倾性的思考本身说明个体生命内在的复杂性与多样性同时存在。在每个个体的内部，尽管纷乱晦暗，但同样，神秘而杂乱的经验存在一种建构。这种不可见的建构便是人之为人的个性化所在。劳伦斯语境下，万物的存在指的是一种绽放，生存则是指这种绽放得以发生的具体形式，每朵花、每个动物以及每个人等等(Hawthorne)。

对于个体内部经验的重视与分析令人想起提到现代主义则不得不提的思想家尼采。贯穿尼采思想核心的那句"重估一切价值"在劳伦斯的各类作品中得到了某种印证。劳伦斯"紧紧抓住尼采之箭，但却把箭以完全不同的方式投掷出去，尽管他们两人都在同一个地域中,精神错乱,咯血不止"。具体言之,劳伦斯以一种极其简单的方式定义宇宙:"生命必需的重要象征与有生命力的连接所处的场所,超越个体的生命"(德勒兹,《批评与临床》88—89)。尼采所提出的"重估一切价值"的语境其实是否认传统的道德。尼采对传统道德的定义为"报复生命","颓废者的意在否定生命的特异性"(孙周兴 103)。新的道德必须在推倒旧道德的基础上才能得以形成。因此,对生命本身的重视构成了尼采与劳伦斯共同的伦理诉求。

同样深受尼采影响的思想家巴塔耶在其代表作《内在体验》(*L'Expérience Intérieure*/*Inner Experience*,1943)中同样将个体体验置于其思想的中心地位。他将内在体验(l'expérience intérieure/inner experience)理解为人们通常所说的神秘体验:迷狂状态,出神状态,至少是冥思情感的状态。内在体验回应了其所思考的人之生存的一种必要性,永无休止地质疑(追问)一切的事物(《内在体验》8)。布朗肖则认为巴塔耶——这个名字对于很多读者而言意味着迷狂(extase)的神秘,或是对迷狂体验的非宗教寻求(14)。这种对于人内在自我的探讨呈现出巴塔耶,作为"后现代语言主体之死"论断的先驱,其实同样对现代主义进行着思考,提供给我们一个情感主体(模仿主体)的生成性阐释(Lawtoo 22)。① 尽管身处现代之后的所谓"后现代"语境,

---

① 劳图认为研究者倾向于将巴塔耶放在超现实主义、后现代以及解构视域下解读。诚然,巴塔耶的文本与这些理论的语境密切相关,然而这种异质的思想应该同前弗洛伊德、尼采的理论传统现结合。参见 Lawtoo, Nidesh. *The Phantom of the Ego: Modernism and the Mimetic Unconscious*. East Lansing: Michigan State University Press,2013: 22-23.

巴塔耶这一概念的提出具有一个指向,那便是又回到了如劳伦斯这些现代社会艺术家、思想家的问题,即主体问题,自我与他者,内在与外在,如何在不脱离主体问题的基础上继续探讨主体性。

这种思想预判了巴塔耶本人所宣称的反对教条,违背宗教的基本立场。同劳伦斯一样,巴塔耶从根本上想要强调的是一种非知的体验状态,他认为"教条的预设给了体验过多的限制:一个已经知道的人无法超出一个已知的视野"(8)。这种非知并非真的无知,而是反对现代科学观念轮中绝对的认知理念,即绝对化地知晓和把握某事物,

> 诞生于非知的体验断然地停留于非知。它并非不可言说——如果一个人谈论它,它也未被泄漏——但面对知识的问题,它从精神中窃走了精神仍然拥有的答案。体验无所揭示,它既不能为信仰奠定基础,也不能从信仰出发。体验就是在狂热和痛苦中追问(检验)一个人关于存在(être)之事实所知道的东西。(《内在体验》9)

巴塔耶试图以体验作为个体生存事实的内在性维度。这种内在性便确保了其所说的"非知"状态,也就是区别于海德格尔所说的现成在手的工具状态(Vorhandenheit/presence at hand)[①]。非知状态表现了人原始经验状态的真实景象。这种真实正回应

[①] 在手状态(Vorhandenheit/presence at hand)是海德格尔此在诠释学中的重要概念,用来表示个体作为此在,在把握意蕴的过程中的一种状态。意蕴的在手状态则是此在现有的熟悉状态。而科学的意蕴对于此在来说则是一种工具化的已知状态。具体参见张一兵的论文《意蕴:遭遇世界中的上手与在手——海德格尔早期思想构境》,《中国社会科学》2013年第1期,第143页。

第一章 生存个体及个体间关系:劳伦斯小说中伦理的经验维度

了劳伦斯作品中那关乎人自身生命和血液的这些固有物质所代表的自发性与生命力。因此,对于劳伦斯来说,小说虚构场景的特殊性和重要性并不在于塑造并限定始终如一的人物形象,而应该更专注于人物角色的内部经验描写,并将他们作为生存个体的代表,以呈现伦理层面的意义。所以,劳伦斯才会把威尔和安娜对于教堂的私人化体验无所顾忌地呈现出来。这种呈现本身就不需要再次确认或定性。这正是对于"存在事实"本身的追问。用黑暗作比喻则代表了体验的不可知性和不可描述性。从积极方面来看,黑暗也蕴藏了无限的可能性,那些"本质绝对的东西乃是可能之物的极限"(《内在体验》51)。只有以黑夜的沉默与神秘才能回应我们那神秘而个体化的体验。这种反本质、反逻各斯中心的行为同样照应了劳伦斯那句"理性只不过是最后一片花瓣(一种困境)"(《人的秘密》30)①。与现代科学同步的哲学正是在追求人对于客观世界的一种绝对的把握,而这恰恰抹除了存在本身无尽的可能性。为了占有世界,把握世界,人丧失了自己那无穷无尽的经验形式的可能性,而陷入本末倒置的僵局之中。只有回归黑夜般的经验才能重新找到无限的可能性。与其说劳伦斯再次落入他所拒斥的理论窠臼,不如说劳伦斯试图通过自己创造的概念化的隐喻摆脱过去有关无意识的观念的负累(*Literature, Ethics and the Emotions* 87)。劳伦斯笔下的隐喻体现的是不同于现代科学意义上的虚构性和想象性,而这些隐喻在他的作品中也有较为多样化的体现,进而打开

---

① 本书中《精神分析与无意识》(*Psychoanalysis and the Unconscious*)与《无意识幻想曲》(*Fantasia of the Unconscious*)两部作品所选用的译本出自杨小洪等译的《人的秘密》,上海人民出版社1989年版本。原出版者认为后者中劳伦斯的思想更为成熟,因而颠倒顺序。中译本书名为编者所加。

了读者更为广阔丰富的思考空间。

不难发现,"黑暗"可以作为劳伦斯笔下的代表性隐喻,所指代的本体似乎不仅仅局限于神秘的体验本身,而是有更为广泛的外延意义。在小说中,除了这种无法描绘的生存体验,劳伦斯还经常使用"黑暗"一词去形容人的心灵。在《虹》的《孩子》这一章,劳伦斯描述了威尔与安娜在养育孩子时期,两个人内心各自的涌动以及交流,

> 她的目光先是变得呆滞,然后她似乎受了催眠般地闭上双目。于是他们都沉入了同样浓重的黑暗中去。他具有一只年幼的黑猫的特质,专心致志,无声无息,但他的身影渐渐让人感觉到了,偷偷地、强有力地抓住她。他呼唤着,不是呼唤她,而是呼唤她心中的什么东西,她无意识的黑暗心灵微妙地与他的呼唤相应和。他们就这样同处于黑暗之中,充满激情,销魂荡魄,流连于每一天的背面,而不是白天。(205)

在这里,劳伦斯描绘了威尔与安娜在黑暗处才有的情欲。这里的黑暗可以明指"黑夜":"他们在白日里相分离,在浓重的黑夜里相结合……而她呢,在所有的黑夜里都是属于他的,属于他那密不透风、潜移默化、富有催眠力的放纵肆虐。"(同上)然而更为重要的便是两人之间情欲身处那说不清道不明之所在,这种未知性的体验被统称为黑暗,这也同前文的黑暗紧密地联系到一起。

劳伦斯与巴塔耶所探讨的黑暗,可以与尼采在《扎拉图斯特拉如是说》里那句"黑夜也是一个太阳"[①]联系在一起。在黑暗

[①] 转引自巴塔耶:《内在体验》,尉光吉译,广西师范大学出版社 2016 年版,内封。

第一章　生存个体及个体间关系：劳伦斯小说中伦理的经验维度

之处，人感受到了最为真切的体验。在现代社会中，思想意识比直觉更占主导位置。劳伦斯似与尼采一样，认为这种社会是被一种"群体道德"所主导的价值体系所控制的。这种道德代表了一种无一例外的大多数，因此这种道德最为提倡的便是在社会层面的可靠和有用（Milton 161）。这种思想正是尼采哲学想要瓦解的逻各斯中心主义，即以理性独断占主导的一种道德观：

  这种道德准则强调一种形式上的绝对一致：它并不会为不同类型的生命提供不同类别的典范，而只坚持一种单一的形式，单一的准则，为所有所共同获得……这种道德观的内容包括绝对的对立面：一些品质是绝对善的，而另一些是绝对恶的……这些品质属于我们有道德责任的意识动机；如果我们的动机是有罪的，那么我们将会遭受懊悔之痛，应受到相应的惩罚。最后，好的品质就是自我否定和怜悯，坏的品质便是自私和权力意志。（Morgan 163）

尽管劳伦斯未曾公开讨论过他对于尼采思想的吸收与借鉴，[①]

---

 ① 根据钱伯斯的记录，劳伦斯大概在1908—1909年冬发现了尼采。此时，他感受到了一种"权力意志"（will to power）。然而在他1910年的笔记中，尼采的名字总是拼写错误，也许暗示这个阶段劳伦斯对尼采的思想尚显陌生。同样，据施耐德对于劳伦斯思想的考察和研究，劳伦斯阅读过了《权力意志》、《快乐的科学》、《查拉图斯特拉如是说》；他在克罗伊登中央图书馆发展了自己对于尼采的热情，因为馆藏中包含了1909到1913年间出版的18卷本《弗里德里希·尼采全集》（*The Complete Works of Friedrich Nietzsche*）。具体参见 Chambers, Jessie. *D H. Lawrence: A Personal Record*. Cambridge: Cambridge University Press, 1980, 120; Schneider, Daniel J. *The Consciousness of D. H. Lawrence: An Intellectual Biography*. Lawrence: University Press of Kansas, 1986, 57.

然而二人对于道德的看法，以及文学和哲学两种语言的相互透视和运用，难免让人看作同样道德关注及其批判的一体两面。与其说劳伦斯模仿尼采，不如说他拾起了尼采之箭，在文学中实现自身的伦理诉求。

劳伦斯的思想不仅仅是打破了主—客二分看待事物和经验的方法，还打破了所有的权威和界定。通过对语言和存在关系的洞察，劳伦斯几乎放弃了固定人物形象的外部塑造，完全转向人的内在。如上文所描述的，人的内在体验完全代替了外界所能去界定和判断的人物形象本身。因此，劳伦斯笔下的人物形象无法被绝对的分析和定位，而仅仅是一个有着丰富而变化体验的生存个体。一个人重要的不是他的社会身份，而是回归到他自身生存的最直接感受上去。因此，小说结尾厄休拉所看到的"彩虹"是一种面向人经验本身的真实生命观，对于她来说是"生存意志"（will-to-life），而对劳伦斯来说，则是面向现代社会的文学意志（will-to-literature）（Trotter 76）。这里所谈及的意志同尼采语境下的权力意志一道，强调了现象世界背后斗争与意志的存在，而这种意志呈现出创造性，不是向生活"索取"些什么而是要"给予"些什么（叶秀山 8—9）。

这里体现了劳伦斯在非虚构写作与小说写作之间的一致性。在非虚构作品中已然直接表达的文学艺术具有其特有的伦理维度的观点在小说中则要改头换面，通过隐喻、象征等方式转写以表达一种立场。这种伦理抱负与立场必须通过截然不同的方式来展现，不仅仅是男女之间的性或爱本身就足以拯救我们。具体而言，劳伦斯认为可以拯救我们的是无法用命题模式表达的，超越身体、死亡以及在精神领域内存在的一种努力。布思认

第一章　生存个体及个体间关系：劳伦斯小说中伦理的经验维度

为,如果肯定这种伦理建构的方式,我们必须去体会小说中心角色的引诱(temptation),并认可其真实性,而不是像我们预先认为是错的一样看待它们。因此,劳伦斯对于角色观点的模糊处理不但是技巧上的革新,而是一种伦理创新(ethical invention)。这种对于道德立场的有意混淆具有伦理效应(Booth, *The Company We Keep* 450)。在小说中,我们一次又一次地感受着劳伦斯仿佛超越人的外在表现和个性刻画,直接转向人的内在精神活动,在心灵与心灵间穿梭。建立新型伦理的第一步,就是要确立人内部体验的合法性,因而要进入每一个角色的内在心理状态。因此,这种描摹必然具有多样性和差异性,而这才是作为人最重要的真相。这才是劳伦斯试图战胜工业社会所推崇的观念论的第一步。尽管劳伦斯并未按照某些理论去指导他自身的写作,其小说确实是在践行其所坚信的原则,即使他认为这套理论是反过来通过小说写作实践凝练而得。

如同利维斯所言,《虹》跨越了三代人的书写方式,从一个侧面展现了英国历史。劳伦斯在作品中展现给读者一个个具有鲜活生命力,体现生存本真性的个体,与以往文学作品中的常见人物形象迥然不同。如果简单地看故事情节,我们看到了三代人围绕情爱与欲望在同一片土地上发生的故事。译者黑马这样补充道:

> 第一代人——一个英国男子和一个波兰寡妇,经过理智和激情、灵与肉的冲突,终于弥合了彼此间的鸿沟,找到了各自的爱和欲望的满足。第二代人——沉迷于肉欲和本能,疯狂而美丽的蜜月之后出现的是心灵的陌生和心理变

> 态,只有过眼云烟的床笫之欢还能为这对夫妻的生活带来一点儿色彩。第三代人——经历着更为痛苦的社会动荡与理想破灭的打击,他们试图追求灵与肉的平衡,放荡的美好与精神的独立并行不悖,其中表现出的两性间的依恋与搏斗处处显示了人为实现个体生命价值与自身解放所付出的代价。(2)

这里固然可以看出劳伦斯在刻画三代人过程中的发展和变化,这不仅体现在外部环境的变迁,也体现在每一代人具体而微的内心演变。黑马认为这部作品主要是劳伦斯在三代人围绕情感和欲望这一主题的延续和发展。那么如果更进一步地分析,劳伦斯所构建的年代的更迭意义何在?或许可以这样理解,被人冠以"离经叛道"标签的劳伦斯未免不是在尝试一种新的书写构建,创新的同时又希望继续以一种延续的方式。具体而言,跨越年代的刻画体现了劳伦斯对于传统的一种中间态度,既有保留又有发展。时间在推进变迁,然而每一代所面临的问题似乎又不曾真正地改变。从开篇史诗般的描写可以窥见一斑,劳伦斯对于生活在玛斯农庄的布朗温一家的描述充满了活力与神秘感:

> 布朗温一家人的目光中透着对什么未知物的渴望。那神态表明他们对未来从容自信,且料事如神,有这一派继承人的姿态。这精神饱满的一家人,金发碧眼,言谈慢条斯理、清晰明了,使人能从他们的目光中看出他们从高兴到气愤的变化——蓝色的眼里大笑时闪烁着光芒,一生气那光

芒就凝住了。从他们的目光中可以看出天气变化的每一个摇晃不定的阶段。(1)

尽管已经提到了布朗温家族,劳伦斯并没有去逐一介绍家族中的人员和环境,一开始就运用其特色的诗性语言来描绘,而这种语言可以反映出几个层面的问题。首先,劳伦斯笔下这些人物在尚未现身之时,便体现出一种反射内在活力的生气;其次,这种生命活力和外部环境紧密联系,人的心绪与自然的变化密切相关:自然孕育着人的生活,人是自然的人;由于这是人所特有的一种活力,因此也会充满丰富的变化。

小说开篇所表现出的对生命力的极大关注正是劳伦斯希望以"存在"二字作为关键词,以开始其伦理计划的野心所在。也恰恰是从第一代人的书写开始,劳伦斯通过笔下的人物逐渐开始揭示个体每一处充满变化而体现人之为人的神秘性的部分。尽管个体本身是从传统和规矩延续而来,事实上个体的存在却只能依靠自身。在老汤姆过世后,布朗温太太分享了她站在自己这代人的尽头回看年轻一代所拥有的感受。她看到儿子们生活中所感受到的不安与不满,沉着脸。她很好奇儿子弗莱德"为什么非让她心烦不可呢?他为什么偏偏用发脾气、痛苦和不满来惹她烦恼呢?她年纪大了,经不起这么折腾了",而汤姆显得"有节制",但是从他眼中又似乎看到的都是忧郁和精神崩溃的边缘,那眼神似乎在说他要向她解开的秘密,她可以拯救他(240)。这段细致入微的描写从侧面反映出年轻一代希望从上一代手中获取生活和生存之谜的暗示和秘密。然而,在劳伦斯的笔下,切身的精神体验并非直接可以从父母辈传递过来,而必须要通过自身过程式、事件式的体验来实现和完成。所以说,经验的差异性与不可替代性从反面也说明了体验之于人的特殊性。莉迪亚这样描述她的想法,这也是她本人生命体验的一种总结和历练:

> 年老的怎么能救年轻的呢?年轻人要找年轻人才行。总是这么闹腾!难道这些年她就不能安安稳稳地平静度日,不能遁迹么?不,不能。汹涌的浪潮非要咆哮着卷向她,要推着她去冲撞障碍物。她总要被卷入没完没了的大发雷霆与激情的宣泄中去,总是这样。她要避开这些,她想要保持住自己的天真和安宁。她不想让她儿子们强迫她听那些古老的、交织着欲望与奉献的故事,不想听男人对女人积怨如愁的倾诉。她想超越这些,想享享老年的清净。(同上)

面对血亲对个体的影响,劳伦斯在《无意识幻想曲》中强调了在子宫内,生命最先开始闪烁出个性的火花。父母双亲的细胞核结合一体组成了新的生命体,这样,巨大的创世秘密便产生了,新的个体出现了——并非仅仅是结合的结果,远不止这些。个体的品质是无法衍生的。他是独一无二的新的个体,完全是一个全新的个体,他并不是父母的旧有元素的更换与组合。不,他是一个无法衍生的、史无前例的独一无二的崭新的生灵。不过,这种纯粹个体的品质,仅是其中的一个重要品质。它使其他品质完美起来,但并没有将它们销毁掉,其他的品质依然每时每刻都存在着,只是在他的发展的最高点,一个人才会超越他所有的

第一章 生存个体及个体间关系:劳伦斯小说中伦理的经验维度

承继的成分,从而变成纯粹的个体(《人的秘密》25—26)。这里暗含了劳伦斯对传统和权威的态度:人应该立足于传统,吸收传统的部分养料和精髓。但同时,传统断然不能成为决定人的绝对标准。因此,人应该竭力去寻找自身特有的生存模式。生活是个体生命独自实践和体验的过程,并没有可以直接套用的方法和理论。

在一种隐喻意义上,劳伦斯自己发明了用于解释人巨大生命潜力的神经丛体系。《无意识幻想曲》奠定了其试图建立一种生命"科学"的基础。尽管劳伦斯极力反对像科学知识那样使他的观点理论化,可他还是运用了诸多科学一般的概念去构建体系。这或许可以被诟病为一种并不彻底的批判科学的态度。但也许在这里,劳伦斯发明"神经丛"的初衷更值得引人思考。也许劳伦斯更多的是有意地利用科学,利用其作为诸多理解世界手段的可能性之一,而并非客观世界的唯一的终极答案(Bell,"The Metaphysics",12)。在这部可称为他的"科学小品文"的作品中,劳伦斯开宗明义,首先就规定了他的伦理原则,

> 我们没有任何制约。我们没有管束自己的法规。对我来说,只有一项法规:我就是我,这并非法规,只不过是一种观点。一个人就是一个人,但是一个人并非形单影只。在他们自我孤独的中心嗡嗡飞行着其他的星座。在他们中间没有坦直的道路。在你我之间不存在坦直的道路,亲爱的读者。我就是我,同样,你也就是你自己。我们多么需要人类相对论。我们比宇宙更需要相对论。星球知道相互之间应如何运转,不至于造成破坏。而你和我,亲爱的读者,

> 从一开始就笃信你即是我,我即是你,因为人类是一个整体。啊,我们总是互相碰撞、撕咬着对方的毛皮。(《人的秘密》19—20)

这里强调了"人类相对论",即个体所必需的独特性以及个体为了彰显自己而必须与其他个体形成一种相对的关系。"我就是我,是解答万事万物之谜的线索。所有一切与我合为一体。这是一个特性"(《人的秘密》31)。存在之谜和伦理之基,都被劳伦斯定义在人本身为唯一的基准,万事万物的解答线索皆在我。然而,这种法规和界限其实也仅限于个体的内部。劳伦斯并非想扮演另一个笛卡尔,去宣扬"我思故我在"——通过观念论以实现主—客二分看待世界的方式。恰恰相反,劳伦斯希望克服的正是这种主—客二分的思维,试图摆脱世界被把握成图像的危机的命运。世界不再是人类独断而行而被把握的客观世界,而是与人的存在体验切实相关的世界。因此,从反面来说,人也就不被与世界生硬而客观的关系所累,人应该以个体的形式为基础,并各自保有自身的特征。作为注重内在体验并以此为生存原则的人,他"必须从内部把握意义"。而每个个体的内在体验无法从逻辑上得到证明。一个人必须亲历体验。这不是能够轻易做到的,甚至也不可以从外部理智地考虑,我们有必要从中看到不同活动的一个总和,有些是理智的,有些是审美的,还有一些是道德的,而整个的问题必须被再次面对……"自身"(soi-même)不是从世界中孤立出来的主体,而是交流(communication)的所在,是主客体融合的所在(《内在体验》16—17)。劳伦斯意在通过对个体内在体验的强调探索主客体

第一章　生存个体及个体间关系：劳伦斯小说中伦理的经验维度

融合的一种可能性。

从这个层面来说，劳伦斯所运用的"黑暗"这一象征，其实是笛卡尔观念论相对应的那面。用他自己的话语，这些都是我们所无法认识的那部分。然而，"人类最高超的一课就是学会如何不去认识。即是说，怎么样不去干预，也就是怎样精力充沛地依凭巨大本源而生存，而不是静止地生存。像头部被观念和原则驱使的机器一样，机械地受到某个固有的愿望的驱使而生存。最后，认识必须置放于人的活动行为的真正位置上"（《人的秘密》76—77）。与其说"非知"和"不去认识"是背离知识，不如说个体以此为契机回到经验本身，进而获得智慧型新知。

在《虹》中，布朗温三代人各自的生活过程，展现了人们在内在体验自省和理解上的一种变迁。多尔蒂（Gerald Doherty）从巴塔耶的献祭（sacrifice）这一视角探讨《虹》这部作品中"贯穿日常经济活动到伦理，再到性爱与婚姻等各种关系的关系模式"（47）。劳伦斯"同巴塔耶一样，认为色情先验可以作为宗教先验的一种世俗的替代物，毕竟宗教先验已经不能开启未知的新的存在方式。这样，色情就填补了先验的献祭空隙进入一个超越这个世界的领域，白日的光使得所有事物焕然一新"（50）。这种理解模式似乎将劳伦斯笔下的肉体理解为与动物等同的纯粹肉身。这似乎是与劳伦斯极力推崇的那套"神经丛科学"相矛盾的。因为他所信奉的"宗教"就是他自身的血液和内在活力。通过以宗教体验为原型的献祭活动达到完满的精神世界似乎并不是劳伦斯思考的路径。然而，性和色情等超越日常生活的经验维度，确实可以看作劳伦斯试图稳固其内心体验为核心的伦理要义的重要隐喻。因为，劳伦斯认为有关性的概念、性的体验以及性的本质问题的全新呈现是扭转英国国民观念的关键所在。性作为英国观念的重要隐喻,也成为劳伦斯伦理试验的关键词。然而,也是在这个问题上,劳伦斯接受了大众舆论和文学领域的双重拷问。以性作为人内在体验之重要隐喻的探索,在《虹》中经历了三代人,即三个阶段的变迁。

小说中对于经验的描绘和把握体现了不同的层次。"尽管并没有制度化的规则去告诉我们如何阅读这部小说,但是对于读者来说,有一种强烈的需要,那便是对经验的一种根本性回应。"(Bell, *Language and Being* 55)在一定程度上,对于不同年代人体验的呈现展现了劳伦斯有层次、有变化地去表现体验这一伦理要素。概括来说,劳伦斯意图展现与机械科学相对应的事物,因为机械科学总是与一种僵死的东西联系在一起。在这种观点下,生命自然是次等而充满危险性的。劳伦斯自然希望去展现他眼中是首要而起始性的生命。这就是劳伦斯从《虹》开始,通过各种意象、隐喻等文学中才有的修辞手段所要达成的目的(Burack 86)。

从《虹》的第一代——即汤姆·布朗温和莉迪亚开始,内心体验的描绘便占据了大量篇幅。这部分书写中,似乎看到更多的是有关他们动态经验的直接性描绘。鸣笛的火车和满身乌黑的矿工宣布了"远方世界"的来临。这里劳伦斯只是暗示了文明的"入侵"以及随之而来的新事物。这种环境似乎并非对人产生根本的影响,而仅仅是提供了一个充满陌生新事物的"契机"去帮助他们丰富自身的生命体验。从体验这一层来讲,汤姆"反感上学,拼命对付书本,然而却对周围的气氛很敏感,粗糙而细腻的感觉"(9)这一细节,反映了劳伦斯对人物自然气质的一种关注,同样表现颇为细腻的还有"他生来就要在女人身上发现那种不可名状的、强烈的宗教冲动"(12)。这也引发了他对自己与女人之间关系的进一步思考。小说中充满了青年汤姆与女性之间发展关系时微妙的心理动态描写。例如,在与妓女有过一段关系后,汤姆觉得自己与原先有些不同,同时说不清自己到底与原先有何不同,常感到一种愤怒和怨恨。

> 要是他和一个水性杨花的女人发生关系,她要总是冒犯他的话,他简直不知道是尽快离开呢,还是欲火焚身时占有她以满足自己?于是,他又得到了一个教训:如果占有她,他又会感到不满足,他瞧不起这个。他既不是看不起自己,也不是蔑视这女子,他是蔑视这种经历所带来的整个后果,他讨厌这个,痛恨这个。(13)

这里体现出汤姆对女性和性体验本身的一种原始性思考,完全摆脱了人们面对性这个问题时所普遍持有的观点。在后文中,当汤姆遇到具有异域风情的波兰女子莉迪亚,他的困惑在爱与性的新鲜融合中逐步得到解答,因为莉迪亚身上"遥远的美"让他激动不已(39)。同样,莉迪亚来到考赛西后,独自经历着自己灵魂的煎熬。在新的环境中,莉迪亚感到惊慌失措,孤立无援,内心同样充满了不安。两个对彼此来说完全陌生的存在被各自丰富充盈而又焦躁不安的内心体验所充斥着。在这一代的感情刻画中,劳伦斯已经开始注意强调陌生化元素,显然有意地运用黑暗、黑夜以及月亮等象征,以表现每个人物作为生命个体的内心体验,以及汤姆与莉迪亚作为两个差异个体的陌生性。陌生的激情和情分令汤姆感到不安(40)，即便在两人结婚之际同样充斥着陌生感，但彼此的热情依旧如火焰般燃烧着。"他们的双足在认知的神奇领域里跋涉着，每一个发现都照亮了他们的足迹……他们尽情忘我地邀游着。一切都失去了，一切又都找到了。一个新的世界被发现了，只是还待开发"(86)。从安娜的眼中，他们二人构成了生活活生生的现实，在"火柱和云柱之间自在逍遥。她的左右两侧都让她心安神定，她不再被换去用尽一个孩子的力气去支撑这个拱门断裂的一头了，因为她的父母在空中街头了"(87)。劳伦斯以性和情感为纽带完成了对第一代人生活体验的描摹。可以说，这种描摹仿佛完全处于一种外界真空的状态，只剩下对人物内部体验的纯粹书写，而并未显现与外界的沟通和关联。

在转入第二代关系的书写中，威尔与安娜的情感和欲望关系同样具有陌生性的元素，甚至更加丰富。如前文提到的，威尔对于教堂异样的眼光和追求构成了他之于安娜的一种差异性。可以感受到的是，第二代人物内心活动并非其父辈的简单重复。相反，内心的抗争和呐喊似乎更为激烈和焦灼。威尔"在自己黑暗的世界里自由自在地散着步，而不是在别人的世界里。他自己就是一个纯粹的世界，他与任何普通的想法毫无关系。他自己的感觉最为至高无上，其余的都是身外之物，毫无价值"(218)。又一次，劳伦斯将人物个体的内心体验提升到了最重要的位置。威尔对自己的这种纯粹的体验有了更为强烈的一种自省意识，对于教堂建筑之美的体验似乎也与其享受肉欲之美的体验合而为一。"他和他全部的生命都对绝对的美有一种神秘的畏惧。这种美一直令他感到是一种神符，让他害怕，真的。这是邪恶的，

第一章 生存个体及个体间关系：劳伦斯小说中伦理的经验维度

是不人道的。于是他的兴趣转向哥特式的美，哥特式的形体将人类的欲望分散到尖顶上，从而避免了圆形拱顶那圆滚滚的绝对美"(225)。对内在体验的多样性的强调与对外部世界绝对审美的弃绝体现了小说生存本体论层面的意义，这再一次印证了威尔对世界的认识与其对内部体验的自省直接相关。文中，威尔却在女性身上发现了一种因其触摸而得以展示的隐秘而羞耻的美[①]（同上）。第二代人的这种体验又一次在第三代厄休拉的视野内留有印象。父亲的所作所为像魔术一样，声音如同命令，令她血液发颤，沉醉如催眠一样(227)。厄休拉的这种体验也将在她的成长，以及与恋人的关系中得到强有力的印证和实现。

第三代布朗温家族厄休拉个体体验的呈现通常被认为是《虹》的重中之重。而不同的是，厄休拉很早便有了自省意识。她意识到自己是"混混沌沌的雾霭中一个独立的实体，意识到她必须去一个地方，要做点事情"(270)。而宗教已经被否定，因为现实世界中已经不存在《圣经》中所描述的故事和情景，因此，她似乎也得出了自己的结论，"凡是在日常生活中无法体验的事情，都是不真实的"。厄休拉的内心体验表现出她在日常经验（乘车通勤、责任和报告组成的工作日的世界）和在宗教经验（由绝对真理和逼真的神秘故事组成的礼拜日的世界）之间的摆荡和分裂。"人在行为中生活着"(270—271)，因此，在厄休拉身上又一次突出了前两代人身上个体经验的失落感。然而在这一次，劳伦斯终于把这种"失落感"归结到"如何实现自我"这个问题上。厄休拉希望"以现实的形式"取得情感上的慰藉，因为她

[①] 关于劳伦斯在小说中对于"触摸"的呈现，在第三章中有相应的详尽分析。

的生活就是现实的生活。她想把宗教中来自想象世界的意识挪到实实在在的世界。精神世界和物质世界的混淆令厄休拉感到困顿(274)。她真正渴求的其实是两个世界的统一。

安东·斯克里宾斯基的到来给了厄休拉一丝这样的可能,具有贵族气质,有着自己个性的他给了厄休拉越来越多外面那个广袤世界的见识。同样,两人开始了激情的情欲游戏。只不过这次,厄休拉和安东两个人对于自身的体验有了更多的感悟和确认,

> 从他们双方各自看来,这是一个绝妙的自我肯定的时机:他在厄休拉面前表现了自己,觉得自己是个十足的男子汉,完全不可抗拒;厄休拉也在他面前表现了自己,知道了自己有无穷的魅力,因为,也是无比地强壮。除了各自最大限度地证实了自我,从这样的激情中,他们各自究竟还得到了什么与生活的其余截然不同的东西?生活的其余部分有有限和悲哀的东西,而人的情感到了最高点需要一种无限的感受。(291)

再一次,劳伦斯通过描绘男女之间的情感关系,试图找到如厄休拉所言实现自我的一种方式,"通过限制和界定自我,来与他、这个男性抗衡。她可以成为她的极限自我——女性"(292)。厄休拉与安东之间情感与欲望的呈现更为赤裸、大胆。这种最为充分和彻底关系的呈现转而又回到了自我的问题,即与生活的其余截然不同的东西。情欲的最高点促使更为无限的感受诞生,使得男人与女人各自找到其本身的魅力和特质所在,拥有其他

第一章 生存个体及个体间关系:劳伦斯小说中伦理的经验维度

日常经验所不能赋予的新的体验维度。

在劳伦斯笔下,厄休拉的体验几乎全部是黑暗般的自我。面对斯克里宾斯基时,厄休拉思想体验中呈现出一系列抽象化的"非知"体验,比如斯克里宾斯基变成那"杂质",而同时,"她觉得自己好像一块闪亮的金属,被那漆黑不纯的磁力拉下来了"(309)。这种对于个体体验的直接书写强度被劳伦斯表现得淋漓尽致。然而对于此种经验,无论是智识还是语言上的难以理解都不能说明读者人性或者经验的丧缺。原因也许在于,作为人,我们从根本上未曾直接地去定义无意识的状态,而人与人之间的意识流动差异又是千差万别的。因此,劳伦斯在描述"非知"经验时所运用的隐喻非常具有穿透力,叙述声音带有极强的表达效果,尽管这似乎处于认知想象的范畴之外(Berthoud 68—69)。

可以看出,三代人都通过情感体验方式去抵达一种完满,而个体从自我经验上的疏离、困惑到通过情感与性欲实现经验统一的呈现方式也越发清晰。劳伦斯以一种历时的眼光,呈现出小说人物主体对于客观世界的适应过程,以及在此过程中对于自身经验的反思和理解。劳伦斯对于人物内心体验和外部世界融合度的探索和追求体现出他对于主体与客观世界融合这种本体论生存视域的关注和渴求。

《虹》中三代人之间的共同点,即这部小说之于劳伦斯小说伦理问题探讨的重点所在,便是将性或者情欲作为内在体验得以作为生存模式和伦理维度基础的可能性的重要隐喻。在这一点上,劳伦斯与巴塔耶站在同一条战线上。因为他们都认为性是发掘内在体验重要性的关键扭转。只有换一种眼光认识它,才能重新看待人之内在体验之于伦理问题的合法地位。通过对情色的转喻书写,实现了先验意义上的超越。然而,他们的立场又不同,通过对弗洛伊德的批判,我们可以看出,劳伦斯在言说性这个问题时,一方面是在解构弗洛伊德,认为弗洛伊德对于性的阐释源自一种思想模式,它强调"整齐划一、一对一的能指——所指对应关系"(Fernihough, *Aesthetics and Ideology* 69);另一方面,劳伦斯也通过性去重新解释人的生命活力与内在体验。就像福柯在《性史》中考察性作为一种话语概念在权力形成过程中的原始历史语境。在这种语境下,性作为一种概念本身就是不断地被建构、解构并重构的循环往复过程。以性作为所有抽象经验概念的一种隐喻,希望人们放弃那头脑中的"性"——那个有关性的概念,或谓观念及其外延,而重新将性作为生命经验本身的原始意义。从概念到体验的思路转换,也可以理解为是从同一性社会价值观向多元性生存型价值观的转移与过渡。因此,《虹》中所体现出的从固有的人物塑造到人物内在的自由表达、从抽象观念到具体体验,是劳伦斯在小说中从外向内,实现从以科学技术为价值标准的工具伦理向以个体内部经验的生存伦理的一种转换和强调。

《虹》展现了从内在体验这一层面去建构伦理的积极可能性。而内在体验则通过《恋爱中的女人》中更具辩证性的思考以及更为成熟的笔触,因而更具问题性地凸现出来。从另一侧面也透露了这两部作品的内在关联。从厄休拉的角度来看,劳伦斯并没有终结她的自我实现之旅,而是让她在《恋爱中的女人》新的场景和挑战中继续着她的自我发现之旅,这正印证了劳伦斯"未完成式的",积极寻求真理之心的开放性(Leone, "*The*

Rainbow & Women in Love" 489)。在《恋爱中的女人》中,劳伦斯淡化了在《虹》中试图达成的彩虹般唯心主义式的圆满,转而去呈现"个体无法超越他们历史境遇的痛楚体验"(Krockel 159),同时通过引入他者元素进行调和。劳伦斯在《恋爱中的女人》中"构建了他人和其他依附关系的世界"(Worthen 99—100,103—104)。

第二节 内在体验之问题化:他者的初现

如果说《虹》解决了劳伦斯以个体生命体验为伦理问题基础的内在性问题,展现有关"个体内部客体感受形而上学式的思考"(Gindin 536),那么可以说《恋爱中的女人》奠定了伦理问题的辩证性基础。这种辩证性体现在对个体生命经验对话性和内在性的共同关注,构成了劳伦斯小说伦理建构的基础,即关注生命体验本身,以自我理解为核心的伦理设想。而对个体关注和强调的另一个侧面,便是消解同一性的尝试,以及对个体差异性的强调。在与他者和谐共存,并进行对话的基础上建立一种本真的道德关系,而摒弃以工具理性为主导的独白式伦理道德论断。沃森教授认为,《恋爱中的女人》一作是"作为他(劳伦斯自己)有意与社会相隔绝的一种回应和他个人'挣扎'的记录……代表了他思想观念上对所处社会的憎恶"。劳伦斯"要否定的是一种文化、一个国家或是(整个)社会"[①]。更进一步,劳伦斯甚

[①] 转引自冯季庆:《恋爱中的女人》序言,上海三联书店2014年版,第6页。

至否定了小说创作的固有模式,以表现沃森所言的这种"憎恶与反对"。因此,这部作品几乎最能够象征劳伦斯作品"启示录"[①]般的吁求,他最初甚至想将它命名为《愤怒的时代》(*Day of Wrath*)(Trotter 77)。而作为一种在文学艺术范畴内进行的理论实践,劳伦斯在《恋爱中的女人》中所完成的是一次美学颠覆。如同雷基(Michael Lackey)所言,"众多现代主义作家所在尝试的是,完善以形式为根基的美学理论,使其具有合法性与普遍性,并通过这种方法恢复艺术作品的名誉与合法性,而劳伦斯却提供了自己原创的美学思想,将心理学与哲学的重要发展融入美学体验的阵地当中"("D. H. Lawrence's *Women in Love*" 267)。《恋爱中的女人》便是这样一部在主题、情节以及人物塑造上同时具有多元性和辩证性的作品。

从故事情节来看,《恋爱中的女人》主要围绕伯金和厄休拉,以及杰拉德和古德伦两对情侣之间不同的思想碰撞以及情感体验。这部作品看上去似乎"同托尔斯泰的《安娜·卡列尼娜》一样,涉及两对情侣,同时把重心放在他们如何去理解他们自身的内在体验"(Greenwood 158)。两对情侣以不同的生存和交往模式存在于小说之中,学者切利亚(S. Chelliah)认为,伯金和厄休拉是"给予生命"的一对;而杰拉德和古德伦则是"致人死亡"的一对(9)。从以伯金和厄休拉为代表的人物对于内在体验的进一步自省可以看出,这部作品比《虹》更加成熟,因此以经验为

---

① "启示录"几乎是所有现代主义作家最喜欢玩味的主题。因为他们将他们自己看作生活在一个已经阻滞到无法进行变革的系统中,只有完全的瓦解与推翻才有重新开始的可能。具体分析可以参见 Frank Kermode. *The Sense of an Ending: Studies in the Theory of Fiction*. Oxford: Oxford University Press, 1966.

第一章 生存个体及个体间关系:劳伦斯小说中伦理的经验维度

基础的伦理指向性和问题性也更加突出。更具体地说,与其谈及其宏大的叙事,不如说是发生在居住在煤矿及周边的几个角色身上的一些普通的事情,"劳伦斯似乎可以化身每一个角色,一方面展现他们如何以观点的方式认知世界,另一方面又将他们作为观点的例证"(Acheson 9)。从这个意义上来说,劳伦斯笔下的每个小说人物身上都呈现出多层次多维度的阐释意义。

以厄休拉为例,她的自省在形式上发生了变化。从《虹》到《恋爱中的女人》,个体意识及其反应程度更加强烈,例如,在小说人物心理的叙述中经常出现"自我惊诧感"(self-astonishment)。这种转变犹如托尔斯泰式描写向陀思妥耶夫斯基式写法的一种转变。小说主人公们似乎找到了他们自身受冲动驱使的行为,成为可以与外部新鲜世界可以互动的对象(*Language and Being* 103)。而对于自我冲动的觉察也构成了同他者进行交流的前提条件。与此同时,个体以精神体验的形式与其他个体进行交流,形成一种交往结构,即通过与他者进行对话实现自身经验的确认。例如,在小说中,伯金与厄休拉的对话情境经常如此。比如,伯金劝说她只要抛弃那稳定的自我就能去经历理想的客体世界的存在,这也是伯金追求厄休拉的方式。而厄休拉在同伯金的交往中,从疯狂、怀疑到愤怒,态度也在不断地变化着("Emotions and Ethical Life" 103)。可以看出,小说中每个人物的经验模式、语言形态以及生存意识是一致的。

小说人物作为展现个体经验的范例,本身便呈现出一种不稳定性和变化性。这部小说极为关注人物"知"的能力:术语"知识"(knowledge)及其同源词"知"(know)、"已知的"(known)、"未知的"(unknown)构成了频繁的而且几乎是强迫性的重复的基础(Periyan 361)。劳伦斯将无意识的力量与麻木僵死的理性对立起来。这种思想的引导令劳伦斯几乎改变了小说的性质。对他来说,小说人物不是夸张化和类型化,也并不是表面上的真实存在,而是"火焰","一种透过可见的人物形象传达出的有关生活和真实的某种原则"(Price 276)。在《恋爱中的女人》这部作品中,可以看出,在劳伦斯笔下,人物角色(character)向生命个体(individual)的转换彻底而鲜明。将小说人物作为存在载体可以说是劳伦斯对于现代小说最重要的贡献,

> 你可千万别在我的小说中寻找人物角色那旧有的、稳定的自我。还有另一种自我。这个自我的行为无法辨别,而且会通过那些仿佛是同素异形状态,需要比我们过去在生活实践和发现中有着更深理解的,作为一种根本不变元素的不同的状态。(就像钻石和木炭都是碳元素构成。普通的小说构成了碳的轨迹——但是我说,"钻石,这是什么!这是碳元素。"我的钻石或许是木炭或许煤灰,可我的主题就是碳元素。)(*Letters 1* 282)[1]

---

[1] 劳伦斯的同素异形观点可以追溯到诗人、古典学者 F. W. H. 迈尔斯的 *Human Personality and its Survival of Bodily Death* 一书中有关"多重性格"("multiple personality")和"次要性格"("secondary personality")的主要观点。迈尔斯反对每个人都是由单一意识构成的传统观点,赞成我们每个人都是由一系列的"次要性格"构成的;而这些"次要性格"实际上也是单一无意识或潜意识自我的外在表现形式或者"同素异形"状态。具体参见 Gibbons, T, "'Allotropic States' and 'Fiddle-Bow': D. H. Lawrence's Occult Sources." *Notes and Queries* 35.3(1988): pp. 338-341.

第一章　生存个体及个体间关系：劳伦斯小说中伦理的经验维度

若想要同素异形体概念一般，不具有绝对稳定性的个体经验得以彰显，则需要通过个体间辩证和对话关系的形式。个体需要不断地与外界，以及其他个体进行碰撞，经验的内涵才能不断地展开，验证并确认自身更多的可能性。这种设立小说人物的根本理念，还在于劳伦斯"反对如弗洛伊德语境下的自我中主体的绝对控制"（Fernihough, *Aesthetics and Ideology* 71），即对应现代科学观念论中的一元独断论。人作为生命个体是不可简单地进行比较的。对生存体验及其呈现方式的关注，从另一方面来说，体现了劳伦斯对多元异质思想具有的包容性。更重要的是，劳伦斯认为，文学作品，特别是小说元素对于异质性伦理思想的呈现以及表征具有某种优先性。

几乎从《虹》开始的所有作品都会涉猎这样一种思想，即个体的内涵是丰富而富于变化的，"角色仅仅是一次性的个体和模范，而不是被建构的"（Schmidt 673）。劳伦斯在书信中具体解释了这种小说人物角色的塑造方式，"固定的道德图式正是我要反对的。在屠格涅夫、托尔斯泰还有陀思妥耶夫斯基的作品中，那种所有人物角色都使用的道德图式——而且几乎是同一种模式——无视他们角色本身的特别之处。这种道德图式呆板、陈旧而僵死"（*Letters 1* 281）。如此，劳伦斯笔下这些宛如同素异形体一般存在的，可变的小说人物表现了存在于世的每个个体自身的变化性，而并非传统小说中常见的具有稳定气质个性的人物形象。这种稳定倾向往往让人物处于生存与道德的桎梏之中。劳伦斯小说中的人物仿佛成为一个个多面体。内在体验和内在意识构成了他们最主要的骨架。

从《虹》开始劳伦斯对于人物内在体验的强调是在对个体经

验的可能性边界进行探索。这种探索挑战的是机械化社会观念中仿佛机器般丧失生命力的人的生存方式。对于新的人物呈现方式的挖掘进而构成劳伦斯接近社会问题的重要途径。社会问题与人物角色的失败紧密相连，而这也正是劳伦斯跻身前文所提到的以奥斯汀、狄更斯、乔治·爱略特为代表的英国文学传统的重要原因。不同的是，劳伦斯对一种不可解释、无法改变的个人特质保持激进的主张（*Literature, Ethics and Emotions* 84）。以"同素异形"般个体存在的小说人物成为劳伦斯以文学样式呈现人经验多重可能性的关键所在。具体而言，是劳伦斯小说中那些特有的、性格与决定无法预测，甚至前后矛盾的人物形象。例如《圣·莫尔》（*St. Mawr*, 1925）中的威特夫人最后决定嫁给马仆刘易斯，还有《虹》中最后安娜突然决定嫁给安东，等等。然而，在劳伦斯看来，人物行为中不可预测的特性所带来的所谓"不一致"的模式才是具有道德性的人。"如同碳元素的比喻一般，个体所潜藏的体验及其不可预测性并不意味着前后矛盾，那也许是有着深层次的一致性和稳定性，在同素异形的状态之下作为个体的基础"（Ingram 98）。在这层意义上，劳伦斯坚持着自己的新型道德，同时在小说人物身上进行实践，这与他所认为的托尔斯泰式人物的道德设限所体现出的某种不忠实性形成对照，再一次印证了其哲思语境与小说创作的一致性。

既然个体的内在体验构成伦理问题的基础，那么体验多重性的展开便是伦理问题得以呈现的方式所在。对于内在体验呈现维度的探索实则蕴含了劳伦斯为抵御主—客体二分模式思维所进行的本体化，同时富有辩证性与多元性的思考。米勒（Henry Miller）发现，劳伦斯笔下的重要隐喻，"凤凰、王冠、彩

第一章 生存个体及个体间关系：劳伦斯小说中伦理的经验维度

虹、羽蛇等都围绕这一个中心"(转引自 Daleski 10)，那就是辩证对立的事物以及它们的关系。尽管这样的二元对立思维同样落入了劳伦斯所反对的主客二分的圈套中，但这只是劳伦斯试图通过两极方法去探求生命之活力与整体性的途径(Montgomery 14)，重点在于一种辩证性的探索过程。

为了促进具有辩证性和对话性的伦理效应，"劳伦斯在《恋爱中的女人》构建了许多不同的情境。在这些情境中，个体想要得到自由，而自由无法轻易获取。解放与限制(社会、性别、经济、文化等方面)之间的张力持续强化着"(Worthen 94)。伴随着这种张力，小说人物的诉求以及文本的意义呈现出一种开放性的诠释状态。伯金、厄休拉等生命个体的代表对于多种生命和生存本身议题的追寻似乎永远没有固定的答案，能指一直漂浮着，处于悬而未决的状态。显然，劳伦斯所呈现的正是围绕个体经验与意识的具有开放性、包容性以及过程性的一个个伦理事件。劳伦斯更注重的是每个小说人物作为生存个体所经历的"活"的体验过程，并不是一种强调目的性的标准与答案。这个过程本身展现出了劳伦斯的思考所覆盖问题的诸多层次，小说是"围绕由人物引出的伴随着他们高级生命形式而来的复杂性而展开的；这些复杂性与理论和实践、概念与反概念，认识与存在交织着"(Worthen 96)。劳伦斯将个体所能涉及的经验与思维形式的诸多可能性镶嵌到每个小说人物中，个体间互为他者，形成以多个"问题事件"的方式存在的多种经验形式的研讨会。

小说形式本身就暗含了对这种开放性的反映。《恋爱中的女人》这部小说开篇，两姐妹厄休拉和戈珍在婚礼前夕探讨婚姻这一话题，成为劳伦斯伦理关系创建的开端。不同于《虹》开篇具有时代性的恢弘气势,这部小说的开篇就带领读者进入一个思辨性的讨论场景。就婚姻这一特定话题而展开具有思辨特色的情节,可以看作劳伦斯对个体经验表现形式的探索实践。在姐妹间的对话中,戈珍抛出多个关于婚姻的问题,而厄休拉很少给出直截了当的答案,总是表现出一种讨论的态度:

> "厄休拉,"戈珍说,"你真不想结婚吗?"厄休拉把刺绣摊在膝上抬起头来,神情平静,若有所思地说:
> "我不知道,这要看怎么讲了。"
> ……
> "你不认为一个人需要结婚的经验吗?"她问。
> "你认为结婚是一种经验吗?"厄休拉反问。
> "肯定是,不管怎样都是,"戈珍冷静地说。"可能这经验让人不愉快,但肯定是一种经验。"
> "那不见得,"厄休拉说。"也许倒是经验的结束呢。"(《恋爱中的女人》1)[①]

关于婚姻的探讨只是劳伦斯呈现个体经验及其展开的一个具体实例。对于婚姻——这一人类关系的典型,两姐妹之间的探讨共同展开了这个词的意义维度。这种探讨模式模糊了劳伦斯作为作者的声音,但似乎又将他本身辩证性的思考纹路展现出来。从对话内容来看,结婚确实是一种经验,但同样也可以说是经验

[①] 劳伦斯:《恋爱中的女人》,黑马译,译林出版社1986年版,第1页。本书均采取该版本,后文不再另注。

的结束。这里,结婚无论是作为一种概念语词,还是一种关系模式,其确定意义瞬间被消解了。理解这个词只能从厄休拉和戈珍作为个体的生存经验层面出发。而如上文所说,这种个体化的具体生活经验的内在性和异质性决定了它意义的不确定性。不难看出,劳伦斯在开篇就为后文个体间关系的发展和确立埋下了伏笔,这种具有伦理性关系的确立其实与个体本身经验的确立和发展直接相关。以小说中人物对话为例,在围绕某一话题(如婚姻、爱情等)的探讨中,有关具体概念及对它们理解的确定性的消解实际上是对常态和惯性经验的抵御。从以语词为代表的语言的角度,劳伦斯以概念和主题作为切入点,以对话的呈现方式同受工具理性左右的独白化惯性思维进行对峙。

事实上,劳伦斯在反对传统形而上学的哲学"概念"的同时,也在构建具有独创色彩的劳伦斯式的"概念"。在《恋爱中的女人》中,尼采哲学中的"强力意志"(Wille zur Macht/will to power)概念并不是可以一下子界定的。或者说,"强力意志"在劳伦斯独有的小说场域下以新的虚构方式呈现出来。这一点可以在伯金对这个概念的颠覆性解释上得到印证。

伯金通常被人们认为是劳伦斯思想的口舌,因为他的言语观点中经常表现出对陈旧道德的摈弃。他认为"残存的旧道德要求人们依附于人性",他厌倦旧有道德,厌倦人类和人性,想要在新世界里获得自由(110)。因此,伯金反对杰拉德所宣扬的"强力意志"。在小说中,杰拉德认同"机械的重复性",与神秘的创造力是对立的。这种神秘的创造力正是通过创新和新生命形式的产生得以持续的呈现(E. Levy 161)。

杰拉德将"强力意志"作为形而上学的事实,可以作为存在之基础的终极概念。而伯金则将"力量"转换为"可能"。其实，伯金在语言层面上实现了从尼采所提倡的德文概念转换成法文，将名词转换为动词，强力转换为能力。在这里，伯金取消了尼采"强力意志"概念的绝对性，诸如此类的概念"只具有暂时性而已，可以被解构，然后再被重构，进行着永不停歇的概念演进过程。也许我们可以说，比起海德格尔，伯金更像是尼采式的哲学家，因为他在试图构建不依赖于头脑的新概念"（Lackey，"The Literary Modernist" 55）。在这个意义上，尽管伯金仍然是一种思想理念化身的事实本身具有反讽意味，不过其尼采式、解构式、虚构化从而也是劳伦斯式的经验方式，以及自身制造对话与引起对话的可能性令其成为小说最为核心的人物。在这个语境下，一个概念永远可以转化成另一个概念，说明概念本身就是不牢固而可以被解构的。这不妨看作劳伦斯对哲学家们把玩概念的戏谑与讽刺。这其中，杰拉德作为工业文明"强力意志"的化身，而伯金则作为"可能性"他者的存在进行化解，这暗示了在劳伦斯眼中，科学式的概念与理解方式无非人众多可能性经验形式中的一种。现代科学、哲学领域的概念及其经验形式的普及，强调了非人性化的确定性的真理形式，这也对那些与人切身相关的真理形式形成了毁灭性的影响。伯金作为他者激起了生存可能多样性的认识，还原了人性化的经验可能性，其本身也体现了伦理性。

除了概念化小说人物的塑造，小说中还有一些对话也突出了不同个体间围绕抽象概念进行经验层面的交流。用小说中的话，这些对话"总的来说充满了睿智但毫无实际内容"（109）。在赫麦妮、杰拉德还有伯金三人谈话之时，仿佛"他们在酝酿一个新的国家,一个新的人的世界。假如旧的社会和国家被打碎,毁灭掉了,那么,紊乱中会出现什么后果呢"(同上)。人物间的对话本身便是劳伦斯所关注的伦理与社会议题所在。杰拉德认为约瑟华先生所说的"伟大的社会观念就是实现人的社会平等"不尽然正确。每个人应该有自己的任务,而工作则是聚合人们的方式,其核心观点在于"生产将人们聚合在一起,社会就是一种机械"(109)。同时,杰拉德认为个体的"机械"属性与作为男性和女性那自由的"自然"属性是并行不悖的。尽管我们很清楚杰拉德可以作为劳伦斯所反对的机械观点论的典型代表。然而,有关杰拉德的这段探讨之中同样蕴含着辩证性维度。杰拉德所崇尚的社会理念是机械化的社会分工,正如矿主与工人般各司其职,如此社会才能正常地运转,达到高度的文明与一体化。这段描写的辩证性与真实性在于,杰拉德当然承认个体作为男人女人所拥有的私生活与自由。显然,在杰拉德身上体现了现代社会伦理危机在人身上的一种烙印,那便是观念与行动的分离。当厄休拉质疑这两种意义上的人是否很难分开时,杰拉德认为这种分离是自然的(110)。在杰拉德看来,机械化社会对于个体的要求必然是优先的,首先一定是社会的人。这种观念必然会压抑着《虹》所开始强调个体生命中值得被关注的内在体验。

在杰拉德身上体现的个体经验层面的疏离与搁置作为伦理议题被劳伦斯问题化,并置放于读者面前。包括厄休拉、伯金还有赫麦妮在内的每一个人都对这种分离持有疑问以及见解,这不免表达了现代人在有关个人生存、个人理解的问题上普遍存在的困惑与焦虑。于是,劳伦斯通过对话的形式,以语言为媒介,以讨论的模态将问题承托出来。例如,赫麦妮认为如果通过社会分工可以实现社会平等,那么"精神上的平等是否就可以保证具有毁灭性的权力之争"(109)。无疑,赫麦妮的思考是极具启示性质的,而"社会平等"与"精神平等"同时成为极具现代意味的问题。讨论以个体具体问题的形式形成接力,接力棒从杰拉德传到赫麦妮,最后终于传到了最具有劳伦斯辩证性思想代言人意味的伯金身上,

> 恰恰相反,恰恰相反,赫麦妮,我们在精神上各不相同,并不平等——由于偶然的物质条件不相同造成了社会地位的不同。如果抽象地、从数字上看,我们是平等的。每个人都有饥渴感,都长着两只眼、一个鼻子和两条腿。从数量上说我们都比谁不多不少。可在精神上却有着根本的不同,这不是平等或不平等所能说清的。国家就建立在这个基础上。你的民主之说纯属谎言,你的所谓兄弟博爱也纯属假话,这一点只要你进一步推广、超出抽象的数字计算就可以得到证明。我们都要喝牛奶,吃夹肉面包,我们都要坐汽车——这就是所谓兄弟博爱的全部内容。可是,这不等于平等。(110)

不严格地说,劳伦斯笔下的这些人物似乎都成为在角落暗自观察他们所处时代存在问题,并进行质疑与反思的知识分子。而有关民主问题栩栩如生的探讨为后文劳伦斯将它作为个体差异性的基础问题预留了伏笔。[①] 同时,从伯金的口中,劳伦斯也在

---

① 劳伦斯在新墨西哥期间对美国的民主制度进行了反思。本书第二章第一节将提及劳伦斯对于美国民主问题本质的看法。

第一章　生存个体及个体间关系：劳伦斯小说中伦理的经验维度

勾勒着以"星星"为隐喻的个体间的关系。伯金认为每个人如同星星一般，"谁也不比谁强多少，并不是因为他们是平等的，而是因为他们本质上是不通的，不同质的东西是无法比较的"(111)。伯金成了劳伦斯的化身，指出了个体与个体间的根本关系，那便不是平等与否的问题。原因在于，个体间的关系并非数学一般的抽象化逻辑，这种关系不可通约，因而不具备可以比较的条件。这种科学导向下导致个体均等化的所谓民主的观点从一开局就错了。这个问题其实是劳伦斯在警示哲学家、科学家以及大众，杰拉德及其所倡导的机械化的人是违背人作为具有生命，区别于抽象事物的本质特性的。因此，现代社会伦理危机的症结，在于泯灭人的个性，抹杀具有个别性以及差异性的内在体验。

劳伦斯在《恋爱中的女人》里，更加注重利用仅在小说中才有的特殊化语境与叙事模式来激发个体内部体验的呈现与阐明的可能性。从主题内蕴到叙事策略，劳伦斯都在试图通过或心理描摹或对话等具有辩证性的方式去"演绎"其观点。同《虹》一样，它同样是由个体内部力量的事件构成叙事的主要线索。因为，在劳伦斯看来，个体内部力量是文明衰退与高涨的根本原因。相比于其他作品《恋爱中的女人》看起来尤其像一部有关"观念"或谓"概念"的小说，劳伦斯的主要任务就在于去寻找并勾画出能够表征并阐明他的主题、场景、意象以及其他具有劳伦斯标签化的细节中所暗含的主题化隐喻。这在《虹》中已经很突出了，在《恋爱中的女人》中则越发明显，故事情节也显得更为非线性和"无逻辑"(Pinion 165)。劳伦斯淡化了故事情节，进入由个体经验间所连接成的"内部世界"，重在其概念探讨的连续性与一体性。劳伦斯似乎找到了个体间经验互通有无的一种方式,那便是建立个体间具有辩证性的对话型伦理关系。这其中,异性之间的情感关系便成为其中最为典型的表现形式。

从这部作品开始,尤其以男性与女性之间的爱情关系为例,劳伦斯已经试图寻找辩证性的伦理关系模式。这为其后期着重探索以恋爱关系为主要形式的多元对话关系奠定基础。关系的构建成为个体自身经验显明的有效方式。在其论文《我们需要对方》("We Need One Another",1930)一文中,劳伦斯这样写道,

> 只有在同他人的关系中,他们(男人和女人)才能够有其真正的自我和独特的存在:在接触中,而不是脱离接触关系。这就是性,如果你愿意这样认为的话。但是它就如草地上的阳光一般。性是鲜活的接触,给予和接受:男人和女人、女人和男人间伟大而微妙的关系。在它之中,并通过它我们成了真正的个体,而脱离它,脱离真正的接触,我们基本上是虚无的。(*Phoenix* 191)

可见,劳伦斯从本质上对两性关系进行了新的思考,认为这种关系,或谓接触实则是个体自我构建的条件和基础。从情感主题的反复强调和呈现的表征情况来看,劳伦斯也许是个浪漫主义者。在通常意义上讲,劳伦斯试图赋予爱情或情欲经历以生命价值。而在另一层意义上,劳伦斯同样认为他者的先验性或谓不可到达性是爱的关键所在,这同样是浪漫主义者的体现(Dillon 190)。这种诉求同很多哲学家和思想家一样,试图将情感提升到智慧与反思的层次,使其取代严格刻板的科学知识形式,而确定其真理性的内涵。情感作为个体经验表现形式的一

第一章　生存个体及个体间关系：劳伦斯小说中伦理的经验维度

种,固然具有变化性。因此在这里,劳伦斯设计了两条围绕爱情的关系线索,一条是伯金与厄休拉,另外一条则是杰拉德与戈珍,而穿插其中的还有赫麦妮、洛克等人物,以及伯金与杰拉德之间的同性情谊。在劳伦斯笔下,情感书写主要作为伦理关系典范的可能性维度,而在情感中以"性"作为内在体验的隐喻对复苏人本伦理具有启示性作用。

从小说开篇两姐妹的探讨开始,劳伦斯展现进入婚姻状态之前女人的精神维度。这部分描写确定了男女人物关系发生关联的基本维度。随着小说展开,她们分别在各自精神、身体以及情感等多重经验领域同男性进行交流。从厄休拉的体验来看,她有着她本身所具有的独特的生存可能性视域。这个视域超越了社会习俗,超越了任何她所遭遇的特定认知框架。然而,构成这种视域的语言则是源于她宗教经验中的先验性语言。也许我们可以更好地表达这一点,那就是它失去了在重要生活形式中发挥效用的力量。它已然成了一门私密语言,因为可使其传播和发展的共同体是僵死的。这个团体在那些人类沟通交往的正常生活形式面前彻底缴械,因为在这个层面意义的沟通上,仅仅通过语言就可以接触现实世界,同时在生命之流中获取意义(Burns 121)。然而厄休拉还是始终坚持使用她自身经验范围的语言。

伯金与赫麦妮的关系则表现出他对纯粹精神之恋的鄙夷。他发现赫麦妮的精神之爱以及月光般的幻想极其堕落,因此对她也并无好意(Pinion 164)。由此造成的便是赫麦妮极强的胜负欲。她的一大特点就是"一时间与一个人亲密相处而置别人于不顾,把别人晾在一旁。因此她总立于不败之地"(146),可见赫麦妮的热情与本能高度的理智化与精神化,她的意愿也不过是她精神世界的一种反射而已(Pinion 172)。可以说,她与伯金形成了一种观念上的抗衡。因此,当赫麦妮终于动怒,对伯金有极端而且暴力的举动的时候,伯金表现出对于自然世界极为诡异的态度,同时也表现出对于人性的一种唾弃。

……他在黑暗中游动着。可是,他需要些什么。来到这花朵点缀着的茂盛灌木丛中,来到这湿漉漉的山坡上,他感到很幸福。他要接触它们,用自己的全身与它们接触……这触觉是那么美妙,令他感到一阵彻身的清凉,他似乎融化在花草中了。(114)

与赫麦妮相比,自然界给予了伯金一丝灵动与细腻的感觉,这已经足以让他感到幸福满足,丰富充实,它们"沁入了他的血液中,成了他新的一部分"(114)。而从赫麦妮身上,伯金感觉到他与女人,甚至世界上的其他所有人都毫无关系,什么都不需要,只需要自然界这些有灵性的东西,只需要"他自己、他活生生的自己"(114—115)。而赫麦妮则一味地"自命不凡,沉醉在自己的信念中,她全靠着自尊、自信的精神力量生活着"(116)。这让伯金感到失落,因为他认为这正是旧式的道德与旧式的关系在作祟。在涉及爱这个问题上,伯金希望能够超越普通的情感与个人的维度,而去呼应大自然造物的法则。这些法则坚持一种如同星与星之间以神秘的平衡与完整性的方式构成一种永恒的联结(Pinion 172)。伯金显然已经脱离了传统小说中一个过正常生活的人的范畴,他身上体现了劳伦斯在以内在体验为基础的

第一章 生存个体及个体间关系：劳伦斯小说中伦理的经验维度

伦理上的一种自主构建。因此，在情感上也必然要求一种不可衡量性与永恒性的特点。

也许是对生存与生命不同寻常的理解让伯金与厄休拉找到了共鸣，让他们去向往这种超越旧道德，呈现新的伦理秩序的新关系。爱情既不是屈从也不是自由的，只有到达一种不可更改的地步才是纯粹。对伯金（劳伦斯）来说，踏入新世界的第一步便是婚姻中这种神秘的结合（Pinion 173）。他与厄休拉一直反对意志论与机械论，希望投身于充满未知事物的世界中去。他们都看到了人类发展到如今所存在的问题，以及文明社会导致的伦理危机。在《湖中岛》这一章，两人就文明问题展开了激烈的探讨。伯金认为"爱是种情绪，不过是人类关系中的一部分罢了，而且是每个人与他人关系的一部分"，因此他认为这并不是种稳定的关系所在，他所相信的是那"隐藏的万物"（138）。

相反，戈珍与杰拉德似乎可以类比为"机械人"的相似物，作为伯金与厄休拉的对立面，仿佛与劳伦斯笔下矿区里那腐朽和黑暗的一面紧密相关。在与杰拉德交往之前，戈珍与帕尔莫的交往就有这种预兆。帕尔莫是个电学家，但对社会学很热心，经济上也比较宽裕。而街市上如同不和谐的机器般聒噪的议论与纠纷令他们二人产生了病态般的眷恋与疯狂（124）。显然，帕尔莫是作为科学理性的化身在小说中存在的，他认为"得有个女人作他的后盾"，"但他是真的毫无感情色彩，就像一架高雅漂亮的机器。他太冷，太具有破坏性，太自私，无法真正地爱女人，而人群中的男人们却像机器一样吸引着他。对他来说，他们是新式机器，只不过他们是无法计算出来的"（125）。于是，两个人作为人群中的代表，带着那"力量的神秘感，无法言表的破坏力和三心二意,似乎一直腐朽了一般"(125),沉沦于这个环境中。

杰拉德是戈珍的避难所,让她得以逃脱那苍白、缺少意识的地下世界的矿工们,如同在泥土中看到出水芙蓉(127)。而对于杰拉德来说,戈珍仿佛是一个"危险、敌意的精灵,什么也无法战胜她,她的举止也算得上决定完美"(129)。两人的关系在相互欣赏中形成默契,而劳伦斯更是隐晦地说出了"他和她是同病相怜的一类人",并结成了一种联盟(129)。可惜两人的这种联络注定了一种毁灭力量的诞生。杰拉德意识到了戈珍自己是具有自足性的,"自我封闭,自我完善",而他认为自己"只需要再拼一把力气就可以像一块石头一样独善其身,自得其乐,自我完善"(478)。当戈珍"抛弃"他而独自去欣赏黄昏的光芒时,她对杰拉德说,"这是我一生中见到的最美的东西。别打扰我。你自己走吧,你跟这没关系"(479—480)。"戈珍不想让什么东西实现,不想让它们有具体的形体"(502),这"想去就去,就走就走"的偶然与洛克的随性不羁达到了契合。因此,她与洛克之间在精神上有频繁的交融与互动。这些都让杰拉德到达了即燃的状态,而两人的关系也已经向不可修复的毁灭上走去。在两人关系即将崩溃的边缘,劳伦斯这样总结道:"可是在两个特定的世人之间,感觉体验的范围是有限的。情欲反应的高潮一旦冲向某个方向就终结了,它不会再有进展。只有重复是可能的,或者是对立双方分手,或者是一方屈服于另一方,或者以死而告终。"(485)因此,杰拉德的嫉妒与占有导致了他产生了杀死戈珍的念头,朝向一种毁灭,"他一直想要掐死她,把她体内的每一点生命火花都挤出来,直至她一动不动地躺倒,浑身柔软,永远像一堆软团躺在她的手掌中,那将会满足他极大的情欲"(494)。最后,杰拉德

第一章　生存个体及个体间关系：劳伦斯小说中伦理的经验维度

一直沿着雪山北上，似乎在确认着如同冰般毁灭性的知识以及雪般抽象的灭绝方式。而这一次，工业巨头杰拉德所推崇的理性之路似乎走不通了。

从另一个层面来说，小说以杰拉德的死亡为结尾，暗示着伯金所希冀的、超越传统二元对立婚姻模式的理想关系的共同体的覆灭。杰拉德作为现代工业社会独裁型个体人格的代表，他的死亡在一定程度上也象征着作为现代化后果、已经严重异化了的个体的消亡。然而这种消亡似乎并非生命进程的终止和绝望所在。在小说的末尾，伯金认为"种族和物种出现了又消亡了，但总有更新、更好或同样好的崛起，总有奇迹发生。创造的源泉不会干涸……没有局限，按自己的时间表创造出全新的种族，新型的意识，新型的肉体和新的生命统一体"(513)。伯金对于"生命共同体"的吁求实际上是劳伦斯在这部作品之后开始的伦理探索阶段，那就是侧重"从个体经验转向共同关系(communal relationship)"(Mensch 5)。劳伦斯用生命体借代人的社会存在属性，重新思考前现代的生命个体所蕴含的经验本质和生命间的关联。在此意义上，携带异质性与对话功用的他者是从生命到生命体探讨的关键概念。

在《虹》与《恋爱中的女人》表现个体生命经验以及个体间关系的过程中，劳伦斯对于不同关系的刻画所要反映的是对他者所引出的动态伦理关系的一种可能性表达。在劳伦斯笔下，情感与性以隐喻的形式，成为以科学技术理念为代表的严格的主—客体二分关系的对应物。因为只有在承认个体经验的基础上，并以未知的他者所引发的动态和辩证的交往模式为途径，才能促成个体间新的生存型伦理关系。

第二章

找寻理想他者:劳伦斯小说中伦理的辩证维度

第二章　找寻理想他者：劳伦斯小说中伦理的辩证维度

从《恋爱中的女人》以后，劳伦斯的创作主题发生了变化。这种变化源自他在1921年到1925年间离开英国、欧洲，进而奔赴其他洲际寻找新的自我实现可能性的经历。在此过程中，劳伦斯所要突破的界限不仅是作为作家个人，去寻找新的想象与创作源泉，从更深的层次来讲，劳伦斯试图在其他文化版图中找寻能够治愈创痕累累的欧洲自我的一剂药方。此阶段包括《爱伦的权杖》(*Aaron's Rod*, 1922)、《袋鼠》(*Kangaroo*, 1923)以及《羽蛇》在内的小说，反映了劳伦斯对英国社会的直接批判暂且处于停滞状态，其中的主要人物完全是从欧洲资本主义环境逃离而进行自我放逐，陷入政治与社会极端主义的境遇中，借此找到任何能够依附的价值与理念（Moynahan, *The Deed of Life* 113—114）。劳伦斯在不同的地理、社会以及公共空间进行思想上的探索和尝试，寻找新的语境，并创建新的语言和模式，以表达他内心伦理吁求的新声音。在从个体经验转向个体间关系出路探寻的迷茫期，劳伦斯写作的唯一路径必然是去吸收、同化并反思充斥着陌异性与多元性文化的他者，并与之对话，以经验的异质性为起点去锻造以自我内在经验为基础的伦理问题的可能性。因此，一段段新的旅程实则是劳伦斯思考伦理问题的思想探险。这些普遍被认为是劳伦斯创作过渡期的旅程经历在引起小说主题变化的同时,也改变了他的叙事策略。小说的虚构创作与旅行写作并行不悖。尽管不在故土,内容与形式的同步变革同样与这个阶段劳伦斯针对伦理危机所思考的问题相吻合。在以英国本土,在其家乡所在的北部内陆为背景的早期作品中,尤其在《虹》与《恋爱中的女人》中,对个体经验的探索与反思过后,劳伦斯转而思考如何去组织这种个体经验,以实现伦理的建构。劳伦斯离开英国,周游澳大利亚、意大利、锡兰(现在被称为斯里兰卡)、美国直至墨西哥还有南法。劳伦斯这段游历的轨迹似乎在证明,通过脱离英国本土,可以找到具有完全不同风貌与精神品格的地域,能够找到理想的他者,重新寻获构建伦理的灵感源泉。

与其说劳伦斯是单纯的旅行者,不如说他就像"知觉的魂灵"悬浮在每一片拥有其独特灵魂的土地上(Black 283)。自《意大利的黄昏》(*Twilight in Italy*,1915)开始,这种旅行体的作品开始逐渐出现在劳伦斯的作品中间,成为劳伦斯创作整体的一个重要特点(Roberts 2)。它成为劳伦斯将旅居异乡作为发现新的存在方式的首要途径……在《查泰莱夫人的情人》问世之前,这几乎成了劳伦斯所遵循的最为重要的写作原则(Clark,*The Minoan Distance* 159)。而日后,在诸如《大海与撒丁岛》(*Sea and Sardinia*,1921)和《羽蛇》等作品中,劳伦斯开始通过主人公的游历过程,完整地展现他们对有可能帮助救赎欧洲文明的可替代物的探寻过程。沃森认为,《羽蛇》这部作品并非关于作为读者的我们以及我们的未来,而是劳伦斯最为私密的作品,远远不是为公众而作的作品(Worthen 166)。或者正如劳伦斯本人所惯用的将生活素材作为其小说写作的灵感的做法,

第二章　找寻理想他者:劳伦斯小说中伦理的辩证维度

这些游记抑或小说都被认为具有双重结构。一方面是劳伦斯作为旅行者去感受、体验新事物,作为一种生活经历本身的记述;另一方面则是劳伦斯作为一名发现者,去寻找能够拯救工业社会伦理危机的解药的过程。

劳伦斯这个时期的作品多集中在旅行写作,以及以旅行地点为原型的小说创作。其中,最具代表性的小说作品是《羽蛇》,之前的多部作品可以看作在为这部作品而酝酿发酵着。在这部作品中,旅行者的经历描述最为完整和典型。甚至可以说,《羽蛇》是劳伦斯自《虹》和《恋爱中的女人》劳伦斯思想线索发展的顶点所在(*Language and Being* 165)。因此,尽管《羽蛇》的风格和主题经常被评论家们诟病,被认为并不能代表劳伦斯创作水平的最高点,但它在劳伦斯创作整体以及思想发展中的重要作用不容小觑。以《羽蛇》为代表的旅行题材小说都是描绘主人公旅居祖国之外的地方,寻求新的生机与感悟。而这对于劳伦斯,一个心怀英国社会伦理使命的作家,则是以"出离"的方式,在地理、文化多重属性的新语境中,为英国文明寻求新的可能性。例如此前,劳伦斯在创作《恋爱中的女人》之后的第一部小说,《迷失的少女》(*The Lost Girl*,1920)中阿尔文娜(Alvina)对于意大利演员一见钟情,逃到尼泊尔,从而实现在性、欲望与自由等方面的觉醒。[①]

[①] 学界在劳伦斯逃离书写的相关研究中,着重考察劳伦斯在这段创作历程中所关注话题、思想演变以及对其后期作品的影响。例如 Kui Zeng 曾指出《迷失的女孩》与《爱伦的手杖》两部作品中体现了意大利在欧洲大陆的他者形象,同时其风土人情也体现了兼具救赎与野蛮特征的他性。具体参见 Kui Zeng 的文章 "Orientalism in D. H. Lawrence's Novelistic Representation of Italy." *Journal of Language, Literature and Culture* 68.1(2021): 1-9.

那么，为何说此前的创作大都可以被称为《羽蛇》的雏形？不难看出，在围绕生存个体经验本身的伦理问题探讨上，劳伦斯在这些作品中都专注于他者在参与个体生命经验的构建中所起到的重要作用。因此，在前一阶段创作中强调对个体内在体验的确认的基础上，他者、个体自身的觉醒与转变构成了这段时期创作的关键词。而从劳伦斯的旅行经历来看，到达美洲大陆的边界以后，似乎又到了寻求文明与伦理平衡位置线索的新的节点。因此，劳伦斯的创作对以"他者"形式展现的伦理问题到这个阶段已经较为成熟，透过宗教、政治以及情感等多重主题以透视并展现、构建他者这一主题。

劳伦斯从"他者"这个在当时还颇具未来意识的角度切入，探讨由此引发的、从《恋爱中的女人》开始就显现出他者问题所构成的个体间关系的问题模式。之所以说有这种连续性，是因为这部作品并非单纯如批评家们眼中的政治或谓领袖小说一般，蕴含着其试图通过宗教实现乌托邦，以摒弃机械文明的可能性。这是对劳伦斯伦理隐喻构思的平面化解读。从小说人物个体经验问题入手，到他们在新生环境中所面临的情感、信仰以及生存观念等侧面的难题以及选择，无疑呈现出劳伦斯思想"瞻前顾后"的意识——既关注英国社会现存的基本问题与文学传统的问题意识，同时具备面向未来的超前使命感。因此可以说，以《羽蛇》为代表的作品象征着劳伦斯正通向在文学实践中进行伦理建构的重要过程。

在离开欧洲大陆不断进行新型伦理探索的过程中，劳伦斯试图找到更加彻底的解构方式，进一步深化他自《虹》与《恋爱中的女人》起已经开始的、倡导多样化的个体经验表达，以及个体

第二章　找寻理想他者:劳伦斯小说中伦理的辩证维度

间异质经验的互相沟通与确认。① 在这一时期,劳伦斯创作了包括《公主》(*The Princess*,1924)、《骑马出走的女人》(*The Woman who Rode Away*,1924)在内的小说作品,以及散文集作品《墨西哥的清晨》(*Mornings in Mexico and Other Essays*,1927)等。这些作品共同描绘了此阶段劳伦斯思考的概况。贝尔说到劳伦斯研究,"如果你试图将语言与艺术效果割裂开来看,那么你就没真正理解劳伦斯的意图。或者更准确地说,在这两方面你都将一无所获"。在这个意义上讲,这一系列"朝圣"主题的小说可以被称作劳伦斯思想的"加工车间",同时也是成品自身。这几部小说作为一个整体,合力诠释了作品的意义(*Language and Being* 204)。借助这些异域经历,劳伦斯逐渐摸索出使个体经验得到确认、沟通与持存的他者存在的可能性,并试图通过建立个体与他者的沟通交流模式以形成伦理关系。本章首先探讨美国式民主对于劳伦斯伦理观的启示意义,进而通过列维纳斯语境下"他者"、"他异性"和"面孔"等概念探讨劳伦斯该创作阶段对于他者的呈现,以及个体同他者之间的辩证关系。

---

① 在《虹》开始依然已经出现了异域的"他者",比如安东·斯克利宾斯基,不过,贝尔认为,此时劳伦斯所思考的主要问题是小说人物以及文化群体所生活的"世界",并未转入殖民主义或者真正他者意义问题的讨论。具体参见 Michael Bell 的文章,"The Metaphysics of Modernism," *The Cambridge Companion to Modernism*(Ed. Michael Levenson, Cambridge: Cambridge University Press),1999,24。

第一节　逃离的旅行书写与"美国式自我"

劳伦斯的这些小说中,对于异域文化最主要的表现就在于有关"地之灵"(spirit of place)及其所产生的人心可感知的神秘和恐怖的力量的展现。对劳伦斯来说,"地之灵"可以展现出当地人的思想,进而也是劳伦斯反映民族特点的一个途径(Tally 80)。像所有初涉异域的小说的情节一样,主人公最初必定会经历对异域及当地人民排斥或否定的态度和心理。劳伦斯这类小说的些许不同也许在于,这些主人公更多地展现了在感受当地风情之时自我挣扎以及矛盾的心理。例如,《袋鼠》中的萨默斯(Somers)持续不断地在澳大利亚的风景和花鸟的美妙感慨与对土地之灵气的恐惧之间游移,因为后者对他来说始终是他者般的存在(Fleming)。他者的新鲜与陌生赋予"逃离"以生气,同时也赋予个体新的存在属性。这部作品以及其他所有反映其澳大利亚元素的短篇小说、剧作以及诗歌都体现出劳伦斯与澳洲在空间与精神双重意义上的一种交流,体现他渴求英国文明"重生"的强烈愿望。[①]

因此,在此种意义上,旅行地对于劳伦斯而言不仅仅是观光的对象,而且是思维与思想的再发现之处。从欧洲大陆到澳洲和美洲,劳伦斯试图寻找那生机勃勃的、未被颓废的现代文明感

[①] 具体参见 David Game 的著作 *D. H. Lawrence's Australia: Anxiety at the Edge of Empire*. Burlington: Ashgate, 2015。Game 认为自《迷失的少女》(*The Lost Girl*, 1920)开始的 1920 到 1924 年可以看作劳伦斯写作与生活的"澳大利亚阶段"。

第二章 找寻理想他者:劳伦斯小说中伦理的辩证维度

染的原始力量。这本身是作家以旅行者的身份,试图去经历前工业文明时期的"真正"体验,转而为自己的国家与社会提供借鉴。① 这正如劳伦斯对美国文学之"美国性",即一种本土性天赋的发掘,这是美国人自己可能都未曾发觉的。劳伦斯认为这种原创性是英国乃至欧洲文明中所缺少的,它以一种特殊的强调表达着全新的人类经验。1917—1918 年间,劳伦斯在福特(Ford Madox Ford)的杂志《英国评论》(*English Review*)上发表了有关美国文学的八篇论文(Banerjee 469)。这些文章是他为美国写的第一部真正的作品,是他与美国新关系的标志(沃森 287)。在《美国经典文学研究》一开篇的《地之灵》中,劳伦斯尤为指出,美国经典文学中存在着与众不同的新声音:

> 倾听一个新声音是困难的,这就如同倾听一种未知的语言一样。我们呢?干脆不去听。而在旧的美国经典著作中是有一个新声音的。整个世界都拒绝倾听这个新声音,却一直把它们当成儿童叨念着……这个世界并不惧怕新的观念。它可以将一切观念束之高阁。但是它无法把一个真正清新的经验束之高阁……而美国的旧经典著作则令人产生一种"截然不同"的感知,让人觉出从旧灵魂向新灵魂的过渡,新的取代旧的……这同样也是一种割裂。把旧的情绪与意识割掉。(《论美国名著》2)

---

① 具体参见伯登(Robert Burden)的 *Travel, Modernism and Modernity*. Burlington: Ashgate, 2015. 在此书中,Burden 还详尽阐述了在西方欧洲审美影响下的旅行过程中,尽管旅行者有意地去分散那根深蒂固的期许,最终还是会将旅行地与西方帝国主义思想在文化、社会、经济以及政治等方面的观点上进行渗透性理解。

劳伦斯从美国文学所焕发的新声音说起美国这片土地所具有的新的精神。劳伦斯认为欧洲远游的父辈与后代们来到这片土地并不是为了自由，或者说，不是为了真正的自由。他们最简单的理由是为了逃跑。具体而言，他们想要"脱离自我，脱离一切，与他们的现在和未来脱离"，"从而摆脱主子"（《论美国名著》4）。然而，逃脱本身并不意味着自由，因为他们并没有发自内心真正向往的具体事物。因此，在劳伦斯看来，来到新土地上的人并非真地自由，因为"每一个大陆都有其伟大的地域之灵。每一国人都被某一特定的地域所吸引，这就是家乡和祖国……人自由的时候是当他生活在充满生机的祖国之时，而不是他漂泊浪游之时"（5）。走入的每一处他境，都令劳伦斯对当地的风情、居民同其背后的宗教、文化之间的关联反思不已，希望为自己的故土英国找寻文明复苏的替代物。劳伦斯认为美国所具有的这种生机代表了印第安土著的生活理念，那便是将生活的热情与智慧融为一个有机整体（Banerjee 470）。这种强调整体有机性与和谐性的生存理念成为劳伦斯伦理设想的重要灵感。德勒兹认为以劳伦斯为代表的英美作家实现了写作的最高功能，即标画出一条逃逸线，而劳伦斯正是在以梅尔维尔、惠特曼等为代表的美国经典作家的作品中发现了新的声音，而这种声音也属于劳伦斯自己（博格 184—185）[①]。

[①] 学者博格发现，德勒兹将英美文学和法国文学进行对比的思想来自劳伦斯的《论美国名著》一书，尤其是最后几章对梅尔维尔和惠特曼的评论。可以说，劳伦斯在此所阐发的"逃脱"概念对德勒兹的"逃逸"与"生成"的思考产生了重要影响。具体参见罗纳德·博格的《德勒兹论文学》，南京大学出版社2021年版，第184—185页。

第二章　找寻理想他者:劳伦斯小说中伦理的辩证维度

　　直到1921年,劳伦斯夫妇一直居住在意大利。此时,劳伦斯的作品引起了来自美国新墨西哥州的斯特恩(Mabel Dodge Sterne)的兴趣。斯特恩大人被劳伦斯作品中的风情所打动,邀请他到新墨西哥州来游览和创作,希望劳伦斯为她和陶斯(Taos)的一切系统地打造一部了不起的作品(沃森 285)。于是劳伦斯经由锡兰、澳大利亚、大溪地以及旧金山,在1922年终于到达新墨西哥州的陶斯。在斯特恩的组织下,劳伦斯与这里的一些艺术家和朋友形成了一个小群体。也许是在这里,劳伦斯几乎实现了他几次想要建立的拉纳尼姆(Rananim)团体①,同他人去分享交流文学、艺术以及时事,形成融生活与艺术为一体的共同体。可以说,陶斯带给了劳伦斯这个阶段创作最为广阔的源泉。劳伦斯认为这里才是美国精神的真正所在。劳伦斯也因此坚定了其继续向南,跨越美国国境走进墨西哥的想法,走进那个比代表美国"地之灵"的印第安原住民所在的区域更为神秘原始的地方。尽管劳伦斯在新墨西哥州的创作后期,由于疾病的困扰,感受与思考都经历了一些变化,不想再看到这强烈的"墨西哥"精神,但在最终的一篇就叫《新墨西哥州》("New

---

①　"拉纳尼姆"是源于《圣经》赞美诗第33章的一个词,劳伦斯参照这个词的意义,把自己的理想计划成为"拉纳尼姆"。1901年,在劳伦斯与初恋情人谈论宗教问题,就曾经说过"如果某个人比其他人更具优点的话,他就应该和他人分享","如果一个人有超人的智力,他就应用它去帮助其他人"。参见 Michael Black 所著的 *D. H. Lawrence*, *The Early Philosophical Works*. The Macmillan Press, 1991: 90-91,以及王薇的论文《心中的天堂,失落的圣地——劳伦斯的"拉纳尼姆"情结评析》,《国外文学》1997年第4期,第47页。此外,学者牛红英认为劳伦斯的这一思想是"西方乌托邦文学和思想传统的重要组成部分"。具体参见《野蛮人的朝圣之旅——论 D. H. 劳伦斯的乌托邦思想》,《外国文学研究》2015年第5期,第120—129页。

Mexico", 1928)的散文中,劳伦斯再一次沉淀了他的观点:

> 我认为新墨西哥州这段光阴是我在外部世界所拥有过的最好体验。毫无疑问,这段经历永远改变了我。也许这样讲有些怪异,不过正是新墨西哥州将我从现在的文明时代中解救出来,这物质与机械发展的伟大时代……在新墨西哥州一个无比绚丽而充满活力的早晨,灵魂中的未知领域突然苏醒,接着旧的世界被那新的世界所取代。(*Phoenix* 142)

作为劳伦斯旅行书写中的核心与亮点所在,新墨西哥州与墨西哥旅程这一篇章不仅是有关异域文化中包括神话、人类献祭等在内的、令人屏住呼吸的庆典仪式,还有完全不同于现代社会与文化的传奇故事。劳伦斯认为在墨西哥,"血液实现了一种融合,因为所有的种族都能够自由地交汇,南欧、美国印第安人以及非洲黑人……因此新的关系在酝酿中,而战争、冲突以及随之而来的反抗就是这种融合的催化剂,那旧的关系已经丧失了其应有的生命力,必须毁灭掉,几近消亡"(Carter 6)。社会、文化和情感在异域的语境中找到了崭新的表达,重要的是探索其中的辩证维度。

在以墨西哥旅行为原型的《羽蛇》中,不免看到美与恶的交涉所在。既然劳伦斯拥有旅行者和写作者的双重身份,那么他和自己笔下的主人公便存在着一定的距离。对于写作者劳伦斯来说,透过以凯特为代表的主人公形象,如同《骑马出走的女人》的女主人公一样,那个她骑马进入的世界促使她提出了最终的

第二章　找寻理想他者：劳伦斯小说中伦理的辩证维度

主张；她的生命所在。尽管她的旅程开始于一种漫不经心而看似表面的精神状态，但这段旅程所体现的远不止是冒险这样简单，看起来更像是一次有意义的探问过程。因为在这其中她发现了自己生与死的意义所在，这与其受印第安人影响的经历密切相关。这种时空体叙事在《羽蛇》中得到了集中体现，使得众多劳伦斯读者形成一种观点，认为其具有说教、独权主义甚至具有排斥色彩（Roberts 15）。罗伯茨在这一点上同意巴赫金的观点，具有差异性甚至矛盾的时空体（chronotopes）可以同时在一部文学作品中出现，因而共同显现出一种对话关系，如《羽蛇》中探险旅程这一线索（如同其他非虚构旅行体书写的模式），与凯特作为主人公经历意义探问过程这两个时空体的并置书写。这种并置书写在《羽蛇》中体现得尤其具有张力，同时在意识形态上也具有挑战性（同上）。在一定程度上，这是西方个人主义的自由精神同霍米·巴巴语境下殖民地他者"去确认，去否定，去引发具有历史意味的欲望，去建立其自身体系化和对立性的文本语境"（Bhabha 31）的体现。

劳图（Nidesh Lawtoo）认为，劳伦斯对自我的探索，尤其是《羽蛇》之后的领袖题材小说，是对康拉德（Joseph Conrad）在《黑暗之心》（*The Heart of Darkness*，1899）中库尔茨（Kurtz）所代表的现代无意识自我之黑暗书写的接续，只不过雷蒙·卡拉斯可替代了库尔兹。《黑暗之心》中的"庆典"被延长，演变成了卡拉斯可领导下的"仪式"。尽管他们所处的语境分别是刚果殖民开采的历史背景以及羽蛇之神献祭崇拜的神秘氛围，但他们所关注的有关个体内部的事实一脉相承（143—144）。劳伦斯不仅延续了在《虹》与《恋爱中的女人》已然开始的"黑暗"的内在体验书写,而且在《羽蛇》中找到了更为理想的言说语境与文化场景,更直观而具有辩证性地探讨个体经验。同时,这也更充分地体现了这部作品如《黑暗之心》一般作为现代主义小说代表之一的时代意义。

从故事情节来看,《羽蛇》这部作品讲述了爱尔兰孀妇凯特到墨西哥后与当地的环境、宗教与当地人的一系列碰撞,同时实现一系列自我转变的过程。小说充满了凯特在新旧自我间的矛盾与摇摆。她在与他人遭遇并构成不同关系的过程中也充满了冲突和困惑。而在墨西哥之旅的开端,凯特对美国人的态度和观点引人注意。在第一章《看斗牛》中,有一段凯特在观察维利尔斯愤怒而激动心情的生动描写:

>真是堕落!当一个人的灵魂受到辱没,他竟可以置之不理,不明是非或干脆没有是非观念,更可悲的是,在这种情况下,他竟像那些超然物外的美国人那样,从中采撷那些在他看来富有刺激性的感觉,就像腐肉鸟贪婪脏不堪言的臭肉一样,真叫人难以理解!这时,在凯特眼里,欧文和维里而斯都成了腐肉鸟,令人讨厌。(《羽蛇》26)[①]

在这里,表兄欧文和维里而斯作为美国人的代表,被比喻成了"腐肉鸟",而接下来描写欧文空虚而需要外部世界填充的观望

[①] 本书采用的《羽蛇》中文译本均为彭志恒、杨茜译,中国文联出版公司1994年版,后文不再另注。

第二章 找寻理想他者:劳伦斯小说中伦理的辩证维度

欲则描写得更为鲜活:

> 他有的只是美国人的绝望,没有生活过的绝望或生活过了但不是真正地生活的绝望。他怕失去任何一次"观看"的机会,在街上,不管发生什么事,他都要挤过去,冲上去看,象铁屑被磁石吸去一般。每当此时,他那与此格格不入的理想,信仰全都消失了,只是伸长脖子在那里看。他什么都看,否则他便没有了生活。看过一个衣衫褴褛的老太太被车撞死,血流满地的惨象之后,他便跑回到凯特身边,面色苍白,心里难受,神情迷惑,精神恍惚,然而,也为看过而高兴。这就是生活!(26)

被凯特认为是观看他人"腹泻"的场景,却被欧文看成是生活。斗牛的场景在两人的观念中形成了鲜明的对照。尽管凯特将重新认识并接纳所有这些有关血液、仪式、集体的欢腾以及魔咒般的痴迷,开端的这种对比呈现显然是劳伦斯试图突出两种态度背后的生活伦理观念而有意为之。这里,劳伦斯意欲描绘美国人的"生活"理念,似乎暗指美国人对于自我二字的理解缺少深度与自省。相比于对自我清晰地把握和认识,美国人更倾向于从自我出发去观察、注视并评价外界,喜欢新鲜、刺激,看热闹,仿佛处于"超然物外"的位置,这些便构成了他们的生活。此时读者不免心生疑问,整个小说的背景处在墨西哥,为什么劳伦斯不在开篇渲染和描写墨西哥风貌还有墨西哥人,而首先有意地强调美国所谓"堕落"的一面?同时,为何认为美国人"堕落",又应该从什么角度去理解"堕落"的反面——"非堕落",即文明、道德何在？

或许在劳伦斯有关美国土地、文学以及美国民族精神的文章中可以找寻一些答案。如同其在《虹》与《恋爱中的女人》所铺垫的，劳伦斯对于个体自我理解及其经验维度的关注是其伦理问题的关键所在。因此，在这个写作时期，劳伦斯对于典型美国式自我的呈现与分析可以看作其伦理关系建构的出发点。他想要真正探索的问题是美国式自我的象征意义，并非单纯的批判与指责。对于美国式自我的特点以及症结的剖析构成了劳伦斯对自我这一概念内涵的探索过程，而自我及其内在经验也是劳伦斯伦理观点内核的基础所在。

劳伦斯笔下总是透露出，对于真正伦理问题的关注必然要包括有关人类心灵结构及内在感受层面的思考。文学艺术正是展现伦理这一维度的绝佳语境。"对劳伦斯来说，艺术先于任何传统形式。他痴迷于现实丰富多样的特性，以及自我的多样可能性。"(Oates 12)可以说，这种思考表现在个体与他者与世界的深层关联和互动中。如此，对美国式自我的观察和分析是劳伦斯之前就个体问题及其局限性思考的进一步语境化，成为伦理关系构建的基础，为后文在墨西哥新环境下的探究埋下伏笔。事实上，劳伦斯在使用美国（America）一词时，并不总是去区分美利坚合众国和墨西哥。此时，他本身在墨西哥的经历更可以看作之前北美西南部经历有关土著、原始宗教和仪式及其野生魔幻风景的延伸和继续。那么未被劳伦斯区分开的美洲与美国又有着怎样具体而微的深意？美国土地和整个美洲大陆广袤的土地在劳伦斯写作征途上又体现出怎样的意义？

通过观察美国文学以及美洲大陆的整体状况，劳伦斯提出

第二章 找寻理想他者:劳伦斯小说中伦理的辩证维度

"在古老的美国经典中有一个新声音",与此同时,劳伦斯描绘了美国人头脑中一直存在着的矛盾:

> 美国人总是处在某种紧张状态中。他们的自由解放纯属一种意志紧张:这是一种"你不许如何如何"的自由。从一开始就如此。这是一片"你不许如何如何"的国土。他们的第一条训诫就是:"你不许称王称霸。"于是就有了民主。(《论美国名著》6)

劳伦斯对于美国民主问题一针见血的批判开辟了有关以美国为代表的功利主义道德之讨论的先河。显然,劳伦斯否定了美国人身上以意志驱动为表层形式的个体自由。在开篇,劳伦斯就讽刺富兰克林为"第一个十足的美国人",一个"样板美国人"(《论美国名著》11)。劳伦斯认为富兰克林写的《格言历书》是"道德铁丝网"。在这种道德的指引下,人如同机器一般,执行着"节制—沉默—秩序—决断—勤俭—勤奋—正义—中庸—清洁—宁静—贞节—谦卑"这样一套手柄或杠杆的道德规则(15)。如此尖锐地批判富兰克林所代表的美国的"劣根性",仇视欧洲,而思维方式却无法摆脱。这种"标准美国公民的公式"所造就的个体不过是物质的工具,而正确的做法便是"按照上帝的旨意听从无意识深处自我的召唤而行动"(20—21)。劳伦斯发现,在欧洲社会暴露出的问题逐渐在美国的民主概念中找到了相应的某种后果。要求民主的社会型道德意味着牺牲那真正丰富的自我的内在性与精神性。"富兰克林所宣扬的美国式自我为了迎合社会理想而牺牲了自我的整体性。"(Becket, *Complete Critical Guide* 105)伦理学家、道德哲学家麦金太尔(Alasdair MacIntyre)同样认为富兰克林的道德立场是一种功利主义的伦理观,即重视外在利益的获取,并不重视个体心灵的感受与获得。而麦金太尔更是观察到了劳伦斯对于富兰克林倡导外在利益的功利主义立场的洞察。比如,富兰克林断言"极少性生活,除非为了健康与生育……"时,劳伦斯回答道,"永远不利用性生活"。麦金太尔提出这便是美德的特征:

> 为了有效地产生作为美德之酬报的内在利益,应该不计后果地践行美德。因为最终证明——并且至少在一定程度上是更具经验事实性的主张——尽管美德恰恰是那些容易导致某利益的获得的品质,然而,除非我们践行它们却完全不考虑在任何特定的偶然环境下它们是否会产生那些利益,否则我们根本不可能拥有这些美德。我们不可能真正地勇敢或诚实,而只是偶然如此。而且,我们也已经看到,美德的修养往往可能并经常是妨碍了作为人世间成功之标志的那些外在利益的获得。(251)

麦金太尔阐明了劳伦斯所要反对的、强调外在利益的功利主义道德观,同时辨明了劳伦斯与富兰克林在利益本身(即内外之区分)和道德践行思想本身上的根本分歧。韦伯曾对富兰克林语境下的伦理进行了更为深入的分析。富兰克林的观点作为资本主义精神之留存的经典文献,被韦伯认为是未收到宗教影响和先见影响的纯粹性文献(33)。韦伯进而详细地分析了富兰克林强调金钱和利益的思想如何从观念演化成为一种伦理:

> 古恩伯格把美国佬的哲学概括为这么两句话:"从牛身

上刮油,从人身上刮钱。"期在必得的宗旨之所以奇特,就在于它竟成为具有公认信誉的诚实人的理想,而且成为一种观念:认为个人有增加自己的资本的责任,而增加资本本身就是目的。的确,富兰克林所宣扬的,不但是发迹的方法,他宣扬的是一种奇特的伦理。违反其规范被认为是忘记责任,而不是愚蠢的表现。这就是它的实质。它不仅仅是从商的精明(精明是世间再普通不过的事),它是一种精神气质。(35—36)

韦伯进而确认了富兰克林思想所带有的功利主义色彩。这种伦理所宣扬的至善——尽可能地多赚钱,是和那种严格避免任凭本能冲动享受生活结合在一起的,因而首先就是完全没有幸福主义的(更不必说享乐主义的)成分掺在其中。这种至善被如此单纯地认为是目的本身,以至从对于个人的幸福或功利的角度来看,它显得是完全先验的和绝对非理性的(韦伯37)。对于财富与功利的追求或许可以取得成功,而获得"至善",相对而言牺牲的却是个体真正的生活内涵本身。而这一点正是劳伦斯所反对的,为了取得抽象意义上的成功和善,人已沦为机器。美国的民主制度和美国文学两个不同领域的文本,令劳伦斯反思出究竟何为真正的伦理,何为真正的善,以及如何去化解此刻的伦理危机。而从劳伦斯所反对的功利道德观可以推断出,劳伦斯意图恢复的就是伦理问题中人经验本身的中心地位。如前文所说,劳伦斯听到了美国文学中新的声音。在美国文学的文本中,劳伦斯似乎发现了美国作者们对这一维度的觉察。包括创作《草叶、草花》和《绚烂的民主》等在内的诗作同样是对惠特曼

(Walter Whitman)的《草叶集》所渗透的民主概念进行反驳。劳伦斯自然肯定惠特曼诗作中个人主义的彰显,同时也批判其中的民主内涵。这一点上体现了他"切中软肋",同时"宣告自身所在的当前"的现实意义。① 从对美国文学中精髓的吸纳与审视过程中,劳伦斯逐渐洞察出伦理问题的本质。

美国学者谢尔曼(Stuart Sherman)看出了劳伦斯探讨美国文学背后的深层原因,认为英国的劳伦斯借用了"我们(美国)的语言来讨论我们的经典,是想要用我们可感知的方式、可理解的陈述来传达他的信息",而且这部作品与他自己的小说及文论作品相一致,那便是大脑对于身体与血液热情天性的理念化与理智化所造成的殖民影响(Jenkins 3)。劳伦斯在《论民主》("Democracy",1919)一文中,更加深入有层次地探讨了"自我",阐述个体在社会的基本位置。文章中,劳伦斯提到了"标准人"(Average Man)作为一种典范,是政府度量衡法令下人物质需求的标准所在(*Phoenix* 700—701)。劳伦斯一直在强调,"人不是平等的,从来就不是,也不会是,更别提那些可笑的人类典范的任意决断"。劳伦斯正是想要处置这种物质化的标准和均等的基础(701)。这便是美国式自我的问题所在。事实上,美国对自我这一概念的理解与塑造也渗透在其民主化进程中。"美国本身是机械化现代主义的最低点,西方的最终产品,而并非旧世界的一种救赎。重建势在必行,不是去构建一个白人清教上帝,而是依靠原生地方精神的重生"(Jenkins 11)。因此,美国式

---

① 具体参见哈罗德·布鲁姆:《影响的剖析:文学作为生活方式》,金雯译,译林出版社 2016 年版,第 307—309 页。

的民主设想——期盼"一个由没有主人的个体们组成的社会——只是个固执的幻象"(Diani 70)。正是美国极度宣扬"均等"自我的不彻底的民主口号促使劳伦斯去追寻殖民前的土地精神。在建构新的自我及伦理关系之前,劳伦斯反思了这种将人们视为平均而形式化存在的片面思想。将个体完全等同化,削平个人特性的表面化做法是理解"自我"的错误方式。"对于自由的呼喊不过是自身锁链在声声作响"(Burns 7)。而这种认识自我的方式同样忽视了人自身内在经验的差异性与特殊性,这确实与劳伦斯所希冀建构的伦理关系相悖。

在写作《虹》与《恋爱中的女人》时期,即伦理问题的基础探索阶段,劳伦斯已然将自我内在经验所反映出的精神性和神秘性作为重点探索范围。劳伦斯实则指出了作为个体的人和事物本质的区别。纯粹客体化看待个体的方式是美国所宣扬的民主的症结所在。在他眼中,这种美国主义会毁灭你的心灵,因为它与金钱崇拜相关。在《启示录》(*Apocalypse and the Writings on Revelation*, 1995)①中他提到,要"毁坏掉那些假的,非有机的关联,尤其是那些同金钱联系在一起的关系,同时创造同宇宙鲜活而有机的关联"(149)。在科学研究方法的影响下,人变得抽象化,与此同时,个体间的差异也被消除了。他认为"均等和平等是纯粹的抽象概念,将人降低为数学单元……当我同另一个人站在一起时,他是他自己,而我也是我自己,那么我仅仅是意识到了一种存在,还有他者的陌生真实感。世界上有我,还有

---

① 启示录文学或谓启示书,在现代主义作家中间经常提及的一种写作体。他们认为他们自己生活在一个再也无法变革的社会和文化系统的临界点,只能通过彻底崩塌和弃绝来更新自身。(Trotter 77)

另一个存在。这就是第一层现实"(*Phoenix* 699，715)。尽管这里体现出劳伦斯将个体实现与社会改革问题一并考虑的倾向，然而更加值得注意的是，"民主问题对于劳伦斯来说更像是有关人本身的问题，而非政治问题；劳伦斯很敏锐地观察到了民主问题在美国正朝着有可能导致个体严重扁平化的均等主义的倾向发展"(Pinion 67-68)。由此带来的后果是人作为生存个体的个性化的丧失，这与其强调个人主义的初衷适得其反。

对于个体间具有差异而非完全均等这一事实的承认，及对这种差异的觉察和识别，或许才是劳伦斯所认同的自我的先决条件。对于劳伦斯来说，民主问题的核心即是道德问题。而正如在其写作实践中所体现出来的，对于真正道德的探讨必然纳入其围绕人的生存体验的伦理问题范畴。因此，美国式民主概念所折射出的自我问题以及局限性，表明他对自我以及自我实现问题的关注。劳伦斯将自我的探寻放置于自我与他人的关系这一层面上。具体而言，这一点体现在劳伦斯对于自我内在意识的呈现以及外在化的重视上。惠特克(Thomas R. Whitaker)将劳伦斯这一阶段《墨西哥的清晨》以及很多主要作品中有关自我发展以及人物角色的描述称为"自我模仿"(self-travesty)：

> 这些生命力投射在一个人、一个动物、一个民族以及一片风景。如果这份接受得以实现，如果与他者(other)以及未发觉的事物(unconscious)的连结完成了，这封闭而警惕的自我便会超越自身。新的自我会向自身内外富有创造力的洪流开放自身。只有这时，真正的汇合才有可能产生。(221)

第二章 找寻理想他者：劳伦斯小说中伦理的辩证维度

可以看出，劳伦斯所认为的自我认知应该包容差异性，并预设他者的存在。同时，劳伦斯在其小说中也一直致力于展现主人公与他者的遭遇、冲突和连结，以及他们通过在他者身上寻找自己不能察觉的生命力，从而超越自身。从另一个角度，劳伦斯认为自我这一概念是富于变化的。他不仅反对固定的道德计划，同时反对主人公那种同社会现实主义相联系的可辨认的个性。因此，在他的小说中始终不存在旧有的稳定的自我（old stable ego）。如同他著名的同素异形体的比喻，将人物性格比作碳元素。碳元素永远不可能是纯粹而简单的自身，因为它总是与其自身相异，总已经是不同的存在，比如金刚石、石墨还有非晶质碳。如同碳元素一样，人性格纯粹单一的元素不是本质而是一种心理构造。自我并不可能靠直觉而直接地进行认知；相反，自我是通过与非我性的区别性关系间接推断而得知（Bonds 22—24）。齐塔鲁克（George J. Zytaruk）将劳伦斯这种思想看作劳伦斯的"形而上学"：对生命深刻而富有意义的敬畏，唯一目的就是让生命浮现。这种信念包括整个宇宙，将人视为周边宇宙的重要组成部分，这便是劳伦斯的"个体学说"（239—240）。个体并非孤立的，而个体间的差异性恰恰说明个体间联络与交流的必要性。德勒兹在其所翻译的劳伦斯《启示录》法文版的序言中提炼并重申了劳伦斯思想中的自我究竟为何物，以及自我同他者又是何种关系。他认为在劳伦斯看来，"是关系决定了个体的概念，而不是自我本身。因此，我们应该停止仅仅用自我的角度去思考，应该超越的同时就在个体自身中，像流水一样涌动的状态（flux）下生存"（转引自 Bryden 56）。在劳伦斯的语境下，关系和变化成了个体生存经验得以表达，个体概念产生意义的关键词。

在劳伦斯的旅行书写阶段，尤其是在对美国民主问题和美国文学的剖析过程中，对于差异性的深刻理解将他带向他者问题。在《论做人》中，劳伦斯曾讲到这样一段经历，在一段火车旅程中在遇到黑人时，他要被迫去承认其他个体身上这种未知性（*Reflections* 214）。这种向种族他者的强制迫近意味着他必须接受，或者拒绝，需要做出一个选择。劳伦斯无法毫无障碍地按照自己已有认知去选择使用黑人（negro）这个词（215）。然而，黑人的存在令劳伦斯感到不安，但是他感觉也没什么不对。"差异是那么清晰地甚至在我的鼻孔的气味中察觉到，而同时这种碰撞的经历也在我与这个不同存在的接触中实在地发生着"（215）。这确实说明了差异为个体认知带来了挑战，而同时也暗含着个体同每一个他者相联结，并进行沟通的渴望和必要。这是因为个体在同他者关联的过程中，极大地丰富并沟通了自身的存在体验，超越了理性界限而显现其作为生命个体的伦理维度。

第二节　对话与差异的存在：
　　　　理想他者的可能

劳伦斯在其旅行书写过程中，对美国式民主本质有了一定的把握，认为强调所谓"人人平等"的美国所提供的民主观念不足以成为英国社会存在问题的补救方法。与此同时，劳伦斯对于英国、欧洲社会以外环境中新事物、新团体等的认识也在不断深入。其中，尤其是新墨西哥州不同于美国其他地域的原始印

第二章　找寻理想他者:劳伦斯小说中伦理的辩证维度

第安风情与民俗,在劳伦斯试图体现差异性的新的伦理关系的思考过程中起到了重要作用。这里的自然风貌、风土人情以及宗教仪式都为劳伦斯在思考理想他者的可能性以及存在条件方面提供了理想的环境。新墨西哥州为劳伦斯提供了新的养分,也许可以被看作其思想实验最重要的地方。也正是在此,劳伦斯发掘到,为何他者问题是伦理探讨中最重要的问题。在《虹》和《恋爱中的女人》之后,劳伦斯是如何突破仅仅存在于两性之间的差异,而通过不同层面和意义上的他者以建构更具有普遍意义的伦理关系?

一、理想他者的可能性

在劳伦斯诸多类别与体裁的作品,尤其是多部短篇小说中较为充分地呈现了伦理关系的可能性。其中,《圣·莫尔》是理解劳伦斯伦理思想不可忽视的一部。一方面,如同其他旅行体作品,它是劳伦斯在旅行写作时期所见所闻的一个缩影;另一方面,这部小说在劳伦斯围绕他者问题的伦理思考线索中具有重要意义。如前文所述,圣·莫尔尽管是一匹马[1],但以一种带有陌异性的方式成了具有社会属性的人类参照物,充满了卢所追寻的精神要素。圣·莫尔可以说是劳伦斯笔下最具有代表性的他者之一,反映出劳伦斯所希冀的伦理关系中他者应具备的要素。

---

[1] 包括前文提到的《骑马出走的女人》在内,劳伦斯在多部作品中刻画马的形象。例如,在《关于无意识的随想》中将马作为"具有强烈肉感的男性活动"的象征;在《虹》的结尾,奔马的威胁象征了男性力量的威胁;在《恋爱中的女人》中,杰拉德的阿拉伯母马则被用于代表奔腾不羁、难于驾驭的力量(侯维瑞 235)。

《圣·莫尔》中,小说的女主人公卢·威特(Lou Witt)厌倦了那与灵魂之间不够真挚的僵死关系,希望摆脱她原有的生活框架而独自去追寻富有生机和意义的新生活。而卢的丈夫,里科(Rico)则潜心于艺术,惧怕真实生活,只能通过在画布上的生动刻画来支配生活。他的行为举止极为高雅考究,可在精神上却穷困贫瘠。然而,他却在这个被构建的宇宙中安然自得,这与卢形成了强烈的对照。卢渴求的是那种人类动物,不是固定的物体,而那匹叫圣·莫尔的骏马可谓在精神要素上满足了卢的这种需要。她欣赏它的兼具"活泼与警觉性的张力,以及他的不屈气质"(St. Mawr 14),而这马也变成了一枚图腾,召唤着卢到一个更为生动的世界中(M. Levy 286)。显然,卢希望寻找新的自由,却惧怕随之而来的后果。在故事的结尾,卢创造了一种生存模式。这种生存模式提供了一种带有一定风险性的自由,而同时确保很大程度上的控制(286—287)。如同陀思妥耶夫斯基作品中逃离地下室的人们终于了解到,人类真正的自由只能源于发自心底的、自愿的交付,而不是屈从一个人或者是他人的意志(288)。可见,卢所希望寻找和完成的是一种转变自身麻木状态的关系纽带或形式。

诚然,劳伦斯思考伦理关系的出发点是为了改善人与人之间越发麻木的关系状态。在动物刻画,更准确地说,非人类书写身上,劳伦斯找到了与人类中心相对应的一种呈现方式。在这部小说中,可以发现"一些隐藏或编码的东西,一些生活在马和(中篇)小说中的东西,它们拒绝展示自己,一个地方,一组字母,位于圣·莫尔自身的名字中,无法消化、分析和阅读。它具有一种新的功能,它成为劳伦斯笔下不可模仿和非人性的表现标记"

(Bostock 14)。尽管圣·莫尔作为一匹马出现,却似乎具备了现代社会人们经过战争后所缺失的那部分生命活力和品质。这里突出了讽刺意味,同时马在这里更像是生命体的一个象征。这也从另一方面说明,对于劳伦斯来说,实现伦理关系的对话交往结构也不完全局限在人类之间,而可以扩展到非人类的范畴。这样的范畴从一定意义上反思了人与人之间关系的局限性。事实上,这重对话可以延伸到自我和周遭宇宙"所有纯粹的关系"中去:在我和动物之间,我和花草树木间,我和土地,我和日月星辰,我和我正砍伐的树木,我和正在揉合用来做面包的面团(Sargent and Watson 417)。同样,劳伦斯的诗集《鸟、兽和花》(*Birds, Beasts and Flowers*,1923)中透露出与自然万物之间"亲密"的交流。吉尔伯特(Sandra Gilbert)谈到此诗集,认为这些诗歌是"有关探索,定义过程的随笔",劳伦斯以一种"形而上学式的方法,像博物学家林奈那样为自然界中多样化的他者编目命名。而那对于柏树的冥想则打开了人类试图与自然对话的新篇章"(329,343)。对于劳伦斯来说,天地万物都可以被称作他者。因为这些事物都区别于自我,同时又不同程度地与自我相联系。对于人类来说,重要的一点便是要承认这层原始的关系,生命与生命的关联,而不应妄自尊大,独断地运用理性去控制他物。换句话说,无论他者为何物,自我同他者之间的关系首先应该是平等的对话关系。因此,伦理关系中所强调的他者也具有普遍的适应性。无论是区别于自身的其他人类个体还是以动物为代表的其他生命个体,都具有他者的性质。而劳伦斯笔下的动物和植物,更多的是一种警示和比拟,去唤醒人们对于生命原始性的关注。

在《圣·莫尔》中,卢与马之间的关系,便是一种对话关系。以著名的"我—你"(I-Thou)关系本体论学说而著称的对话伦理学家布伯(Martin Buber)在其论文中讲过这样一个故事,"当我11岁的时候,在我的祖父母家过暑假。我总是不被别人发现地,悄悄地潜入到我那亲爱的——灰色的小斑马的脖颈里"。当他在回首往事时,那同他密切关联着的动物就是他者(the Other),"让我接近,向我倾诉,将它自己放置在同我有着最基础的'你—你'(Thou-Thou)交流层面"("Dialogue" 23)。在这种他性的作用下,人同其他生物同样展现他们的对话关系。这种关系超越了物种,跨越了语言,由一种不可言说的纽带联系着,或者说他们这种关系本身就带有语言性和辩证性。

卢与圣·莫尔的关系同样有着存在某种超越性的亲密感。尽管对于卢来说,圣·莫尔谈不上那"亲爱的",不过他们的关系看上去的确非同一般。卢来去自如地进入他们的关系中间,这甚至模糊了卢真实与想象的界限,仿佛圣·莫尔的思维和感情都与我们人类并无二致。这难道不是一种对话关系(Sargent and Watson 418)。而在劳伦斯看来,小说是展现这种在现实生活中经常被忽略的,表现人与人、人与世界之间动态关系的理想场景。因此,多样性、差异性与对话性一方面是小说作为艺术经验区别于日常经验的秩序所在,另一方面也是在其话语场域内建立全新的伦理关系的合法性。这种在小说中可以尽然展现的对话关系,同样可以在文学理论家巴赫金的思想中找到共鸣(尽管在巴赫金语境下,其更倾向于讨论人与人之间的关系)。共性便在于两位在小说与对话性思想的关系上。巴赫金认为,"小说不是简单的一种文学样式,是唯一一种不断在发展的文学体裁。

第二章　找寻理想他者:劳伦斯小说中伦理的辩证维度

这种发展使得对话的实质不断地加强,范围不断地扩大,也越发地精准"(*The Dialogic* 4,300)。劳伦斯同样在《小说为什么重要》中提出,"只有在小说中所有的事物才充分地发挥,表现其原貌"(198)。这种对于对话性特征或谓原则的重视和倡导体现出两人在小说观以及小说伦理上的共识。正如布思对巴赫金的评价一般,对于劳伦斯来说,小说同样是一种伟大的文学样式,可以为生命内在复调性的存在建立合法性(Booth,"Introduction",xxii)。不同经验之间的交流从另外一个角度来讲,便是拓宽了人类经验本身。

劳伦斯就连对马格纳斯(Maurice Magnus)[①]的描写也充满着跨越物种经验的表达,"他就像一个勇敢、孤绝的小恶魔一样,面临危险时就像一只勇敢的老鼠,下定决心一定不要被捕到"(Lawrence,"Introduction",99):

> 他经历过那些糟糕的事情:他直面这些经历,勇敢地穿越其中然后保持住自己的男子气概。气概有个奇怪的特点,可以在"人鼠"中找到,也可以在热血的人身上找到。马格纳斯带着那人的意识穿越了种种对于我来说无法想象的情境。宁可死,我也不想被羞辱。我可承受不了……
>
> 但是,人性只有通过实现过程才能取胜。这是人类的命运,因为人类不断地陷入意识与自我意识之中,我们只有

[①] 马格纳斯(Maurice Magnus, 1876—1920)是一名美国旅行家,是《外籍兵团回忆录》(*Memoirs of the Foreign Legion*, 1924)的作者。劳伦斯撰写了有关马格纳斯的传记《莫里斯·马格纳斯回忆录》(*Memoir of Maurice Magnus*, 1922)。劳伦斯自认为,从写作本身来讲,这是自己最好的作品。

通过一步一步向前去实践,彻底、痛苦而有意识的实现过程。(99—100)

这段文字说明,劳伦斯不仅是对老鼠这种比喻感兴趣,同时也钦佩它身上超越人类的某种品质,甚至于说在老鼠的身上发现了男子气概(manhood)。这一次,劳伦斯没有像他在诗歌《蛇》中将动物妖化,将它看作"人生的君主"(159),而仅仅是一次对话。这也印证了德勒兹(Gilles Deleuze)和瓜塔里(Félix Guattari)在《千高原》(*A Thousand Plateau: Capitalism and Schizophrenia*, 1987)中对于劳伦斯的那句评价,"劳伦斯总是能够将其书写与那些真实而闻所未闻的生成事物联系在一起"(244)。而劳伦斯在其"生成"联系的能力所展示的,从根本上说,是对人的经验以及事物本质强大的透视和把握能力。在诗歌中、在小说中,劳伦斯将经验的广博多样一一展示给读者,让读者在作品中收获新知。

萨金特和沃森认为,劳伦斯在本质上一直崇尚着他者与差异性。这种观念贯穿着他的创作过程。而在研究界本质主义的危机状况下,评论家很难去捕捉劳伦斯不断变化着的他者思想。无论对于其所处时代还是当代,劳伦斯的思想都具有一种前沿意识(428—429)。在这首名字就叫《道德》的诗歌中,劳伦斯展现出人身上不具备,而应该从他者身上获取的一种道德:

只有人不道德,
野兽、花朵都应该排除在外。

第二章 找寻理想他者：劳伦斯小说中伦理的辩证维度

>因为人，可怜的野兽，能够照镜子，
>并在镜中认识自己。
>
>当他在镜中照见了自己，
>他不像狗一样对着自己狂吠。
>他一本正经地欣赏自己。
>
>假若他只是对着自己狂吠几声，
>或像猫一样愤怒地耸毛，
>接着转身离开并且遗忘，
>那或许会更加美好。(290)

诗歌中所指明的"不道德"可以被理解为劳伦斯所拒斥的人类中心主义的所谓"道德"。劳伦斯认为，"人必须退回到动物世界去接触他几近丧失的原始动物本能，但他的这种倒退只是他朝着自我完善目标前进过程中的一个阶段，而非终点"(陈红 54)。换句话说，尽管如同劳伦斯在上面的诗作中，以"一本正经地欣赏自己"的讽刺口吻批判人类自我中心主义，认为动物对于生命的直接表达更值得人类思考与借鉴，这绝不是倡导人类"返回"或者"后退"到动物，而是去辩证地看待人类进入文明社会后付出何等代价。因此，他更多的是希望在两者之间谋求一种平衡与对话。

对于劳伦斯而言，隐喻、诗歌与哲学应该融为一体，因此诗歌中的表达突出了劳伦斯创作的核心思想。隐喻不仅仅是一种修辞形式，而是诗性思想的表达（Becket, *The Thinker as*

Poet 3)。在劳伦斯的语境下,动物作为一种他者隐喻也具有更广泛的内涵。在《圣·莫尔》中,圣·莫尔作为反衬人类的典型动物的代表,在小说高潮处,将里科摔下马去,被里科和其他人记恨在心。从另一方面来说,具有精神性品质的圣·莫尔也在唾弃着机器一般的人类。圣·莫尔在完成劳伦斯赋予它的使命——"引导卢认清自己的命运,引导卢去追求生命和精神的再生,复苏被工业机器扼杀的身心"之后退出了小说。而卢则继续带着圣·莫尔的精神力量选择漂泊,而她坚信,她所选择追逐的东西,就存在于原始的美洲大陆上,召唤着她,

> 那是种精神。就在这里,在这片农场。就在这里,这片土地上。对于我来说,它比男人更加真实,能够抚慰我,给我力量。我不知道那具体是什么。是某种狂野的东西,有时会伤害我,让我筋疲力尽。我知道的。但是它是某种伟大的东西,比男人、人类、宗教都要伟大。它和原始的美洲大陆有关,和我有关……而我就在美国,那深深的原始的精神召唤着我……(158—159)

这里体现了卢希望与自然、宇宙直接进行交流的意愿。这一点上,也同劳伦斯的观点——"人的生命在于与宇宙所有物的连接"以体现其生命力有关(《"完整自我"探析》6)。以卢为代表的主人公,在异域旅行文明与自然、理性与感性之间的矛盾体验中所经历的原创性的思考与感悟,几乎同步地印证着劳伦斯的思想轨迹。圣·莫尔则作为另一种生存体验的选择,破除了人与动物之间的二元对立。换而言之,"对动物身上他者性的探索

第二章　找寻理想他者:劳伦斯小说中伦理的辩证维度

包含着劳伦斯对人的他者性的关注"(Harrison 159)。而在这种影响下,卢选择了继续生存同时进行自我完善①。这部作品的结局也可以反映劳伦斯的创作历程,而更多的问题与答案也将在接下来有着相似情节的作品中得到回应。

对他者的挖掘成为劳伦斯非人类中心式的伦理探问的主要样态。在劳伦斯笔下,他者的显现也是多样化、多维度的。劳伦斯在其旅行书写中关于他者问题的发现与思考也在不断发展与丰富。在劳伦斯亲身游历与反思写作的双重体验过程中,"他者"作为劳伦斯伦理思想中一个可提炼的概念,其要素、性质与意义也在《羽蛇》中得到最充分的显现与澄明。

二、《羽蛇》中的他者与自我建构

在劳伦斯看来,在追寻真我方面,墨西哥较之于美国蕴藏着更大的可能性。墨西哥一直保佑着独特的原始性。"羽蛇之神的国度,使得土地之上肉体重生,人与宇宙神秘关系的复苏得以可能"(Oates and Lawrence 652)。以《羽蛇》这部作品为代表,劳伦斯通过仪式、情感等主题情节勾勒了凯特与西比阿诺、卡拉斯可等作为他者的化身的各种遭遇,呈现出凯特的自我逐渐转变的过程。在《羽蛇》中,自我不再用宣言或者声明式的方法肯定自身,而是通过同他者所构建的新的关系而逐渐具有辩证性地呈现出来。凯特通过这段在墨西哥与欧洲、美国完全不同的原始旅程去怀疑并寻找自我的真正含义。

---

① 具体参见蒋虹:《批判、借鉴与升华:〈圣·莫尔〉与〈安娜·卡列尼娜〉比较研究》,《解放军外国语学院学报》2012年第1期,第86—90,126页。

主人公凯特身上的自我问题所折射出的伦理关注彰显了劳伦斯与创作并行的哲学思想的重要意义。劳伦斯在他者这一问题上的看法与当代哲学家列维纳斯有很多共同值得探讨的方面。《羽蛇》一方面是劳伦斯本人在墨西哥生活期间思想的反映，同时也是他对伦理问题透过他者在文学创作领域实践性探索阶段的重要作品。以探讨美国式自我为起点，劳伦斯为自我这一概念建立了新的关联和活力。列维纳斯对于伦理问题的关注，同样是从他者概念开始的。被其称为"第一哲学"的伦理学最主要的关注点就是去描述自我如何被他者唤起并与其互动的一套伦理法则。尽管列维纳斯延续了海德格尔对于存在问题的探讨，但他没有延续对于存在的客观讨论，而是转向另一个问题——存在者是如何通过他者展开而使自身存在的。列维纳斯试图从他者的角度挖掘出自我的内在性(interiority)，以反对传统形而上学的同一性逻辑(logic of the same)。从他者切入，实际上，列维纳斯是在以自我和他者的关系形式辩证地探讨个体。

同样，劳伦斯在转向自我与他者的对峙之前，首先要展现出凯特作为现代文明社会一员自我意识的觉醒过程。劳伦斯试图建立无限和理想关系的基础——自我的觉醒，即无限他者的另一面。列维纳斯在《总体与无限》一书中阐述了自我与他者的这层关系，

> 思想及内在性是存在的一种极为分裂的表达，是先验性的产物(而非沉思、映像)。只要在我们使这种关系产生影响时才会感知到。这就是这层关系的特色之处。他异性只有从我开始才得以可能。(40)

第二章　找寻理想他者：劳伦斯小说中伦理的辩证维度

也就是说,自我与他者的关系是从自我方面得以展开的关系,一种现象性沉思,而不是决断性的思想。在凯特遭遇墨西哥的一系列过程中展现了(自我)凯特与他者(墨西哥)的关系。从一开始,令凯特感到恐惧与愤怒的墨西哥便被生动地描绘为"残忍,堕落和毁灭"(51)。而在小说开端凯特在买斗牛比赛票时所看到的墨西哥混乱的交通景象更是奠定了整部小说中凯特需要进行跨文化实践的基调(Humphries 181)。这种基调无疑是陌生而消极的。而从另一方面,在凯特对于墨西哥的印象尚未完全形成之前,墨西哥这种氛围已经促使凯特不断地反思自身的爱尔兰精神与宗教思想。这样的反思情节在一个特殊的情境下——凯特的四十岁生日,似乎突出了一种重生内涵,

> 她的爱尔兰天性对确定意义上的死亡是敏感的,对具有固定含义的神也是敏感的。然而,神不应该有确定的意义,它应该是变幻莫测的,如雨后的虹,美而善变。人以自己的形象创造了神,神与人同在;但与暴风雨只在天上逞威不同,神或说上帝总是凌驾于人之上,高昂而威然,它随创造它的人的死亡而消失,但它的属性即神性却永远高扬……神也需要再生,我们必须再生。(61)

凯特这种"确定意义上的死亡"还有"具有固定含义的神"的感悟实际上是她在听到卡拉斯可要让羽蛇传说复归的消息之后而产生的。凯特对于羽蛇之神的期待同墨西哥人一样,在她心里甚至更为震撼,因为这让她对陈旧僵死的传统宗教观点有新的思考。而其中欧文诸如"斗牛、茶会、享乐以及那种流溢着恨的艺

术"(62)等对生活的看法,肤浅而浮躁,与凯特作为思考者和批判者的角色形成了对照。"她无法让自己确信它们是生活。被欧文称作生活的强大而又堕落的东西,舞着毒须,折磨着她"(同上)。因此,凯特身上呈现出区别于其他人物的复杂性。在她身上,劳伦斯预设了个体在理想状态下,面临陌生他者所自然产生的敞开的对话状态。

在凯特对像欧文一样的世俗生活理念进行反思过后,决定朝着卡拉斯可和西比阿诺两人所主导的新的生存方向打开自己的内心,"对于她,最重要的是孤独、索居,同时,她需要别人那幽闭的灵魂向她敞开,给她一份芬芳,给她一片和平。她乞待那真正生活的来临"(62)。凯特对其自身及他人关系的渴望与摸索是劳伦斯伦理筹划的一个缩影。无疑,自我与他者所存在的差异越大,他们之间关系的展开与构建便更具张力。这种差异如果用列维纳斯的哲学话语来理解,即他者的存在具有一种不可思议性(incomprehensible nature)(*Totality and Infinity* 195)。凯特对于自己重生的顿悟,为她理解甚至接受墨西哥以及她自身新自我的构建提供了先决条件。正是墨西哥异样的风土人情为凯特对生活的新发现,以及她自身巨大的转变埋下了伏笔。然而,这种克服自我局限,接受差异的过程在一开始看来几乎不可能实现,因为最初凯特提及墨西哥的几乎任何东西都让她压抑:

> 它总使我的心沉沉的。正如戴大草帽的男人——那些干粗活的人——的眼睛。他们的眼睛总是毫无保留地把他们的内心提示给人们。这些英俊的男人,戴着大草帽,坐在

第二章　找寻理想他者:劳伦斯小说中伦理的辩证维度

> 那儿,但心已飞向很远的地方。他们的精神世界没有一个重心,他们没有真正的"我",在他们的外表与内在之间有一个愤怒的黑洞,恰如魔魂般的漩涡。(40)

尽管这段文字暗示了凯特在体验墨西哥陌生环境下的不安感,可是黑洞和漩涡般的墨西哥人驱使她还是决定要去西尤拉湖,那个羽蛇之神重生的地方,"在墨西哥给她的苦涩中,也有着令她痴迷的好奇、神秘,甚至也是希望;那是一种深邃玄秘的情绪"(60)。这体现了凯特面对墨西哥时的复杂情绪。一边是不安与烦躁,另一边是兴奋与难以描述的陌生感。而面临一个新世界的差异与陌生感超乎了凯特原有认识世界的模式。这就涉及了自我的界限(finitude of self)以及对自我界限的挑战——即列维纳斯所言的他者所具有的无限性(infinity)。这种自我界限的突破也正是劳伦斯所思考的伦理问题在文学实践中的具体表现,即个体如何与他人相关联,如何对话,从而在此过程中安置自身。

列维纳斯在讨论他者时引入了"面孔"(face)概念。面孔不是一个图像而仅仅是一种表达,"与他者的关系本身引出了先验维度,而将我们引向一种不同于在术语层面的可感性的、相对的、自我中心的经验"(*Totality and Infinity* 193)。在我和他者的关系这种不可言说性与显露方式中,"他者一直保持着无限的超然性,无限的异质性;在面孔中,他者的顿悟产生了,吸引我的部分与世界分离了。这部分是我们所共认的,它的实质内置于我们的本质之中,由存在发展而来"(194)。可以看出,他者有这样几个特点。在我面前,他者具有无限性和异质性,是"自我界限的一个挑战,它的超然与内在性相对"(Moyn 251)。因此,他者在与我遭遇并发生接触的过程中必须通过"面孔"得以显现。

或者说,"面孔"是自身觉察他者对于我有伦理要求,而同时使这种关系要求具体化的形式。"在他者面前,我是给自己提出更多的问题和要求"(Levinas,"Signature",294),而劳伦斯在小说中着重去展现自我与他者、内在与超验的微妙关系。在小说中,有一段凯特在回忆亡夫约次姆时重生的感觉:

> 约次姆走进死亡的永恒,在约次姆在世时,她也曾和他一起走进生的永恒,如今,生活留给她的是对同情、怜悯和人类之爱的渴望。一种不可捉摸而又确实被赐予了的东西产生了:那是融入知性的一种平和。(62)

这段对于失去挚爱的描写柔和而深刻。当凯特在有形的存在世界失去她的挚爱,她与情人的具体关系形式已经不复存在,而转换成一种无限、不可感的神圣状态,仿佛约次姆在另一个世界存在着,只化作一种无形的形式,但是他们之间的对话与情感依旧在凯特的心中存在。恋人之间的陪伴从可见的物质形式转化成不可见的神秘形式。在此刻,凯特真正开始她在墨西哥的新生活之前,劳伦斯展现出人类心灵神秘而超验的一面。与此同时,劳伦斯也暗示了心灵的这一面只能通过他者来唤起。在这里,约次姆的灵魂,作为一种他者,是无形的、不可见而且完全精神性的。关于凯特精神世界的这段描述与列维纳斯他者的概念密切相关,因为它属于无限的空无性,"完全超验而且陌生"(*Totality and Infinity* 194)。凯特对旧自我进行了充分的反省与挑战,其中包括她缅怀约次姆时的悲痛心情,她自己作为

第二章 找寻理想他者：劳伦斯小说中伦理的辩证维度

睿智而坚持的爱尔兰女性（可以说作为欧洲精神的一种代表），以及她对于政治问题强烈直接的否定态度。这些都在凯特对于墨西哥精神（如她与西比阿诺、卡拉斯可的关系，还有围绕羽蛇回归的宗教活动中的矛盾心理等多个方面）的开放性理解中得到了反思。同时，这些思考都是在与他者的遭遇过程中进行的。这也正印证了在与他者的遭遇过程中，回应面孔意味着领悟他人生命的脆弱之处，即领悟生命本身的脆弱不安。因此，面孔具有了伦理意义，个体通过领悟他者领悟了自身（巴特勒 212—213）。这里也彰显了他者伦理本身的开放性与可能性。

小说中的他者表现为陌生性和异质性。或许这一点同样可以在列维纳斯的语境中得到阐释，相似的概念可以追溯到列维纳斯所提及的"异域感"。在其《从存在到存在者》一作中，列维纳斯谈到事物自身的异质性，而事物在被作为世界客体与对象的实践过程中，其异质性被遮蔽了。而如果人们通过艺术的形式理解它们，这些事物"从本质上发生了改变，这种改变不是来自画面的取光、构图或叙述者的偏好、安排，而是一开始就由我们与它们之间保持的间接关系所致，词源意义上的'异域感'"（l'exotisme）（55—56）。正如感觉在艺术中的突出地位，以赏析艺术作品为例，人的"意向没有能一直抵达客体，而正是迷失在了感觉中，迷失在了产生美学效果的'感性'（aesthesis）之中"（57）。在劳伦斯的笔下，这种阐发"异域感"的感觉显然有了更多层面的表征。

在小说中，在充满"他异性"的遭遇过程中，凯特最初对于墨西哥的矛盾情绪得到了缓解。其中，最明显的便是凯特与西比阿诺之间关系的发展过程，这也是整个小说的主线之一。小说在对两个主人公的描述上有大量关于距离和陌生感的描写，展现了两人在彼此建立关系过程中的差异与困难，如同凯特在小说开端对墨西哥环境的印象一般。在小说的第二章《特拉库鲁拉茶会》中，西比阿诺时不时地观察凯特，"她是个很美的女人，行动不拘礼俗又有分寸，这使她很有魅力。下个星期，她就四十了。她早已习惯于生活在各种社会中，观察她遇到的每一个人，就像读小说一样，但从不陷进去，就是爱尔兰也系不住她"(42)。这段描写从另一侧面展示出凯特与西比阿诺的区别。凯特来自一个所谓先进文明的欧洲国度，具备理性与知识。而西比阿诺是更为原始、神秘的墨西哥土地精神的代表，因为他是"纯粹的印第安人"(67)。从出身上来看，两人形成了在种族、文化以及思想上完全不同甚至冲突性的对峙。这种男女主人公鲜明的对比区别于劳伦斯的以往作品。例如，在《恋爱中的女人》中，劳伦斯更侧重于男女主人公内在意识的冲突与联系的展现。而这部小说强调了两人在文化和思想语境上的更大差异。这为后文两极间的对话的展开以及联结的形成营造了足够的空间，加强了推进小说情节的张力。

  对于西比阿诺来说，凯特总是展现出一种超越他自身的神圣感与神秘感。在一次目睹凯特提及约次姆的悲伤痛苦之时，西比阿诺表现出同情心的同时有些迷惑，"他觉得他是在女神面前，她的手是白皙的，她是神秘的，她有着月光般的力量和凝重的悲哀的天性"(75)，因为凯特身上的神秘特质让他想起了"他的迷惑或许是个谜，曾流淌在他孩童及青年的血液中，当他跪在索莱达幼小的圣玛利亚雕像前。如今，当他面对痛苦的凯特时，他现出这神秘的迷惑"(同上)。在对这种神秘特质的描述中，劳伦斯又一次将这种具有魔力又不可言喻的力量比作月亮。这个

第二章 找寻理想他者:劳伦斯小说中伦理的辩证维度

意象在劳伦斯其他作品中已经出现多次。月亮作为神秘力量的象征,被拟人化。在这里,它同样作为一种外在和神秘的力量,和劳伦斯在文中所创造的其他意象,如"启明星"(Morning Star)一样,来表征他者的无形与神秘。在凯特离开城市之前,西比阿诺好奇地观察着她,被她身上冷漠的安详所吸引。他认为"她的魅力在于她的温柔和她不自觉的傲气"(86)。西比阿诺的感觉不仅是一个男人对于一个漂亮的欧洲女性的欣赏和喜欢,而是一种神秘和好奇的力量一直吸引着他。这种陌生感是相互的。当凯特初见西比阿诺时,陌生感与距离感同样强烈,

> 他脸上的肤色黑而亮,不停闪动的眼睛敏锐、有神。由于他好奇地斜着脑袋看凯特,所以,两只眼睛微微倾斜,粗大的眉毛也随之形成一个拱形。这多多少少给人一种不如凡俗的感觉,内里则未全脱野性,有点害羞,害羞中藏着野蛮,总之不够和睦。(17)

他们对彼此的第一印象,不尽熟识亲切,却也充满了对于对方的好奇,这便为后文两人的浪漫关系奠定了基础。凯特曾经认为每个个体都有一个完整的自我,而在墨西哥她对自我概念的理解发生了变化,她认为"男人和女人的自我都是不完整的,都是松散地组成的,很容易破碎"(112)。这种变化正式发生在湖边经历歌舞形式的宗教仪式之后,她便开始相信卡拉斯可和西比阿诺。凯特被广场上载歌载舞的浓烈氛围所吸引和感召,

> 接着,鼓声又起,更强劲。一个披着白色的、带花边的

毯子的男人,从地上站了起来,脱掉鞋子,跳起了轻曼的舞步。他光着脚跳着,步子是无意识的沉重,又含有着鸟的精灵,似乎着意于把脚踩入深深的泥土;他踏着鼓点儿,身体微微前倾并有节奏地摆动着,交替举动的双膝碰触毯子的边饰,显出一种向上的、强劲的冲力。另一个男人也把鞋子脱下,放在火边,起身舞蹈。打鼓人唱出粗犷而不自觉的歌声,另外几个男人也脱下毡衣,起身舞蹈;他们光着上身,赤着脚,踩着鸟一样的步子,给人一种古远的感觉。(136)

而几乎在同时,由于被舞者选中要求在内圈儿一同舞蹈,凯特随即加入了这场舞蹈的狂欢,

她的头低垂着,她想藏起自己的脸。从她那白色衣裙里,她发现自己又成了一个处女,一位年轻姑娘;这便是这些男人能够给予她的……她的舞伴轻轻地牵着她的手,缓慢的、和节奏的摇摆自在又自如;他似乎根本没注意到她,只是手仍保持温软的接触。(138—139)

在这里凯特感到如同处女般,生命再次被点燃,又感受到了生命的质感。凯特油然而生的重生感,从一定程度暗示了劳伦斯希望现代文明世界实现重生的美好愿望。而这里,劳伦斯对于印第安舞蹈形式的刻画颇有用心,因为这种形式是在与给予生命的力量进行沟通,而不是同欧洲以及美国人般无法避免地去表现(Clark, "Reading Lawrence's American", 122—123),去强调自身。凯特所感受到的重生,被廷德尔(William York

第二章　找寻理想他者：劳伦斯小说中伦理的辩证维度

Tindall)认为是性、宗教以及政治三方面的救赎(x)。这种救赎感重在个人意识而非广泛意义上的社会及政治改革。而这种个人意识的救赎与唤醒对于劳伦斯来说，正是伦理的核心所在。

宗教仪式作为一种欢庆个体经验并与其他个体进行交流的作用被凸显出来。对于仪式的作用，劳伦斯早就有着深刻的思考。在1913—1914年同弗里达结婚后的一段时期，劳伦斯读到了哈里森(Jane Harrison)的《古代艺术与仪式》(*Ancient Art and Ritual*, 1913)①(转引自 Steinberg 94)。他被书中有关仪式与艺术的关系所触动，"这本关于艺术和宗教的书让我感到愉悦。现在我很享受它。这本书认为艺术来自宗教的向往，来自个人对被深深感召之物的表达。这一点让我欣喜不已"(*Letters* 1 234)。与此同时，劳伦斯的舞蹈书写中实际上突出了身体要素，因为"身体在人们舞蹈过程中所呈现出的韵律感对于仪式所期望实现的精神完满的重要意义"(Barnes 688)。通过身体中介，个体间、个体同自然万物都可以实现有活力的联系。"在劳伦斯看来，群体、自然以及个体的精神状况受到资本主义、民主制度、社会主义以及现代性问题总体的威胁"(687)，而《羽蛇》通过回归充满本土气息、重视生命活力的仪式，实现了有关个体精神和社会文化复苏的建构性想象。

相比于其他现代主义作家，比如乔伊斯、普鲁斯特的实验性

---

① 在书中他读到了有关生殖神阿多尼斯和欧西里斯——有关他们的意识，以及原始艺术如何从仪式中生发出来；为何说艺术实际上就是后来升华、分解了的仪式；时代有希望的一个标志，法国年轻一代的诗人，形成小团体，不仅是因为语言的特性或者装扮，而是那共有的内心深处的坚定信仰。具体参见 Harrison, Jane Ellen. *Ancient Art and Ritual*. Greenwood Press, 1913: 225，248-249。

如同沉浸在"病态"的自我意识中,仿佛呈现出一种萎靡的、症候状的写作样态,劳伦斯的创作则表现得积极而具有建构意义。从一个不同的角度,从"人类最深处原始的地方,如同神所在的地方,如果他存在的话",将人类的全部意识建立到小说领域(*Phoenix* 759)。显然,劳伦斯早已意识到战争给西方带来的严重后果,而战后仅存的希望——对人类基本关系存在问题的反省与修复是伦理问题的关键所在。换句话说,劳伦斯认为只有以完全不同、彻底纯粹原始的环境与方式才能复苏理想的人类关系。而《羽蛇》中宗教、仪式和多种意象的大胆使用让读者可以想象和感受一种面朝未来而具有积极意义的新型伦理关系的可能性。在《羽蛇》的最后一部分,劳伦斯创造了"启明星"这一意象。它可理解为人和人之间,尤其是爱人之间的汇集之地(meeting ground),"只有一个男人和一个女人结合才会产生一个灵魂,这个灵魂就是'启明星',它从两个人中出现,一个人不能单独拥有一个灵魂"(436)。它同时也被叫作"生的秘密"(life-mystery),

> 克斯卡埃多对我来说仅仅是未来日子里最佳男人的象征。宇宙就是巨蛇的巢穴,他的巢穴隐藏着深不可测的生的秘密,我把这秘密称作启明星和其它的任何别的东西都是无所谓的。人并不是一种抽象的存在,而是一种实体的有血有肉的存在,他总是从那宇宙之心中创造着他自己的身心,不停地创造着,创造着,一旦这创造的过程息止了,那么一切都将化作烟云,完整的身心将变得支离破碎。目前就是这样,我们只是支离破碎的存在,我们必须把这支离破

第二章　找寻理想他者:劳伦斯小说中伦理的辩证维度

> 碎的存在凝成一种整一的自身,不管是男人,还是女人。否则我们只好离却红尘——我们必须努力修整自身。(290)

尽管"启明星"与"生之秘密"让人与人可以相遇并交流,但是这种交流并不是同质性的合并,而是保留了各自的特征与差异。小说中以男性女性关系为例阐述了这种关系不可通约的特征。在小说中,这种不可通约的异质性是被这样描述的,他们之间仍然存在"深渊"(Gulf):

> 男人,女人,他们都该知道,在这个世界上,他们是不能绝对合一的。在密切的亲吻和触摸中,便是虽小而确实的深渊,因为它狭小而几近不存在,他们必然不知不觉地跌进这个深渊。不管他自己以为他与基督是多么地融合,他终究是他,基督是基督,他也一样也跌入这个深渊。虽然女人在男人看来比他自己的生命更可爱,但毕竟她是她,他是他,深渊依然存在。任何想填平这个深渊的企图都是一种强暴,都是上帝面前的罪过。(269)

劳伦斯在小说中将男人与女人之间的关系看作自我与他者关系的典范,具有无限的力量以及求真价值,而同时又具有无法克服的深渊,体现了一种辩证维度。对西比阿诺来说,凯特"是一块深藏的磁石,使他的骨骼蓄满了残酷的骄傲的能量,且熠熠生辉",而凯特自己"从这种交往中得到极大的满足,并感到受控于一种深深的、被动的、向下的力量"(434)。凯特发觉了他们之间的相互作用(reciprocity)。没有西比阿诺,她自己几乎没有任何意义。相反,西比阿诺离开凯特的话就没有力量,"他就不能取得最后的成就,他将永远不会是完整的,他最多只是一个工具"(435)。他们之间的相互作用让他们彼此觉得真实而有意义。他们将真理带向对方,只要他们开始对话,向对方通过"面孔"所呈现出的真理保持开放状态。而这正是被列维纳斯定义为"他者展现自身,同时超越我心中的他者概念的一种方式"(*Totality and Infinity* 50)。西比阿诺和凯特互为他者的方式,为对方提出了超越自己原有经验范围内的要求。"在面孔的外在显现中有一个要求,如同主人一样。与此同时,他者的面孔也总是显现出一种穷乏。这种穷乏正体现出我可以为他者做任何事情,我应该总是给予他们一些东西"(Levinas, *Ethics and Infinity* 89)。尽管小说末尾依然表现出凯特在去留之间的矛盾与怀疑,而这种不确定性也未尝不是她作为个体在面对西比阿诺的情境时,实现自我的一种可能性途径。

可见,劳伦斯的"启明星"意象是先验性地联结不同个体间的差异与特性的一种形式,将个体的内在性放置于对话之中。两个个体自我的内在性以及流动对话中的统一性,让"启明星"升起,从而个体化才真正地出现,因为个体意识到自己不再是那个同质、实体化的自己。正如列维纳斯所言,"真正决定个体化的原则的是心灵而不是物质"(59)。在这部作品中,劳伦斯以西比阿诺与凯特为代表的两性新型关系作为伦理关系的范例。这也许是为什么劳伦斯通过宗教和言语性的仪式来构建这些概念,因为仪式保留了神秘性与不确定性,让心灵以一种不可言说的方式沟通彼此。

在这部作品中,劳伦斯试图呈现的是这种带有宗教和仪式

第二章 找寻理想他者：劳伦斯小说中伦理的辩证维度

色彩的运动以及事件能够促使自我与他者之间的关系形成对话并实现合一（oneness），是其通过"他者"概念所讨论的伦理观的理想印证。而在这种类宗教的伦理设想中，劳伦斯通过不断地去反省关系的领袖——这种领导力（leadership）的核心不在于"权力意志"（will to power），而在于一种有关温情或谓亲切（tenderness）的情感效力。因为正如劳伦斯反复强调的，"现代人，无论是男人还是女人，分离的、个体的、被切断的，他们原始的社会本能逐渐衰退，要想他们像原始人一样，服从于伟人的英勇灵魂，就必须要看到英勇灵魂中那能够驱散他们自我怀疑与对抗的心灵的温暖"（Schneider 180）。存有不同地域精神的外部环境为灵魂的对话与对峙提供了理想的场景，使得以凯特为代表的现代人去反思人伦关系中所应该具有的原始、纯粹的品格。这同之前的作品有着显著的差异。学者贝尔比较了《虹》和《羽蛇》在个体经验意识表达上的差异："《虹》中所呈现和表达的世界由于个头的内在能量驱动而显得生机勃勃，所以时空的基本范畴是主观化的。"（*Language and Being* 169）显然，《羽蛇》中经验的呈现方式以及语言意识的表达更为丰富，因而在不排除个体内在复杂性的前提下强调了关系的辩证性与动态性。

除了环境、人群的显著差异构成列维纳斯语境下的"面孔"以制造遭遇环境，语言——作为文化与情感交流的重要承载方式，是揭示他者，并使其显现的方式。因此，语言同样在伦理关系的构建过程起到了重要作用。在《羽蛇》中，劳伦斯为了展现交往关系，运用了多种语言形式以突出其特征，除了对于凯特来说陌生而神秘的印第安语本身，还包括以上论及的、劳伦斯自己创造的新概念（"启明星"等）、仪式进行中所吟唱的颂歌，等等。

由此可以看出,对于新奇语言形式的构建与运用体现了语言在伦理关系构建中的关键性作用。小说中,作为羽蛇教领袖的卡拉斯可本人写了很多关于羽蛇的颂歌。歌谣是当地人充满先验精神的宗教思想的一种承载。因为"人们对神秘的东西总有种好奇心","对颂歌很有兴趣,如白酒,总能使他们从日常生活的疲惫中得到解脱"(278)。颂歌成为一种新的声音,而人们以此为媒介,去同神进行沟通。例如小说中,卡拉斯可吟唱的第四首颂歌是这样的,

> 克斯卡埃多墨西哥所见
> 墨西哥的这些陌生的脸孔
> 从何而来?
> 白人,黄人,黑人——
> 它们不属于墨西哥!
> 他们为什么来到这里?
>
> 他们要什么?
> 他们要山中的金银,
> 他们要海湾的石油,
> 他们要田里的蔗糖、小麦、玉米,
> 他们要咖啡、橡胶;
> 他们建造厂房,
> 安装机器,
> 机器不停运转,
> 显出他们的贪婪。
> ············

第二章 找寻理想他者:劳伦斯小说中伦理的辩证维度

> 我告诉司水之蛇,
> 振作毒雨,
> 把你们毁灭。
>
> 末日即将来临,到那时
> 风雷之蛇将挣脱
> 你们编做的天网,
> 雷雨大作,
> 闪电将刺入你们肉体,
> 毒素将注入你们血液。
>
> 等着吧,等着吧,
> 你们的末日就要来了!(272—277)

劳伦斯通过异域性的、新奇和诗化的语言形式构建了一种体验周遭环境,信奉事物,建立关系,同时召唤人们心灵的手段。如同渴望酒精,人们渴望这种魔法般的语言手段。对于凯特来说,透过语言和仪式构建起的神秘体验充斥着她的墨西哥之旅。换句话说,神秘感和陌异感可以通过语言实现沟通。如同颂歌一般的诗化语言拓宽了现代世界里人们生存经验的疆界。墨西哥土地的羽蛇之神以及他所象征的原始精神透过以颂歌为形式的特殊语言构成了一副"面孔",同凯特"遭遇"。诗化语言中所蕴含的丰富变化,让"面孔"的陌生感、召唤感以及对"我"的伦理要求得到加强。如果用德国诠释学思想家伽达默尔(Hans-Georg Gadamer)的概念来说,便是个体透过诗歌语言所呈现的整体世界,而这个过程其实是通过艺术形式中的他者与自己的相遇,即个体经验的不断确认与扩充(241—242)。语言的这种功能,在列维纳斯语境下有着这样的阐释。他认为,

> 绝对的差异,无法通过形式逻辑获得,而只能通过语言才能够建立。语言实现了不同范畴事物间的关联。事物、对话者却可以逃逸这层关系,或者在关系内部保持绝对。语言或许可以被定义为那阻隔存在和历史的力量所在。(*Totality and Infinity* 195)

这样一来,劳伦斯所希望传达的存在于墨西哥大地、存在于羽蛇宗教传说的精神,作为以先验形式存在的他者,只能通过语言的诗化运用中得以表达。不然,他者就始终保持无法表达的状态(unsaid)。语言揭示他者这一功用如果延伸来讲,即语言作为揭示存在的媒介,显现那无法言说的先验状态,跨越人类经验的内在性。因此,在语言上,劳伦斯又一次同尼采站在了一起,批判现代化的思维,将语言看作抽象的工具,仅仅代表事物。① 事实上,在这部作品中,具有陌生性的诗化语言成为描绘精神体验

---

① 尼采在其《论非道德意义上的真理与谎言》("On Truth and Lies in the Nonmoral Sense",1873)这篇文章中,批评了语言工具论,即语言在知识概念化中所起到的决定性作用。尼采认为,语言和知识、真理绝对不是等同。"语言知识提供一种隐喻,而与原初的实体没有直接关系……而追求真理的人、科学家、哲学家构造的也并不是和事物本质直接关联的东西"。具体参见 Nietzsche, Friedrich. "On Truth and Lies in a Nonmoral Sense." *Philosophy and Truth: Selections from Nietzsche's Notebooks of the Early 1870's*. Trans. and Ed. Daniel Breazeale. Atlantic Highlands: Humanities, 1979, 82-83; Booker, M. Keith. *A Practical Introduction to Literary Theory and Criticism*. New York: Longman Publishers, 1996, 55.

和轨迹的理想出路。语言使得个体的内在经验和意识得以表达,同时与他者进行交流。在同他者以"面孔"的方式对峙时,同样是通过语言:

> 面孔通过语言同我保持一种关系,而这并不能让他保持不变;他在关系中保持绝对的状态。总是怀疑自身处于不变当中的意识的独断特性现在停止了。因为包含有话语在内的伦理关系并非是来自我的意识的一种;而是它把我置于问题当中。而将我置于问题之中这一事实是源于他者。(*Totality and Infinity* 195)

"面孔"并非对我可见,或者被我占有和控制。它最重要的作用便是将我,自我置于问题当中。换句话说,个体间在交往过程中,透过面孔,通过语言表达的形式来揭示自我。通过语言性的面孔,个体的精神图景才得以铺展和表达。而这正是他者伦理的关键所在。列维纳斯认为以语言方式进行的"言说"行动包含了"人与人之间的伦理特质"(王嘉军 26)。在这一点上,劳伦斯通过调节语言的方式呈现了个体经验的多种可能性,更加积极地加强了个体通过"面孔"所进行的伦理性关系建构和表达。

《羽蛇》折射出劳伦斯在自我、他者以及语言性等伦理问题的多个思考点。墨西哥所蕴含的神话和宗教色彩也为个体同他者的关系建构提供了理想的环境。只有通过认识他者身上的他性才能了解被挑战和要求的个体内在体验。因为"以面孔为显现方式的他者,表达了他们的神性"(*Totality and Infinity* 262),即个体所不曾经历过的新的经验形式。劳伦斯语境下,他者对于个体经验表达的作用，以及伦理关系的辩证化表征在《羽蛇》中得到了理想化呈现。

　　尽管在墨西哥土地上所显现的"地之灵"在劳伦斯的笔下具有普遍性的借鉴意义，其在一定程度上所具有的局限性甚至封闭性同样值得考量。每个地方的灵魂都与当地的团体紧密相连，并排除外来者。因此，劳伦斯的初衷并非单纯地去寻找与欧洲自我迥异的精神领域，而是通过以墨西哥为例的异域文化经历去思考并寻找使欧洲文化及人民重生的希望以及线索(Fleming)。如果说逃离是勇气和机遇，但也许并非真正的出路。不过对于理想伦理关系的追寻也为劳伦斯晚期的创作奠定了坚实基础。劳伦斯逐渐意识到伦理的实现也许并非一定要在社会的宏观层面立刻得到改善。以个体为出发点去象征整个西方文明复苏的可能性也许更为深刻和理想。这也正是《查泰莱夫人的情人》，劳伦斯伦理思索的最后篇章想主要铺展和呈现的层面。在以异域想象为蓝本，以他者为关键词的实验式伦理思考过后，劳伦斯再一次还原缩小其探讨语境，将异域环境中同他者的遭遇过程中的收获带回英国本土，重新审视英国社会的伦理危机问题。

第三章

共通体的想象性构建：劳伦斯小说中伦理的本体维度

第三章 共通体的想象性构建:劳伦斯小说中伦理的本体维度

他者问题的发掘以及呈现构成了劳伦斯旅行创作时期的主要关注点。在以宗教反思、异域想象以及情感关系为主要途径的实践性探讨中,劳伦斯在通过对他者这一概念及其形式的反思和透视中构建自我。通过与他者构成辩证型伦理对话关系,自我理解和自我实现才具有达成的可能性。《羽蛇》可以看作劳伦斯对其伦理观点的理想化建构,其中不乏对于现代英国社会及文明状况的折射。然而,从创作背景以及主要情节来看,劳伦斯的最后一部小说《查泰莱夫人的情人》似乎又返回了最初就展现给读者的那个熟悉的地方,诺丁汉德比郡的矿区,又一次全方位地展现了当时英国矿区人民艰难生活的原貌。这种复归正是劳伦斯在从个人意识和他者的介入两方面的伦理探索后,将沉淀后的伦理思考融入其创作中,回归原点,试图从理想归复现实。这也道明了劳伦斯伦理问题的最终指向:对于个体生命体验的关注并非单纯而绝对地关注个体自身,而是开启以人为本,同他者共同建立生命共通体的现实层面的探索。因此,单凭小说情节以及由于不同时代语境所限对于主题情节的狭窄释读,而过于简单、平面化地理解《查泰莱夫人的情人》,是对劳伦斯围绕工业文明所呈现问题进行反思的误读。小说看似是对传统情节的复归,实际上是劳伦斯伦理问题探讨的进一步现实化。

关于劳伦斯的作品，尤其是晚期作品中对于自发欲望有提倡也有抑制。他并非仅仅关注个体自身而对外部世界全然不顾。实际上，他对当时社会所处的外部世界极为敏感，并尝试着将当时的社会话语或隐晦或批评性地"镶嵌"在其作品之中（Hidenaga 1）。在英国本土语境中，劳伦斯似乎希冀寻找新的概念或范式，进而将他眼中包含个体生命体验核心的伦理观点现实化。在这个时期，劳伦斯同样关注的还有绘画中体现的艺术本体论问题。劳伦斯有关绘画的思考与探索与其小说创作同步，因此以绘画为代表的艺术本体观对其小说释读空间的拓展起着重要作用，也同其晚期创作的整体理念与道德设想息息相关。在绘画与小说创作中，劳伦斯所进行的都是对战后英国社会的道德进行解构和建构的双向过程。前面两章的探讨可以说是劳伦斯对作为存在者的个体的生存体验层面的强调与描述，同时强调了他者元素在个体经验的确认和展开过程中的重要作用。然而，劳伦斯的伦理思考并不止于此。绘画作为另一种艺术经验形式，为劳伦斯进一步的伦理构建提供了灵感。因此，本章将着重探讨：绘画作为劳伦斯晚期创作整体的重要实践场，与其小说实践间的渗透关系，以及其中所折射出的劳伦斯以"共通体"为关键词的小说伦理建构的思考维度；在之前列维纳斯他者哲学的基础上，兼顾巴塔耶、南希以及德勒兹等人的哲学观点说明劳伦斯小说中围绕共通体的问题的想象搭建，如何在探讨伦理关系的问题上更进一步。《查泰莱夫人的情人》可以说是对个体作为独一存在者所构成的共通体的着重探讨，因此同样是从个体自身的问题出发。劳伦斯小说中伦理问题的本质也在以这部作品为中心的晚期创作中逐渐浮现。

第三章 共通体的想象性构建:劳伦斯小说中伦理的本体维度

第一节 塞尚的苹果:劳伦斯晚期的艺术本体观

也许是因为1926年在伊特鲁利亚墓穴中所感受的勃勃生机与活力,劳伦斯在此之后的创作都反映出对于那富含活力与温情的生命,以及人与世界之间和谐关系的强烈兴趣,而晚期的绘画经历对其整体艺术观以及小说中伦理构建可能性的思考具有重要意义。从绘画入手,拓展到整个艺术经验层面,劳伦斯提炼出艺术作品中所反映出的思想与问题,经过反思与类比再回归到自己的文学创作中。因此,劳伦斯的绘画研究与其创作所隐含的美学和伦理思想,作为艺术符号学整体的一部分,同其文学创作,尤其是晚期以《查泰莱夫人的情人》为代表的小说创作关系紧密。如自身创作的绘画作品一般,劳伦斯在小说中似乎为读者勾勒了一幅理想的伦理关系图景,通过由主人公关系为主线所展开的对环境、人物以及社会关系的重新组织实现了人的本真状态的回归,同时强调人与自然融合的整体状态。

英国绘画传统的保守倾向引起了劳伦斯的关注与反思。身为英国人,劳伦斯发现了英国在以绘画为代表的视觉艺术上的彻底失败。更重要的是,他极具洞察力地将这种视觉艺术上的失落同英国社会的伦理危机一并思考。劳伦斯认为这种现象是英国古已有之的一种恐惧:对后果的恐惧。而自从16世纪末开始挟持住北方人(劳伦斯指意大利以北的欧洲地区)的恐惧,是对性生活的恐惧(劳伦斯、萨加 72)。① 劳伦斯认为,英国自文艺复兴以来走上了一条得不偿失的演进之路,"全是牺牲了本能——直觉意识去发展'精神—理智'意识的结果",人们开始惧怕自己的身体,谈性色变,而到了伊丽莎白时期,人的理智开始从肉体、本能和直觉那里退缩,肉体的自我受到压抑。劳伦斯认为这里的主要原因是来自梅毒及其后果所引发的恐慌和震惊(73)。不难想象,病毒侵入了英国人的身体以及灵魂,恐慌扼杀了想象力。劳伦斯不免感叹,"我们的思想真是个奇怪的东西,意识到了什么东西,思想就会受到致命伤,尽管这东西并未直接触动我们"(77)。因此,英国自颈部以下所呈现出的僵死病态抗拒着生命本身,对于"身体"存在排斥感。对身体的拒斥感而引发的僵化状态在强调唯美浪漫的英国皇家学院派画作中得到了充分的体现,而此时,以法国为首的欧陆艺术界的现代主义浪潮正如火如荼地进行着。

尽管只是作为一名业余画家,但是凭借着幼年开始的绘画技艺基础以及在晚期创作中所感受到的强烈的艺术冲动,劳伦斯创作了大量与自然浑然天成的油画与水彩画,其中包括《复活》、《圣徒之家》、《火舞》、《发现摩西》和《薄伽丘的故事》等。这些作品专注于表现生殖的美以及性爱的纯美(劳伦斯、萨加译者序)。绘画中所呈现的主题与其晚期小说中想表现的主题相得

---

① 劳伦斯认为对于性的恐惧恰恰是从我们认为很不可一世的伊丽莎白时期开端的。哈姆雷特真正惧怕的是性,是他母亲的乱伦。性带来了史无前例的混乱和无以言表的恐惧。而俄底浦斯与哈姆雷特全然不同。俄底浦斯并没有惧怕性,希腊戏剧中出现的恐惧是对命运的恐惧。参见劳伦斯、萨加:《世俗的肉身:劳伦斯的绘画世界》,黑马译,金城出版社 2011 年版,第 72 页。

益彰,而绘画形式本身及劳伦斯本人的绘画观对其小说作品所透露的道德观自然有着明确的借鉴意义。劳伦斯研究专家萨加(Keith Sagar)是系统研究劳伦斯画作及其艺术思想的第一人,他发掘出劳伦斯青少年时代就已经开始的临摹名画的经历。萨加发现,劳伦斯对所要临摹的画作对象在"构图"、实在的人体和主题上有较高的要求,因此这里不包括印象派作家。尽管劳伦斯受到了印象派绘画光环的引诱,但开始感到,他也为此付出了代价,即"失去了实体。物件,人体,风景,极度缺乏坚实的分量,就飘在光影里了"。因此,印象派代表了西方文化态度的专横(劳伦斯、萨加 17)。这段评价无疑暗含了劳伦斯对现代主义的同侪作家们,如伍尔夫、普鲁斯特等人深受印象派启发和影响的意识流技巧的些许不赞同。而劳伦斯所赞赏的则是恢复实体而又不失去光线的凡·高还有塞尚(同上)。如果进行类比的话,布鲁姆斯伯里团体(Bloomsbury Group)作家们的艺术理念便是对以塞尚为代表的艺术观点的抽象化。

　　劳伦斯在有关其艺术观的大量论述中,对凡·高和塞尚之于现代主义绘画、文学以至现代主义艺术整体而言的重要意义的阐述毫不吝惜。或者可以这样说,这是劳伦斯对于由绘画揭示的艺术整体所进行的思考。在绘画中所展示出的真实,正是劳伦斯希冀在小说中实现的道德愿景。而通过绘画中这种真实本质的揣摩与把握,劳伦斯也希望通过艺术经验之间的共通性以在小说寻求同样的突破。英国在以绘画为代表的视觉艺术上的失败让劳伦斯转向法国、荷兰以及欧洲其他国家的绘画传统中。因此,在这个意义上来讲,劳伦斯从绘画艺术中透视到艺术的本体地位,即艺术从何种方式可以折射出有关人生命本身的某种真实。劳伦斯曾以凡·高的《向日葵》为例,认为它的成功之处正是在于揭示了人与向日葵之间的关系(《道德与小说》25)。对于绘画中另一维度关系的开启预设了劳伦斯小说作品中也可能会经历的变革过程,

> 画布上展现出来的东西既不是向日葵本身,也不是凡·高自己,而是向日葵与凡·高相结合而产生的一个第三者,它完全是摸不着说不清的。画布上的图像无论是跟画布,还是跟颜料、跟凡·高这个人的机体、跟向日葵这个植物机体,都是永远不可通约的。画布上的图像既无法度量,更不可能用文字描绘。(同上)

而这种新的关系正是那"活"的道德:"我与我的周围世界之间的一架永远颤动着、永远变化着的精密的天平"(《道德与小说》26—27)。劳伦斯对塞尚作品的跨媒介探讨揭示出"苹果的苹果性"的重要意义[1],即劳伦斯关注到了塞尚画作的构境中对于事物本身性质的强调。从这样的解读意义上,劳伦斯赋予了艺术作品以形而上学层面的本体属性。这种本体属性脱离了作品和作者本身,在不可言说的空间范围内展露有关人类经验的某种真实性。

劳伦斯对塞尚作品的分析进一步阐释了这种他所谓的第三维度的真实性,而这种真实性似乎恰恰是传统观念下的一种"不

---

[1] 具体参见李勇《苹果的苹果性——D. H. 劳伦斯笔下的塞尚及其对跨媒介研究的启示》,《浙江社会科学》2021 年第 11 期,第 132—140 页。

第三章 共通体的想象性构建:劳伦斯小说中伦理的本体维度

道德"。劳伦斯认为塞尚是"现代艺术中最耐人寻味也是唯一真正有趣的人物"(劳伦斯、萨加 95)。他的画象征着法国绘画艺术向实体和客体回归的一小步。[①] 劳伦斯认为塞尚的画是艺术之德的代表。资产阶级眼中"水罐不像水罐,苹果不像苹果,桌布不像桌布",这便是一种不道德。那么道德与不道德的微妙差别是什么?"主要就是习惯,人皆有之的道德本能主要是对一切旧习惯的感情上的辩护"(《艺术与道德》202—203)。因此,劳伦斯脱离道德二字的常规语境,进而指出这种不道德是对习惯和惯性的抵御。对劳伦斯来说,对于习惯的坚守是现代文明的产物,如同现代发明的代名词"照相机"。人们的这种习惯简而言之,就是对于客观现实的执着追求,

> 把一切都化作视觉图像,人人在自己眼里都是一张图片。换句话说,他是一个完整的客观的小现实,绝对地在他自己身上获得完整,靠自己而存在,立在图片的正中间。其他一切只是布景,只是背景。对每个男女来说,宇宙只是他(她)自己的那张绝对的小照片的布景(《艺术与道德》204)。

可见,现代人以自身理性为参照系,认识世界万物的方式也都是照片式的客观现实。而这一点,即使是在 21 世纪的今天同样具有借鉴意义,人们所能够感受并从中获取经验的事物只

[①] 劳伦斯认为凡·高笔下的土地仍然是主观的,他将自我投射在了土地上。可塞尚笔下的苹果则表明他真的努力让苹果成为分离的实体,不再让个人的情绪使苹果变形。

能从经由像"柯达相机"般技术化了的视觉媒介中看见。劳伦斯认为从古希腊时期柏拉图提出的理念开始,自我便是这样形成的(同上)。柏拉图被理念迷住的疯狂成了在其之后哲学家试图抵抗与遏制的"事件"(齐泽克 90)[①]。正是在此意义上,劳伦斯明确指出并批判了这种以视觉为依据的、虚幻的自我确证模式,

> 自从希腊人首次识破"黑暗"的魔法以来的数千年中,人的清醒的自我一直是这么发展的。人已经学会认识自己。所以现在,他就是他所看到的东西。他就根据他自己的图像来塑造自己。(《艺术与道德》204—205)

此时,塞尚苹果的出现则打破了这种现实观。塞尚的不道德之处在于,"他开始看到了比柯达式的无所不见的人的眼睛更多的东西"(《艺术与道德》206)。在劳伦斯看来,塞尚的画给我们的启示是,"艺术的任务现在是,将来仍然是在不同的关系中揭示事物的本质",而"艺术构思是对创造的涌流中不同事物与不同因素之间的关系的认可"。因此,这种关系并非一种发明,就像古埃及人与生机蓬勃的莽莽宇宙有一种美妙的关系一样,这种关系在现实中只是隐约可见(207—208)。艺术家与小说家能够

[①] 齐泽克认为西方形而上学历史上有(且仅有)三位至关重要的哲学家:柏拉图、笛卡尔以及黑格尔。面对这三位哲人实际上是面对三个哲学事件,某种尚未被普遍接受的新事物以创伤性的方式侵入了这个领域。他们代表着思想事件,而且他们自身就是事件的哲学家。具体参见齐泽克,《事件》,上海文艺出版社 2018 年版,第 90—91 页。

第三章 共通体的想象性构建:劳伦斯小说中伦理的本体维度

做的,便是将这种潜藏在现代人理性眼光下的真实关系挖掘并展现出来。塞尚的作品激怒了普通人那对旧习惯进行情绪化护卫的道德标准(劳伦斯 萨加 138)。而塞尚所做的努力便是让苹果离开自己,让它自成一体,这可是自从人吃了禁果而神秘地"堕落"后,终于让我们意识到物不仅是精神的一种形式,它绝对存在着,是坚实的力量(劳伦斯 萨加 92)。如果说印象派艺术创作脱离了客体,那么对劳伦斯来说,塞尚的艺术一方面将客体复原到审美反应中,另一方面也确立了一种超越我们的有限而主观的视觉经验的实在性的合法地位(Fernihough, *Aesthetics and Ideology* 3)。塞尚的创作"提供了反抗占统治地位的观看方式的一种可能"(李勇 135)。因此,塞尚通过抵御视觉上的惯性和道德而构建出一种超越日常经验范围的新型道德,而这种道德正是劳伦斯绘画和小说作品所希望呈现的。

劳伦斯从绘画中所感受到的不可见性和其小说中一直致力于展现的个体经验的杂多性,以及他者与个体间的动态关系一脉相承。塞尚在绘画领域所面临的在理性与本能和直觉间的挣扎同样是小说家劳伦斯面临的问题。只有回归本能,忘却理性那所谓精确的导向,才能回归艺术的真实。这种在艺术领域,尤其是劳伦斯自身所从事的小说范畴内所倡导的真实,确立了小说作为个体特殊经验范式所具有的本体性内涵。现代社会的文明危机在于理性主导一切。在理性的主导下,语词及其形成的概念同样起到一种"照相机"的作用。语词与概念形成的观念优先的思维模式令人们的本能与直觉思考意识明显退化。这正是文明的统一性所带来的后果。例如,劳伦斯在小说及诗歌中对有关色彩的词汇的运用便蕴含其有关视觉呈现的观点。① 奥登（W. H. Auden）认为，对于劳伦斯来说"真正的敌人就是习惯性的反应，这种懒惰和恐惧导致他们更倾向于接受二手经验，而不是亲自观看和倾听"(280)。"真正的文化使我们对一个词语做出的反应只存在于思维和想象方面，这些反应发生在头脑中，我们就不至于产生激烈而任性的肉体上的反应，不至于有伤风化"（《辩护》220)。具体而言，一方面，词语对思维和想象给予确认，使得人们对于事物形成特定的观点与印象；另一方面，这种确认削弱了人们对于事物所具有的原始感受力以及鉴别力，因此人与事物的生动关系必然受到破坏。

这又同劳伦斯小说创作的起点重新联系了起来。"活生生"的关系正是劳伦斯从其创作初期就开始在其小说中所要着力展现的，即个体经验本应具有的生命活力以及在个体间真正应该提倡的伦理关系。在晚期创作中，劳伦斯再一次直面这个问题，并将其重新放置到现代英国社会中再度思考并予以剖析。这种强调真实关系的艺术观决定了劳伦斯必须在小说中去打破旧有的关系，而展现一种全新的生命力和全新的关系，进而警示人们被理性和思维惯性蒙蔽的原始判断力。劳伦斯有关艺术本体性的问题，在海德格尔诠释学的艺术本体论语境下可以得到更为系统而详尽的阐释。在其《论艺术作品的本源》中，海德格尔同样认为艺术的本质存在于作者与作品之外的第三个维度之中。

---

① 具体参见 Susie Gharib 的文章 "The Interweaving of Color and Theme: Purple and Blue in the Works of D. H. Lawrence and Virginia Woolf." *Pennsylvania Literary Journal* 11.2(2019), 182-189；作者探讨了劳伦斯在《骑马出走的女人》这部作品中颜色运用与主题的关联。

第三章 共通体的想象性构建:劳伦斯小说中伦理的本体维度

首先,海德格尔探讨了物与作品的关系。现代人把自己在陈述中把握物的方式(通过符号和比喻)转嫁到物自身的结构上(8—9)。在这种将物与自身关系作为首要关系,即将物的有用性作为其基本特征,作为存在者便凝视我们,亦即闪现于我们面前,并因而现身在场,从而成为这种存在者(13)。海德格尔转而对这种有用性进行了思考。如同劳伦斯所观察到的塞尚的苹果所揭示出的脱离表象的本质,他观察了凡·高的作品中的农鞋,分析了农鞋在作品中所蕴藏着的与大地、劳动者的关系,认为农鞋

> 作为器具属于大地(Erde),它在农妇的世界(Welt)里得到保存。正是由于这种保存的归属关系,器具本身才得以出现而得以自持。虽然器具的存在就在于其有用性中,但这种有用性本身又植根于器具的一种本质性存在的丰富性中。我们称之为可靠性。(19)

物的可靠性体现了它存在于世的本质所在。也只有在如绘画一样的艺术经验形式中,物(如凡·高画中的农鞋)的有用性才能被暂时抛却,而与存在本身建立显示其本质的关系。这种关系就是劳伦斯眼中的道德所在。似乎可以这样理解,劳伦斯在小说中所希望建立的伦理观恰是这种具有保存并展现物、人的本质以及他们之间生动关系的揭示。因此,文学作品中伦理的构建在于其中原初关系的展开,亦即真实性的显现。1915 年,在给莫雷尔夫人(Lady Ottoline Morrell)的信中,劳伦斯表达了他对凡·高艺术观的赞同,"在艺术生命中存在着对于真正生命的渴求",同时"一个人不去抵抗,也不会放弃自我"(*Letters 1*

327)。劳伦斯的艺术观可以说和凡·高画作折射出的艺术观高度契合,那就是对于人生命本身的重视以及对于艺术真实观的坚持。在这一点上,斯图尔特(Jack Stewart)认为,尽管两种艺术手段和技巧不尽相同,但是小说的语言艺术与绘画的视觉艺术根植于存在之无意识基础上的直觉与想象力上面具有共性(131)。凡·高那众所周知的《向日葵》以及他对于黄色的热情,可以说是太阳的画家,而劳伦斯可能比起任何其他现代作家,更喜欢将太阳称颂为"生命力"(141)。当然,在他们的作品中,同样具有共性的意象还包括其他自然景物,如月亮、星辰,等等。

对劳伦斯来说,构建新的道德观必然意味着传统观念下旧道德的毁灭,对于禁忌的突破更是对现代文化本身的一种有力回应。① 劳伦斯曾称赞美国诗人惠特曼,"没有哪个诗人像惠特曼一样闯入原始生命的荒漠中"(《论美国名著》174)。这肯定了惠特曼在文学的疆界中开辟的新的领域。这种"新"强调艺术的根本作用是"载道",而非审美、消闲与怡情。这"道"是充满激情、含蓄的,绝非说教。一种"道"要改变的是血性而非理性。值得肯定的早期美国作家们,霍桑(Nathaniel Hawthorne)、坡(Edgar Ellen Poe)、朗费罗(Henry Wadsworth Longfellow)、爱默生(Ralph Waldo Emerson)以及麦尔维尔(Herman Melville)同样关注的是道德主题。他们都不满旧的道德。而其中,惠特曼是第一个打破这种理智依恋现象的作家。他也是第

---

① 迈耶斯曾专门探讨劳伦斯与乔伊斯作品中"高尚的非道德人物",强调他们对旧有禁忌的突破以及对现代文化的贡献意义。具体参见 Meyers, Jeffrey. "Joyce and Lawrence: Virtuous Immoralists." *Style* 55.2(2021),161-171.

第三章 共通体的想象性构建：劳伦斯小说中伦理的本体维度

一个抨击所谓人的灵魂高于和优于人的肉体的旧道德观念的人。[①] 同样，劳伦斯希望在小说中还原一种真实的情形，让读者在新的情境下对肉体与灵魂的关系有新的领悟。在劳伦斯的作品中，"有关触觉的描绘经常被用来比照，去更正视觉作为认识世界的主流方式。对于劳伦斯来说，这种视觉意识正在误导人们，而当代的视觉技术无疑不断地固化视觉本身的弊端"（Garrington 156）。在劳伦斯看来，展现真实关系的绘画则在这一方面对现代视觉的独断艺术形式和认知模式进行了补足，另一方面也为其他艺术经验形式提供新的出路。

亨利·米勒曾经私下同德雷尔（Lawrence Durrell）这样谈及劳伦斯与现代主义几位画家的关系，"表达是如此自然之物和天赐之物，然而它两者都不是。那是经历毕生的挣扎去发现自我。想象塞尚、凡·高、高更还有劳伦斯"（转引自 Stewart 154）。事实上，劳伦斯在绘画范畴所受到的启发在其各个时期的作品中皆有体现。劳伦斯也曾说过"所有的艺术都会带有它

[①] 劳伦斯认为，尽管美国早期作家不满旧的道德，可他们并没有找到比旧道德更好的新道德。理智上所忠孝的道德其实是他们的非理性所要毁灭的。于是有了他们最为致命的缺陷——双重性，在最完美的美国艺术作品《红字》中，这种缺陷就最为致命。激情的自我欲毁灭一种道德，可理智却还死死地依恋着它。参见《劳伦斯论美国名著》，黑马译，上海三联书店 2013 年版，第 274—275 页。同样，在 1913 年写给塞维奇（Henry Savage）的信中，劳伦斯补充道，惠特曼的不足之处在于他并没有把自己当成一个美国人，而是进行了普遍化处理，将一套宇宙秩序套在自己的身上。对于个体的强调与歌颂诚然值得肯定，而在惠特曼身上，更多体现的是一种概念化的东西。将人的血肉精神概念化，劳伦斯认为这是其作品的南辕北辙之处。参见 *The Collected Letters of D. H. Lawrence*, Vol 1. Ed. Harry T. Moore. New York: The Viking Press, 1962, 257-258.

所诞生之地的地之灵"①。西方的思想意识,对于劳伦斯来说,是具有幻想性的,通过视觉传达,以在屏幕上所投射的阴影形式作为存在的本质。劳伦斯以一种巧妙而具有颠覆性的方式,将柏拉图式的洞穴之谜看作具有孕育能力的子宫(他戏称为麻袋),孕育出的不是自我,而仅仅是自我的幻想(Lawtoo 173)。然而,这种幻想埋伏在现代社会所有的文化思想产物中,象征着唯心主义的精准镜头蒙蔽了其背后真实生动的关系存在的可能性。

在晚期的小说创作中,劳伦斯则将追求真实关系的意识发挥到极致。这不仅仅是意象、描摹手法上向绘画艺术靠拢,可以说劳伦斯意在实现从绘画艺术向小说形式的过渡,或谓转写。在劳伦斯笔下,菲勒斯意识(phallic consciousness)通过揭示唯心主义、蒙蔽人眼的本质而正视人的身体以展现新的关系。劳伦斯本人的绘画创作就已经凸显了菲勒斯意识。劳伦斯试图将菲勒斯意识复苏,"因为它是所有真正的美与高贵的源泉,而正是这二者使我们免于恐惧"。这也是劳伦斯投身于诗的目的。在小说中,劳伦斯也同样通过菲勒斯意识去表现美与高贵。这种意识"不是大脑中的性意识,而是更为深刻的,我们可以去歌颂和经历的,那诗歌的源头"(Letters 1046—1047)。也许这可以称作对另一个人或者生物"生命流动"(life-flow)的感同身受的意识(Schneider 182)。可以说,这是劳伦斯对抗西方思想"幻想意识"的原创性手段。劳伦斯将这种由生命直接参与的意识

---

① 学者斯图尔特研究了劳伦斯的早期作品,如《白孔雀》开始就已经显露出其受到印象派、表现主义、原始主义以及未来主义,尤其是后印象派画家凡·高、高更以及塞尚的影响。

第三章 共通体的想象性构建:劳伦斯小说中伦理的本体维度

与现代文明的复苏紧密结合。一种理想的意识结构实则检验一种直接性。对他者的触碰可以消除怀疑,通过生命的温暖光芒让人们紧密联结,所以只有通过废除语言禁忌才能帮助恢复那被资本主义压迫以及被自我的世俗观点所压抑的身体现实(182—183)。劳伦斯的菲勒斯意识与他对温情特质的重视息息相关,因此同样是一种女性化意识,与慈爱的母亲紧密关联。这种母性的态度早在其创作早期就已经体现,在晚期的创作中得到了延续(183)。如上文所说,劳伦斯晚期的绘画作品同样在表达这种菲勒斯意识。显然,这个意象在劳伦斯的每幅画中都有体现,在他在伊特鲁利亚画作中所发现的浓重的棕色的肉体色调上,以及有力的蜿蜒的线条所体现的生命力中(188)。无疑,在晚期的绘画实践以及小说创作中,劳伦斯将与性有关的所谓"罪恶之快乐与其所倡导的道德热忱相结合",目的就是要挑战读者那依然被蒙蔽的双眼(Worthen 175),从而让他们接受新的伦理关系。

在绘画探索过程中,劳伦斯找到了一种可以替代以人的主体意识为标准的那双如同"照相机"一般眼睛的新的感觉器官。在绘画中,重要的是知道那"精神的生命"是如何思考自身(s'envisage)和凝视自身(se dévisage)(《肖像画》79)。如果眼睛不像镜头那样捕捉事物,而像画家塞尚画笔下的苹果那样揭示事物本真的真实关系,那这种揭露真实的感官本质作用是什么呢?首先,当然是避免主—客体二分的思考方式,弃绝主体作为观看者对于作为被观看者的客体所具有的绝对理性与控制;其次,在完全抛弃二元对立关系的基础上,构建一种能够表现事物真实关系的感官方式。从论文以及绘画作品中体现出的对这种感官方式的迫切需要与寻找构成了理解晚期劳伦斯小说伦理构建的突破口与关键词。

那么在小说范畴，劳伦斯又是如何通过小说本身特有的艺术样式去展现个体的活力与个体间的动态关系呢？为了建立一种强调以小说作为真实话语场，小说存在作为本体以及小说中所展现的关系作为伦理关系典范的秩序，劳伦斯首先要做的一件事，就是去除如同照相机一般的主体意识。在对绘画经验的本质性思考过程中，劳伦斯认识到绘画在表现肉身实在方面的直接性与优先性。这种理念必然也会影响到其小说创作。因此，相比于前一阶段作品，劳伦斯对个体间关系的感悟也在不断加深，小说中的人物塑造、人物意识和经验的表达也逐渐呈现出新的特点，在解构的同时显出一定的建构性。劳伦斯从西方的主体意识中出离，解构原有二元对立、视觉当先思想的惯性，试图在小说中找寻希望。《查泰莱夫人的情人》作为"文学肉身主义"(literary corporealism)的一个典范（Albright 211），体现出对个体、社会等单位所遭受的一切抽象化和绝对化的拒斥态度，通过个体的肉身表达以及个体间意义的分享实现共通体生存状态，以显现伦理性。

第二节　共通体的构建：伦理问题的本质

尽管《查泰莱夫人的情人》饱受学界争议，但它凝汇了劳伦斯几近一生的创作思想。劳伦斯本人所推崇的伦理建构在这部作品的诸多方面得到体现。赫胥黎在《劳伦斯书信集》的附录中

第三章 共通体的想象性构建:劳伦斯小说中伦理的本体维度

提到,在这部作品的创作过程中,劳伦斯三易其稿,每次都是从头开始重新动笔。劳伦斯认为他在小说中所创作出来的都应该源自他自身那神秘而非理性的力量,绝对不能运用有意识的逻辑,然后再强加一种抽象的完美套路。

> 劳伦斯有关伦理问题与艺术问题的思考是合一的。"他们要求我的作品有形式,那意味着要求我和他们一样,强调那致命、僵死、单薄而可怜的形式。我才不会。"这是在说他的小说;但是这同样适用于他的生活实践。劳伦斯坚信,每个人在生活中都应该是艺术家,都必须创造出他们自己的道德形式。生活艺术远比写作艺术要难。(Huxley 1254)

对形式的顽固坚持犹如对一件事的承诺,就像表达情感和爱一样。这固然很简单,但并没有根本作用。因为宣布或声称这个事件本身并不具有经验性,不同于个体的具体生活经验。因此,相比于文学形式,劳伦斯更倾向于发掘个体各种各样的道德呈现以及个体间的伦理模式,希望通过构建理想的关系模式去完成道德诉求。在以《羽蛇》为代表的领袖题材小说阶段,劳伦斯极尽所能地通过寻找理想他者去建立理想关系模式。为了阐明伦理关系的可能性与理想性,《羽蛇》的语境在一定程度上脱离了英国本土,因而显得过于抽象理想。同时,理想他者更接近一种想象和实验,因此在实践性维度上稍显欠缺。相比之下,《查泰莱夫人的情人》的创作则体现了劳伦斯希望回到英国现实世界的诉求,尽管他依旧希望以一种理想和完美的联结方式去重现自己一直希望实现的"关系"。在为这部作品所做的最后辩词中,劳伦斯直白地透露了他在这部作品中的寄托与吁求,"人类必须找回宇宙的节奏,找回永恒的婚姻"(《辩护》244)。通过以男女之间的婚姻为理想结合方式为典范的伦理关系构型,劳伦斯将伦理关系的实质进一步现实化和具体化:

> 人最大的需要就是永远地更新生与死的全部节奏,太阳年的节奏,人的一生中生理年的节奏,星星年的节奏,以及灵魂的不朽年的节奏。这就是我们的需要,我们的紧迫的需要。这是头脑、灵魂、肉体、精神、性等一切的需要。想用言词来满足这么一种需要是无济于事的。任何言语、任何理性、任何语言都无法办到。该说的话大概都已经说过,我们只需凝神聆听。但是谁来让我们关注行动,关注岁月与季节的大行动,灵魂的轮回的行动,女子与男子的生命合为一体的行动,漂泊的月亮的小行动,太阳的大行动,以及比太阳更大的星星的最大行动呢?现在我们应该学会的是生命的行动。我们自以为已经学会了言词,可是呢?瞧瞧我们吧。我们也许是语言精,事实上是行动狂。现在让我们作好准备,让我们现有的"卑微"生命去死,让大生命在与日换星移的宇宙的接触中再生吧。(同上)

劳伦斯在这里又一次运用了有关星星、月亮和太阳的比喻。日月星辰——有关大自然的主宰者与我们的生命行动切实相关。人与大自然密切相关,人是自然的人,也是世界的人。《查泰莱夫人的情人》展现给读者的环境则是工业文明的后果,人与自然

第三章 共通体的想象性构建:劳伦斯小说中伦理的本体维度

的分配与自然依然严重失衡的状态。① T. E. 劳伦斯认为劳伦斯在这部作品中真正希望表达的是这样一种观点,有关性以及那些被认为不高雅的生存本能的观念整体致使人们失去了生命的重要力量与自尊所在——他们的完整性。相反,布莱克意义上的"生殖器之美"将人们从贬低和分裂的行为以及想法中解救出来(转引自 Meyers, "D. H. Lawrence's 'Lady'", 359)。无独有偶,学者艾伦(Jonathan A. Allan)从弗莱"绿色世界"的概念出发,解读劳伦斯在这部小说中所构建出的远离真实,拥有更多可能性的田园般的空间。性与情欲是真爱得以存在的良方(145)。在这个世界里,本能与性作为人本质存在不可或缺的部分具有了自身可被认知理解的合法性。

同时,在劳伦斯晚期的虚构及非虚构作品中也透露出其希望建立个人与他人、个人与更广阔的空间的真实联系的愿望,"(我的)个人主义其实是幻觉。我是巨大整体的一部分,并且无法逃离。但是我可以拒绝我的这些联系,破坏它们,然后成为一个碎片",而他试图提出的便是建立人与宇宙、太阳、地球、人类、国家以及家庭的新型有机关系,从与太阳的关系开始,其他就会慢慢地开始建立起来(*Apocalypse* 149)。可见,劳伦斯在思考着更为宏观的伦理关系,将个体同所有其他个体,乃至宇宙万物联系起来。

---

① 学者牛莉认为,劳伦斯具有一种超前的生态女性主义意识。这种视角下,人与自然的对立根源来自人类中心主义,即父权制。因此劳伦斯在作品中所强调的人与自然的和谐统一体现了其生态女性主义思想。参见牛莉:《在解构中重逢和谐的曙光——从生态女性主义视角解读〈查泰莱夫人的情人〉》,《西安外国语大学学报》2014 年第 3 期,第 104—108 页。

通过前两章劳伦斯小说中伦理经验维度和辩证维度的呈现，其伦理建构的轨迹也逐渐清晰。在第一阶段《虹》与《恋爱中的女人》通过解构同一性的个体存在，以强调个体内在经验的异质性与多样性；第二阶段以《羽蛇》为代表的旅行写作期，也是劳伦斯伦理关系思考的过渡时期。此时，劳伦斯离开欧洲大陆，试图寻找拯救英国社会的新型伦理关系模式，发现这同样需要具有异质性与陌异性的他者（另一个个体）。劳伦斯的伦理思考脱离了英国的社会语境，因此这种理想建构在一定程度上脱离了问题本质。然而，这个阶段凸显了伦理的辩证维度与关键问题，即他者问题。伦理问题的呈现也暴露出伦理问题的困境：是否只有通过逃离的方式去重新设想理想他者的可能性，才能够复苏伦理秩序。在这种思考的驱使下，进入晚期创作的劳伦斯继续竭尽所能地在小说中呈现伦理问题的本质。在伦理实践的最后阶段，他重新回到普通个体所面临的问题。伦理关系问题又一次回归到了男女之间，回到了我们熟悉的诺丁汉伊斯特伍德德比郡。可以说，这是劳伦斯在考虑人与人、人与自然和人与宇宙关系的关键阶段。这种新型关系的探索，无疑是对上文所提到的劳伦斯对现代科学技术影响下人们"柯达之眼"的抗衡。人的眼睛又怎能与照相机相同，问题出在何处？劳伦斯以一种回归式的建构方式重塑了人的感官。在劳伦斯看来，为了逃脱机械之眼的机器人一般的命运，我们必须重新引入"触觉"（touch）（Garrington 156）作为新的感官，去重塑个体间的关系。

触觉成为劳伦斯抗衡相机一般的视觉的主要方式，同时成为个体间的交流方式。在其主要作品中，"触觉"是通过与身体、性以及情感表达等主题的关联而实现的。实际上，如果仔细回

第三章　共通体的想象性构建:劳伦斯小说中伦理的本体维度

顾劳伦斯的创作历程,有关触觉以及触摸本身有关的意象表达上,在诸多诗歌、短篇小说以及非虚构的作品中贯穿始终。例如,在诗歌《触摸》("Touch")、《触摸来临》("Touch Comes")、《禁止接触》("Noli me Tangere")和《放手还是坚持》("To Let Go or to Hold On")等都突出了有关触觉的主题。可以看出,劳伦斯将触摸与温情,以及通过它们为媒介而产生的救赎可能性联系起来,因为触觉会引向一种精神性的启示,这是人们仅仅通过眼睛观看所不可能达到的。

在劳伦斯的作品中,有关触碰的描述正是作为在他看来视觉所带来的华而不实的稳固措施的一种衬托,甚至是修正。对于劳伦斯来说,视觉极具误导作用,当代视觉技术的主要作用就是继续僵化视觉本身所隐含的问题(Garrington 156)。同绘画一道,劳伦斯试图彻底粉碎现代科技作用下所产生的"柯达之眼"。在这个过程中,他似乎也找到了可以代替眼睛的新的感官系统,并使其成为共通体构建的突破口。劳伦斯晚期的非虚构作品透露出他重建人与人之间关系的美好愿望。例如,在《自传拟稿》(*Autobiography Sketch*, 1928)中,劳伦斯问道,"为何我与我认识的人之间几乎没有生机勃勃的联系?为何这联系没有一丁点生气?"(*Phoenix* II 595)于是,《查泰莱夫人的情人》成了劳伦斯建构这"生机勃勃"的新型关系的关键性的最后努力,从继续以黑暗之中才凸显其重要作用的触碰为建立关系的主要意象,到共通体中个体的呈现,直至展现共通体构建的最后可能性。从故事情节上来看,劳伦斯将康妮和麦勒斯通过"性"、"温情"和"触摸"的亲密联结方式与以克里福德为代表的理性与技术压制下绝对主体的麻木生存状态形成一种对照。从人物塑造来看,劳伦斯秉承了在写作中一贯对于固定主人公自我和性格形态不屑一顾的风格,坚持他的"同素异形"式的经验型人物角色的塑造。《查泰莱夫人的情人》是对劳伦斯关于个体经验强调的回顾和深化,同时也是他在英国本土语境下尝试伦理建构的可能性。

一、绝对主体与共通体的巫术

在《查泰莱夫人的情人》中,劳伦斯树立了很多对立面,包括意象和人物等。比如拉格比矿区与树林、克里福德与麦勒斯,等等。这些对立面各自代表着现代工业社会与劳伦斯所构建的具有共通体理念的团体。其中,克里福德和麦勒斯不仅代表着理性与自然两种不同的声音,在细枝末节处,他们也分别代表了现代社会的症结以及补救措施所在。基于这种原则,劳伦斯对人物的艺术处理也同他们的内在属性相吻合。克里福德成了那个带着"柯达之眼"的现代人的极致代表,麦勒斯则是拥有温情的触觉之手的理想他者的化身。

从克里福德的形象塑造上来看,他代表了劳伦斯赋予小说以伦理思考的一种建构性维度。例如,他作为残疾者理应体现出来的现实主义与悲伤似乎全然被忽略了。相反,克里福德由于战争所造成的不健全的身体被劳伦斯用来象征更为本质的身份属性,因为这个人物形象被创造出来就是要持续不断地去象征其他事物;现代知识分子、具有探究性与分析性的短篇故事作家、抱有机器力量梦想的工业家、面对妻子出轨而显露出自身狂暴而正义的丈夫。在一个特殊意义上来说,他是小说创造出来的一个生物:他的眼睛透露着不幸,他气得"鳃部"泛黄(Worthen

第三章 共通体的想象性构建:劳伦斯小说中伦理的本体维度

178)。这种建构性如同德勒兹曾经评价劳伦斯笔下的动物(如组诗中的乌龟)具有生成性那样,体现出一种生成特征。而这种生成性体现出一种差异性的运动,并重新思索可能成为新的事物的表达方式(张能 151)。

作为一个具有重新想象并构建现实的小说家,劳伦斯通过巫师般的笔触所塑造出的生成人物,恰恰体现其在文学领域内所独有的自主性与建构性的本质。总而言之,克里福德身体上的残缺涵盖着现代工业社会在人身上所造成的不可逆转的伤害。劳伦斯通过赋予克里福德知识分子的理性、工业家的独断性等属性,生成塑造出一种新的现代人身份,从而显示出现代病症与伦理危机所在。

当代法国思想界另一位关注伦理问题的思想家南希同样在思考现代主义时期的伦理价值重估与建构问题。共通体的概念正是南希从巴塔耶的《内在体验》中吸纳而来。在《无用的共通体》中,南希加深了对此概念的理解,"共通的思想确实是最为多形态的,甚至相当不确定的,可塑的、变形的或多变的思想之一"(4),

> 在"共同体(共通体)"这个词的情形下,"专有"是如此逃逸,难以把握或者模糊,我们的这种惊讶越是巨大,这种"专有"就越显得应该以相当简单的方式树立自身:所谓有着共同的品质,在所有人之间分享的品质,一种语言,一种感受,一种习俗,使用一台拖拉机或一本杂志,显然要以明显的方式使自身树立或者使自身被识别出来。(6)

显然，南希在序言中就暗示了共通体概念的显著特征。在法语语境中，共通体脱离其本身所容易引起误解的"共"，具有可变可塑的不稳定特征，因此这个概念的基础反倒是脱离具有"专有"和"同质"特征的绝对本质内涵。共通体的前提或谓基础正是差异性。南希提出共通体概念的动机实则是从主体问题向关系问题转化。在共通体的笼罩下，主体才得以逃脱"实体"的勘察与问责，落入绝对主义的陷阱中。

南希关于共通体的思考在其艺术观中得到了更为清晰和具体的表达。在《素描的愉悦》一书中，南希清晰地解释了"关系"（rapport）之于存在与主体的区别与解答意义。

> （关系）是一个主体对于另一个主体的效能，及其相互的必需性，它因此包含了影响它们两者并更改它们两者——至少是把它们两者模式化——的某物、力或形式在它们之间的传送。关系暗示了修改（modification）、模式化（modalisation）和调整（modulation），而不是实体、实例或本质。（105—106）

关系影响了主体，让它脱离变成实体的"劫数"（106）。这种关系不但在个体自身中存在，更多地表现为个体与"部分外在于部分"（parts extra parts）的关系。自身与自身的共处，自身与外在于自身的事物的共处，都成为存在的关键问题（张驭茜 31）。南希所提倡的变动修正的主体间的关系，印证了劳伦斯在其小说中试图实现的颤动的天平般的道德。

劳伦斯固然无法逃离其自身所处的现代社会的局限，然而

第三章 共通体的想象性构建:劳伦斯小说中伦理的本体维度

他对现代社会中个体间"关系"所折射出的伦理困境感到焦虑。《查泰莱夫人的情人》中对于个体、他者以及共通体问题的共同反映呈现出劳伦斯伦理思想的建构性与当代性。这种思想性特征令这部作品与巴塔耶、列维纳斯和南希思想中的诸多概念产生了一种对话效应,同时在文学语境中将这些概念问题化与直观化。如果说劳伦斯试图通过康妮与麦勒斯的关系为象征勾勒出共通体的蓝图,那么克里福德则作为绝对主体的化身与这种关系形成对立。"这样一具化身,它的总和作为在关系与共通体之外的绝对存在,形象地描画了现代思想所意愿的命运"(《无用的共通体》10)。克里福德体现了理性的极致和思想内在的绝对性,以及与共通体创建本身所不融合的个体的封闭性。因此,克里福德可以被理解为劳伦斯眼中现代社会的棱镜,折射出诸多现代性问题。

克里福德在小说的开端便被描绘为特别的存在。经历了战争的苦难,"感受苦难的能力似乎也下降了",不过如果仔细观察,还是能"看到他作为残疾人的一丝内心空虚"(2)。战后的创伤自然让克里福德的内心也产生了变化,有些"心如死灰,有点感觉麻木,剩下一片没有知觉的空白"(2)。身体上的残缺是一方面,而身为上层阶级,克里福德表现出他比康妮强烈得多的一种不安与恐惧。在舒适安逸的上层社会生活环境中,克里福德"有些害怕中下阶级的人,害怕和他不属于同一阶级的外国人"(6)。在这里,阶层划分与对他者的拒斥构成了理解克里福德,一个矿区继承人的两个关键词。当然,进一步说,这还包括后文所提到的克里福德对于矿区工人的物化现象,体现了绝对主体意图对于可能存在的共通体的拒斥。个体呈现的本质意义就是其本身,并无外展与意义的分享,而这正是现代个体的症结所在。显然,克里福德作为现代典型个体的代表为后文麦勒斯与康妮成为存在的共通体的可能性埋下了伏笔。这是因为对于这个生成—人物本身而言,独一个体之间的陌异性或被南希称为共通体的前提条件——间隔是无法克服的。如同拉格比的宏观景象,"中部和北部的工业区,鸿沟难以逾越,相互间没有沟通……一种对共同人性意向的怪异否定"(12)。

同样,克里福德与康妮作为夫妻之间的关系如同处于幻想之中,仿佛克里福德的创作一般,如同理性的投射。"康妮和他以一种相互保持距离的现代方式互相依恋着。"(13)尽管他们非常亲密,精神上非常地融合,"但是在肉体上又仿佛完全不存在;两人谁都无法忍受硬把话题扯到这样的事情上去。他们是如此亲密,又完全没有接触"(15)。两人作为"现代"夫妻的交流模式是纯粹精神性而同时在理性和思维可控范围内的。比如,克里福德相信小说创作中某种真实的发生,而康妮也在有关写作的探讨中同克里福德的思想进行着碰撞,他们茫然地过着生活,全神贯注在克里福德和他的著作上。他们对他那种工作的兴趣从不停息地汇流到一起。他们讨论着,苦苦地思索着行文结构,感觉好像有什么事情在发生,真正地发生,真正在虚无中发生(17)。

完全脱离触碰和身体接触的状态令康妮感到缺失与空虚。她觉得"这一切都是梦,或者说就像是现实的幻影,[①]对她而言,

[①] 在英文原版中,劳伦斯用了 simulacrum 一词,其意义可以与 photography 和 kodak 一同联系起来,以表达一种主观化的真实。

第三章 共通体的想象性构建:劳伦斯小说中伦理的本体维度

没有实质,没有任何东西……没有接触,没有交往"(16)。她与克里福德之间也只是生活在"观念与书本"中,"时间的流逝就像钟表的运行一样,到了八点半便不再是七点半"(17)。可见,人、事物、时间甚至是关系都是机械而僵死的。康妮作为克里福德身边最亲近的人,看似亲密无间,有着足够的沟通,却未能在身体这一感性层面实现交流。克里福德作为现代人的代言人,信奉的是另一种真实与关联,是其作为矿主和作家自主掌控下而构建出来的真实。显然,这种真实标准中并不认同身体接触所能带给人们亲密联结的这层基础事实。克里福德的真实观暗示着人与人之间本应具备的原始纯粹的、以情感和友爱为纽带的交往可能性的丧失。在小说的关键人物麦勒斯出场之前,尽管康妮已经与迈克利斯偷情,然而迈克利斯"不可能长久保住任何东西。这是他天性的一部分,他生来就要和一切关系断绝,成为散漫的、与世隔绝的、绝对孤寂的人"(30)。在这种语境中,康妮更加迫切地希望建立一种理想的关系,而这与她对于整个世界的期许一致,"这个世界应该是充满种种可能性的,但是在多数的个人经验上,可能性却降到很小的程度"(同上)。克里福德所象征的纯理性和纯精神性的生活大大减少了世界的多种可能性。小说中的汤姆·杜克斯认为"真正的学问来自有意识的整个身体;来自你的头脑和思想,也来自你的肚子和小弟。头脑只能分析和推理。一旦让思想和推理占了其他一切的上风,这两者就只会批评而抹杀一切了"(37)。杜克斯认为人们在过精神生活之前,和总体生命是一个有机整体。而开始了精神生活,就是把苹果从树上摘了下来,切断了苹果和树之间的有机联系(37—38)。小说中,对克里福德的身份地位、知识与才能,以及他所引领的纯粹精神生活备加推崇与恭维的波尔顿夫人,不免说是康妮的强烈比照。克里福德对波尔顿夫人的"教化",在她心中所唤起的兴奋和回应的激情,简直比任何情爱所能做的还要深远(107)。然而,这仅仅是基于理智和知识的崇拜,而不是基于生命体经验本身。

波尔顿夫人与克里福德所谓的感情实际上源于他们对于世界共同的感知方式。简单地说,是对知识和精神世界的痴迷令他们一拍即合。在小说中有关波尔顿与克里福德热烈讨论的描述中,波尔顿太太认为特沃西尔村"简直是盖斯凯尔夫人、乔治·艾略特、米特福德小姐"①的结合体,谈论起特沃西尔村人们的八卦私生活滔滔不绝。而这种"闲话"竟然是克里福德喜闻乐见的写作"素材"。康妮也由此判断,克里福德的天赋不过如此:"闲聊私生活的聪明才智,智慧而又显然超然事外"(108)。克里福德与波尔顿太太认识世界的共性实则反映了一种文学观点。如果将他们对生活观察的输出比作文学文本,那么他们也许更多关注的是闲话与猎奇,去引发读者们的猎奇心理。可是八卦与日常显然不是康妮眼中的文学作品所应该传达的信息。康妮的文学观反映了她严肃的世界观。在康妮的眼中,对于世界周遭应该怀有尊敬与同情之意,

> 每个人终究可能会听到人家的私事,但我们只能以一种尊敬的本意去听,尊敬挣扎着的苦难事物,本着一种细致

---

① 原文注:这三位都是英国19世纪女作家,以描写社会底层的工人生活和农村生活为主。

第三章 共通体的想象性构建:劳伦斯小说中伦理的本体维度

入微的、有识别力的同情。甚至嘲讽也可以看作一种同情。真正决定我们生活的,在于我们能否将同情心收放自如。分寸也是一篇小说的最重要之处。它能激起我们的同情心并将它引向新的境地,也能让我们的同情心从已经腐朽的事物之中引退。因此,处理得当的小说能揭示出生命中的最隐秘之处:正是生命中的这些富于激情的隐秘之处,最需要我们敏感的意识之涛在其上潮涨潮落,扬清激浊。(108—109)

如此说来,波尔顿太太和克里福德所代表的文学文本所隐含的道德预设如同闲话般,"激起虚伪的同情和反感,使心灵变得呆板、迟钝"(109)。这种作品仅仅满足了读者或听者浅层次的心理需求,却并没有激起他们正面的同情心以及激情。这种文本感染了生活的消极情绪,因而并没有建构出积极意义,激发与日常所不同的关系。这些都为后文麦勒斯的出现,以及康妮与他形成积极而良好关系的可能性埋下伏笔。简而言之,克里福德的出现更多的是为了呈现和反映人与人之间疏离状态的"生成—动物"的样态:"外表强悍、内心柔弱的生物,就像现代工业和金融界的那些令人惊异的龙虾闸蟹一样,成了一种无脊椎的甲壳动物,他们跟机器没什么两样,都披着钢铁一般的甲壳,但是体内却柔弱得像一堆纸浆。"(118)克里福德作为生成—动物,更多地被表现为一种理性存在,其生命体意义的表达并不充分。后文麦勒斯的出现,在身体的意义层面即脱离单纯的精神生活这一层面,成为劳伦斯构建以康妮与麦勒斯两人"温情"关系的重要喻体。温情和身体,两者成为劳伦斯在这部小说中重新复归人性以敌对机器，而构建共通体之可能性的关键词。

二、触碰作为身体话语的象征

与劳伦斯前面几部小说中的主要人物一样，康妮自身经历着作为个体存在的失落感，因为她同现代工业文明的化身——克里福德在诸多方面格格不入，而仅仅在精神上，例如文学创作等方面有交流。然而在康妮看来，这种精神交流是空洞而没有生命力的，仅仅存在于头脑而非身体中。如果将他们对待文学的态度理解成两种文学伦理观，那么显然，劳伦斯想要在康妮身上做些文章，想要复苏人们身上的生命力，和引发人们积极生活，激发正面的同情心的小说伦理，而不是在克里福德所关注的闲话，对人的生活没有积极引导作用的小说伦理。克里福德与康妮的关系也是这种小说伦理观点的衍生物，因为他们没有作为生存个体（身体）意义上的交流。因此，拥有温情的特质，解救康妮于这种失落而僵死的关系困境的麦勒斯出现了。

麦勒斯这个在小说中起着转折作用的人物形象，似乎也是作为一种异常者出现。首先，作为猎场守护人，麦勒斯的职业和阶级体现了一种不确定性。劳伦斯其实暗示了阶层在个体间关系中所起的作用。然而，劳伦斯并没有将阶级问题平面化。阶层划分作为社会化的一种后果，成了个体间疏离的可能性原因。劳伦斯认为，"阶层的确制造了隔阂，所有那些最好的存在于人类内部的涌动也被隔开。并不完全是中产阶级的胜利制造的隔阂，而是中产阶级的存在本身"。劳伦斯认为中产阶级的生命存在方式产生了某种非伦理性的后果。他们的视野广阔，然而却浮于表面，毫无热情。工人阶级身上却保留着相反的、作为生命

第三章 共通体的想象性构建:劳伦斯小说中伦理的本体维度

体本身而应该具有的活力感,视野有限,然而却深沉,具有活力。思辨性的思考过后,劳伦斯认为人不应该属于任何一个阶层。事实上,阶级的产生强化了现代人的社会属性与身份,却少了些许作为生命个体的生命力与热情。在这一点上,劳伦斯揭示了重新呼唤热情、血液亲密与温情的伦理关系的必要性("Myself Revealed",180—181)。

麦勒斯的出现是对劳伦斯伦理吁求的一种回应。尽管被克里福德当成一个下等人,可是麦勒斯作为一名猎场看守人的作用,又远不只是这个身份本身。因为劳伦斯似乎没有交代麦勒斯身份及其职业操守的具体内容。康妮的父亲认为麦勒斯是"侵入者",因为他抢走了另一个男人的妻子。因此,麦勒斯和康妮都沦落为失去社会地位的人(déclassé)(Meyers,"Gamekeeper",25—33)。然而,如若从小说的一些细节上窥探,比如麦勒斯可以在德比郡的口音和标准英语之间切换自如,向上进入了更高的社会等级,而康妮的社会等级不免因此下滑。在那些重要的养育野鸡的细节场景中,康妮产生了一种顿悟,这个陌生而朴实的人给了她在生活中所失去的一切事物:喜爱、奉献、爱、热情、性还有孩子(31)。因此,麦勒斯反而成为康妮和充满生命力的世界进行沟通的有效途径。麦勒斯与康妮之间关系的构建构成了劳伦斯对于伦理问题本质的例证的最后可能性。劳伦斯对于以共通体为关键词的理想生活的设想,实际上正是对于工业文明给人们带来的理性枷锁的肃清。

麦勒斯与康妮,作为劳伦斯所塑造的最后一对男女形象,一方面接续了在《虹》、《恋爱中的女人》和《羽蛇》中男女主人公关系,尤其是在性关系基础上建立起来的情感。在这点上,除了简单的背景介绍与交代，劳伦斯仍然没有着力去塑造人物形象，比如性格和生活习惯等，这依旧不是他所擅长和推崇的。进一步说，这甚至违背了他所坚信的那时刻变动的、有着不同样态的、同素异形体式的自我。甚至可以这样理解，劳伦斯笔下康妮和麦勒斯之间的感情也是那最直接而变动的自我相碰撞下的产物。尽管劳伦斯反对固定的关系模式，但是如果说两者的关系有一种既定模式的话，即使无法定义，这种模式在两人身体接触这一层面的呈现则得到了最大化。这一延续着的主题也在这部小说达到顶点。劳伦斯所畅想的理想关系为何紧紧围绕身体？如果身体作为个体内在经验的隐喻，身体接触或谓触碰是否可以理解为劳伦斯建构共通体的关键策略？劳伦斯笔下共通体的构建可以从南希有关共通体的思考中找到某种印证。

在南希的语境中，身体接续了德勒兹的无器官身体的概念，是其整个伦理关系构建的关键词。南希用了 corpus 这个词，在法语中，有身体的含义。这个词是某个事物呈现自身的样子，甚至一个书本也可以是一个 corpus。南希专门有一本书来解构身体和心灵的二元论以及基督教的言成肉身的理论等等（《解构的共通体》358［2］）。身体与话语相对应，具有不可渗透性（impenetrable），"身体对于语言是不可渗透的，而语言对于身体也是不可渗透的"，"两个身体不可能同时占领同一个空间。你和我不可能同时既在我说话的空间里又在你听话的空间里"（359）。身体不能谈及自身，"它永远不能体验话语的快乐（jouissance），而话语也永远不能享受这个身体"（同上）。因此，身体成了意义的载体，与语言之间却保持着不可亲近的距离。这种距离决定了身体的不可言喻性。于是，身体成为"矛盾本身

第三章 共通体的想象性构建:劳伦斯小说中伦理的本体维度

的位置"(362),

> 有时,身体是形象得以构成和投射的"内部"(感觉,知觉,记忆,良知):在这种情况下,这个"内部"对它自身来说是一个陌生的身体,是仿佛要从外部加以检验的一个客体,一只被解剖的眼睛,由松果体腺构成的幻觉身体。在另一些时候,身体是意指的"外部"(是方向的"零度",是关系的目标、本源和接受者,是无意识):在这种情况下,这个"外部"对其自身而言是一个浑浊的内在性,一个被填充了的洞穴,先于任何居有的一种财产。(同上)

在南希的语境下,无论从外部还是内部,身体作为意指的方式,尽管以这种方式与自身对立着,却呈现出其陌生性和无限性。尽管身体概念的描述与展开方式发生着变迁,形式—质料说、罪孽—身体、身体—机器,现象学的"专有的身体"中,一遍又一遍地被扭转和错置一样。身体的哲学—神学总汇仍然受到模仿、再现和符号等脊椎的支持(362)。身体是"总体的能指","每到一处都吸收意义的意义和全部意义,无限制地把不可渗透的东西与不可渗透的东西相混合,那么,身体就是最后一个能指"(365)。南希在其伦理语境中,将所有符号的能指与意义属性身体化,一起包含并解释自身。反过来讲,个体的身体也被符号化和象征化,在消解了话语的绝对性和中心地位的同时,身体成为个体无意识与经验内涵的象征。因此,在小说中身体的交流自然有着更为深刻的内涵和意义。

在劳伦斯文学创作的语境中,身体也可以拓展出多层含义,并成为个体间新的伦理关系构成可能性或谓基础。首先,从文学意象上来说,身体当然是指能够体现人生命力的肉体本身,如同在劳伦斯的绘画中希望展现的一样。对身体意象的描绘本身就传达着一种原始和纯粹的意义,因为它既是自身,又具有一种无法自证的不言自明性。与其说劳伦斯是在推崇身体以及所能联想到的肉欲的至高地位,不如说劳伦斯在洞察到个体意识以及个体经验需要不断被表达和意指的事实后,以身体以及身体间作为个体经验呈现与联络的场域总体的象征。在此种意义上,身体一方面具有具象意义,表示肉体,即身体本身,另一方面也具有包含个体所有经验承载的抽象和外延意义。在身体这一层面的理解上,康妮对于自己具象身体的体察、感受以及反省成为小说中的重要转折点。例如,康妮在镜前观察自己的身体这一幕,在镜子面前呈现的不仅是身体本身,同时也有身体内所蕴含的无尽的精神体验,

> 康妮脱光了衣服,在一面巨大的镜子前看着自己赤裸的身体。她不知道自己在期待什么,观察什么,但她还是把灯拿了过来,直到灯照到了她的整个身体。她一如往常地思索着……人的身体裸露时,是多么脆弱,多么容易受到伤害,多么可怜的一样东西;多少有点欠缺,有点不完整!(73)

在镜中,身体第一次作为自身展现在自我面前,然而它只是其自身的一种表达和外展。康妮在裸露的身体上观察到了自身的脆弱、欠缺与不完整。她苦痛着,愤怒着,痛恨着与克里福德婚后开始的这种精神生活,"对克里福德本人、他的写作和谈话的无

情愤恨:一种对所有欺骗女人及其身体的那种男人的无情愤恨"(74)。在康妮的眼中,身体状态与生活状态本身息息相关。她曾经被认为不错的身材现在显得有些过时,"过于女性,而不再像个充满青春气的孩子"(73)。康妮仔细观察自己身体的线条、气质的变化,观察自己的乳房、小腹、大腿。"她的身体日渐失去意义,变得迟钝而黯淡,实质上完全不足挂齿。这让她觉得无限的压抑和失望","由于疏忽和克制而变衰老"(74)。青春的衰退以及对生活现状的不满再一次令康妮感受到不公平。身体、活力、性欲,康妮将它们与一种温情联系到一块儿。这一切都是她通过对身体的观察和反思以获得的,身体反射出她的自省意识。克里福德缺少的正是这简单、温情的身体感知和触碰。"他从来没有真正的温情,甚至连亲切都谈不上,他有的只是那种以良好教养的冷漠方式体现出来的关切和周全",但是从来没有一个男子对女子、一个一心想获得成功而仍能以自己的一点男性炽热来使一个女人得到抚慰的那种温情(75)。"一颗冷酷的虚荣心啊,没有人与人的温情接触,就像任何出身卑微的犹太人一样道德败坏,渴望着卖身于'成功',即荣华富贵"(77)。克里福德身体和温情意识的缺失一方面来自其自身残缺身体的影响,这造成了一些感受力的减少以及对自己身体问题的回避;另一方面则是其理性和观念取代并控制着身体及其所覆盖的无限的生命经验。

又如在家中的聚会上,同样掀起了关于"身体"的探讨。克里福德认为,"足够的文明应该消除很多身体缺陷,例如男女间的事情,还是没有的好……如果我们可以在试管里生儿育女,那么男女间的事没有也罢",而班纳利夫人则认为,如果没有男女

之事，其他东西便会取代之，比如吗啡……(78)

> 只要你能忘却你的身体，你就会快活的。当你意识到你的身体的那一刻，你就完了。所以，如果说文明起到了什么作用的话，那就是它帮我们忘记身体，然后时间就在不知不觉中优哉游哉地过去了。（同上）

温斯特罗认为"现在正是时候，人们得开始改善一下自我的本性，尤其是肉体的方面"（同上）。克里福德总结道，"康妮说人就像缕缕轻烟，奥里芙说让女人无用武之地，以及试管婴儿，杜克斯说男性生殖器是通向下一步的桥梁"（78—79）。大家的讨论结果莫衷一是，而这些却令康妮惴惴不安，因为她有着强烈共鸣感的身体话题却被大家唾弃为"文明的对立物"，而且她认为能够带给她希望与救赎的男女之间的温情仅仅被当成一种生理的效应而被吗啡所取代。单调而带有隔阂的生活使康妮逐渐远离了克里福德以及他眼中的"亲密关系"，她自身却感觉"到了另一个世界里，她的呼吸都不一样了。但是她还是很害怕，她究竟还有多少根茎，也许是致命的根茎，还和克里福德纠缠着。但即使这样，她还是感到了呼吸的自由，毕竟，她生命中的新阶段已经开始了"（89）。也许正是康妮的挣扎与痛苦加深了对于身体的理解和渴求，将她推向对于真正关系的探索中。

康妮对于身体的理解和其他人有着明显的区别。对克里福德以及班纳利夫人而言，身体只不过是可以被割裂开来看，是引发触觉或生育功能的器官的组合而已，却缺少与人的精神相关的意义维度。显然，身体已经从一种具体的意象和主题本身上

第三章 共通体的想象性构建:劳伦斯小说中伦理的本体维度

升,进入第二个表达层面,用于表达与精神、理性相对应的一种非理性、无意识和非知状态的场域。南希清楚地阐明了身体与精神的关系,

> 身体是总体的能指,因为一切都有身体,或者说,一切都是身体(这个区别在这里失去了意义)。如果说它所说或想要说的——它可能愿意说的——不过是身体与身体的相互交织和混合,每到一处都发生的混合,每到一处都显示另一个名字的缺席,那个叫做"上帝"的名字的缺席,每到一处都生产和再生产,每到一处都吸收意义的意义和全部意义,无限制地把不可渗透的东西与不可渗透的东西相混合,那么,身体就是最后一个能指,就是能指的极限……正是在这里而不是在别处,精神才作为无限的自我浓缩而生发出来。如果灵魂是身体的形式,那么,精神就是任何形式的身体的升华(或压抑?),是身体的意义——意义的身体所揭示出来的本质。(《解构的共通体》365)

从身体层面亲密关系的缺失到精神层面知识与身体相分离的状态,折射出康妮对于自身身体重要意义的觉察。身体赫然成了文明的对立所在,男欢女爱可以省略,生育功能可以被替代。进一步来讲,这些都是在扼杀人本身的内在活力。因此,身体可以说是个体内在体验的能指,同时也是生命体验样态总体的一种表述。内在体验的杂多和不可言明性只有以身体的方式表明,而与其他身体交流,碰撞,以分享自身与彼此的意义,进而显现伦理性。

触碰作为劳伦斯小说中的重要意象，在构建共通体意义的分联层面起到了重要作用。劳伦斯对于触摸以及触觉的表现在其多篇小说中屡见不鲜。赫胥黎还专门对此进行探讨，认为这一意象是劳伦斯对现代主义文学整体来说非常重要的思考。触摸主题贯穿了劳伦斯从早期到晚期的多部作品，比如在《白孔雀》中乔治与西里尔水中沐浴的情景，还有《恋爱中的女人》中杰拉德与伯金裸体摔跤的情景（Garrington 155）。同样，劳伦斯在旅行书写中也体现了对这一主题的深入洞察与思考。而《查泰莱夫人的情人》与劳伦斯有关伊特鲁利亚文明书写之间所体现的互文处之一就在于人与人肉体之间的接触沟通问题（黑马87）。在有关伊特鲁利亚人的考古游记中，劳伦斯对其中的墓穴观察入微。当看到"迪·瓦西·迪平蒂墓"时，注意到了终端处墙面上身处宴会中的男子，尤其是他的动作，"他抚摸那位女子下巴的动作既温柔又可爱，那是一种非常精心的关切"（《伊特鲁利亚》70）。这位男子的抚摸凝聚着伊特鲁利亚绘画的魅力："触动人心灵的魅力，使人和生物全获得了动人的魅力"（71）。如同劳伦斯认为现代英国绘画及其他艺术形式所缺乏的呈现，以及他在自己的绘画中所极力表现的，那便是一种"动感魅力"。"人们可能在接吻、拥抱或彼此拉着手，但其中没有流动的柔情，因为他们间的触摸并非源自人类心底深处的感情本源，它们只是一种外在的接触，一种与对象不相容的东西"（同上）。而在伊特鲁利亚的作品中则全然不同，劳伦斯认为维系沙发上男女双方的是一种"动人心魄的宁静的交融"（同上），画面中充满了温柔之情。古老的文明带给劳伦斯的启示便是万物皆有生命，以及万物之间具有强烈而隐秘的关联。"人类该做的事情只是让

第三章 共通体的想象性构建:劳伦斯小说中伦理的本体维度

自己能融入其中而活着,他得从外部世界神奇的巨大能量中把生命力吸取进来"(76),

> 宇宙具有生命力,因此也会不断变化着。当你想到它时,它便变成了具有水和火两个灵魂的双重生物,这两个灵魂会突然分开却又永久地结合在一起,它们由宇宙的伟大活力结合在一种最终的均衡状态之中。然而它们一会儿分开一会儿结合,很快生成了万物:火山和大海、小溪和高山、树和动物和人类,其中每一种都是双重性的,或都含有双重性,会突然分开却又会永久地结合在一起。(《伊特鲁利亚》77)

劳伦斯认为,触摸的本质是唤醒万物间本应具备而在文明进程中已经僵死的联系。人、动物及其他事物具有各种联系。由身体所引发的直接触碰是激发这种原始活力的重要途径。劳伦斯在描述康妮与麦勒斯的交往过程时同样对这一主题进行了深入的刻画。随着克里福德逐渐进入工业领域,几乎成了那种"外表强悍,而内心柔弱的生物,就像现代工业和金融界的那些令人惊异的龙虾闸蟹一样,成了一种无脊椎的甲壳动物,他们跟机器没什么两样,都披着钢铁一般的甲壳,但是体内却柔弱得像一堆纸浆"(118)。也正因此,麦勒斯成了拯救康妮于空虚、困惑和恐惧的一丝希望。康妮内心的空洞只能通过去林中那块空地走走这个愿望来缓解。而二人确实如同劳伦斯所希望出现的一般,通过对彼此细腻的观察、感受以及触碰点燃了彼此心中的火焰。在小说中,当麦勒斯看到一滴眼泪落在康妮的手上,他的身心不由自主地开始发生了变化,

> 他起身站远一些,来到另一只鸡笼前。他突然意识到往昔的火焰又熊熊燃起,火苗在他的腰间跳跃着,舔舐着,他原来一直以为这火焰已经永久地熄灭了。他背对着康妮,跟着欲火斗争着。但是这火焰跳动着,向下蔓延,萦绕在双膝间。(124)

可以说,"这是劳伦斯艺术的巅峰时刻,甚至是在整个英语文学中,这一刻热烈的柔情;用圣·奥古斯汀的话来讲,它在传达着我要你存在"(Bedient 409)。而之后麦勒斯"伸出手放在她的膝上",温柔地安慰康妮,他把手放在她的肩上,温柔地,轻轻地,沿着她的后背的曲线滑了下去,不由自主地,他的手摸索到了蜷曲着的腰间。他的手在那儿,轻轻地,温柔地,凭着一种盲目的本能,爱抚着她曲线柔和的腰际(124)。柔情、身体和感情,这些经过劳伦斯的糅合加工凝聚到两人的关系本身。对于康妮而言,麦勒斯对康妮的爱抚是前所未有的,甚至令她自己感到怀疑,为何这温情本身有着如此巨大的作用?康妮在朦胧中感到惊诧,"为什么?为什么这是必要的呢?为什么它竟能驱除掉她头上浓重的阴云,而给她安宁?这是真的吗?这是真的吗?"(125)。而接下来,代表着现代女性,现代人,康妮似乎为自己发出了最重要的呼声,

> 她那饱受折磨的现代女性头脑一刻不停地在转动。这是真的吗?她知道,如果她委身于这个男人,那么这就是真的。但是她如果还要自我固守,那它就什么都不是。她感

到很苍老,感到自己有几百万年那么苍老。最终,她再也不能承担起自我的重担。她整个身心随时都可以奉献出去,随时。(125)

康妮沉浸在自己的瞬间觉醒中,就像乔伊斯的"顿悟"和伍尔夫的"重要的瞬间"一样,这是一个象征文学现代主义意义的关键时刻。从"固守"到新的选择——"委身于"这个男人,将自我的身体、个体的意义寄托于一个神秘、沉静而令人安宁的"陌生人"(126)。这种伴随他者自身而来的陌异性给了劳伦斯新的灵感与希望,早就成为他寻找理想他者以实现小说中的伦理关系构建。然而,有别于《羽蛇》中的凯特,作为绝对主人公的康妮仍然心怀犹豫。这种"久旱逢甘霖"般的温情,陌生人之间的触碰、温情,是否就是现代人的麻木,那无法修复的失落个体的良药?从麦勒斯的角度来看,这同样是一次新的开始,尽管他属于丛林,他依然认为同康妮身心相通是新的生活的开始。两人的交汇最主要的便是那"原始的激情"(127)。毕竟两人对彼此来说非常陌生,这种欲望也令他们彼此迷惑,"他们之间没有任何交流,他甚至从来没跟她真正说过话,而她也不由自主地厌恶他的土话"(137)。显然,身体成了陌异的有形诉说,而触摸成为两人建立联系,认知对方及彼此的一种重要实践方式。相比于早期作品,个体间的陌生性有了一定的条件和距离。劳伦斯似乎更加强调个体间的差异所能带给独一个体的一种可能性,而这种可能性便是伦理关系的本质——共通体的呈现形式。

对比特沃西尔煤矿的破败衰退,这份温情确实是一剂良药。在麦勒斯的眼中,斯达克斯门的电灯光"刺眼"、"令人憎恶",有着一种"无法言明的罪恶本质",这构成了"让人不安、永远躁动着恐惧的英格兰中部的工业之夜"(128)。矿区如机器般运转不止,而林中则洋溢着温情。两个世界内部人与人之间的关系属性有着本质的区别。麦勒斯在原本幽静的树林中,打算以隐者自居。显然原本的他是打算与工业世界的嘈杂保持距离。而与康妮的相遇似乎终于让他清醒,这"僻静"不过是种幻觉,"没人能离群索居,超然物外,这个世界是容不下隐者的"(128)。这也许是劳伦斯的一种呼声,真正解决问题的方式不是彻底地去逃避或者一味地批判,站在其对立面,而应该去正视并建立新的关系。逃避本身是简单的,同时也是消极的,而麦勒斯对自己消极意识的反省令他对那机器充满了批判精神。康妮带给他的温情促使他真心希望,

> 要是可以和其他人联合起来,跟外界那些闪烁着的电动之"物"去抗衡就好了,那些柔弱的生命、柔弱的女人,还有那财富般的自然情欲就可以得到保护。要是这些人能肩并肩地联合起来战斗就好了!但是所有人都站在那边,迷醉在那些"物"中,在机械的贪婪或者贪婪的机械之奔腾中,欣喜若狂或者一败涂地。(129—130)

这里凸显了作者劳伦斯赋予麦勒斯的使命:绝不仅仅是个体身体或欲望要求的满足,也不是单纯的情感需求。从克里福德的角度这被叫作"放纵情感,使情感平庸化",因为他认为"我们所需要的,是古典约束"(151)。克里福德的这种想法在其文学观点和写作实践中实现了一种绝对化。克里福德的文学世界如同

第三章 共通体的想象性构建:劳伦斯小说中伦理的本体维度

其自身的生活,是一种残缺的、"没有身体"的生活。而在康妮所代表的世界中,文学除了身体没有别的。这里有三种情况来理解文学中无处不在的身体:尽管文学的作者是缺场的,而事实上,我们被囚禁在他的洞穴之中,在那里,他向我们展示无数身体;作为由符号所掩盖的身体,仅仅作为符号宝库的身体(巴尔扎克、左拉或普鲁斯特的身体——有时,即便不是经常的,这些符号首先是肉体符号);或作为书写本身,被抛弃的或被竖起的一个意指身体——如罗兰·巴特所说的作者"跳动(享乐)的身体",意指非含义的点(《解构的共通体》363)。这些都构成了文学所能够承载的能指的总体——身体的含义。在劳伦斯的笔下,不同的文学观也构成了不同人物的生存方式。由无数能指构成的文学同时也渗透着人们的生存经验总体。

劳伦斯将身体、能指以及文学的本体讨论镶嵌到克里福德,同康妮和麦勒斯所代表的关系的对立当中。尽管克里福德所代表的理性将文学推到靠近哲学的那个极端,理性恪守职责,能指与所指一一对应。然而,劳伦斯所倡导的是一种生命力,这种生命力确实应该体现在如天平般颤动的关系中。如果在文学中,这种关系的导向必然没有确定性的解释,而是一种动态关系,如同身体所包含的无数能指。因此,文学成了容纳这种动态变化关系的合理场域。以文学经验为案例,劳伦斯希望实现的是那种具有原始活力的经验的复归。如同他提到伊特鲁利亚人墓穴的真正目的,"谁想上有关消失种族的实物课? 人们所需要的只是一种接触,因为伊特鲁利亚人的一切不是一种理论或一篇论文,如果它们有什么意义的话,只在于它们是一种人生经验"(《伊特鲁利亚人》171)。显然,只有属于人类自身那特有的人生经验才能够抵御机器般、系统化的能指所指关系。劳伦斯所极力反对的正是将充满活力和多样性的生命经验系统化、理性化,从结果上又与人类本身并无关联的做法。这从根本上来说,便是放弃统一与协调的企图,因为这种做法得到的只是一团糟的无形之物(171—172)。如同在麦勒斯与康妮之间,劳伦斯所希望呈现的是个体经验独立性与差异性之间的一种调和。如同在《羽蛇》中凯特在遭遇他者之前所经历的对于个体性的顿悟,这其实是对于个体间边界(同时包含独立性与差异性)的确认。而在麦勒斯与康妮身上,两者的独一性以强烈的陌异性方式呈现,成为两者构成共通体,构成独一个体之共在模式的可能性。

三、差异与本体的和解:独一个体的共在

劳伦斯拒绝个体经验被标签化和系统化,即否定了个体经验的同一性。他更希望构建的是具有独一性和异质性的个体之间以能指身体进行对话的和谐共在形式。如南希所言,"共通体不是存在或生存的一个谓词。增加或减去共通体的特征,丝毫不会对存在的概念有所改变。但共通体只是生存的现实姿态"(《无用的共通体》191)。可见,共通体所产生的意义更多地在于强调其所引发的情状与关系,远非概念本身。因此,我们探讨生存的共通体——而不是共通体的本质(190)。同样,在劳伦斯的语境中,相比于去探讨或定义麦勒斯与康妮之间关系的本质,更重要的是探讨两者关系之中所实现的个体经验的绽放以及个体独一性的呈现,并以此凸显各自的生存意义。个体间以共通体的联结情状呈现关系,这也是劳伦斯眼中伦理问题的本质。

在劳伦斯看来,绘画展现了作为一种艺术经验形式在工业

第三章 共通体的想象性构建:劳伦斯小说中伦理的本体维度

与自然间所起到的桥梁作用。如果逃离艺术经验,现代人实际上生活在这种历史与社会同自然与生态局限的两种不可通约的维度中,这被詹姆逊(Frederic Jameson)概括为既是"历史的存在"同时又是"自然的存在",既生活在历史计划所赋予的社会意义当中又生活在有机的无意义当中。难以想象在这两个分离的领域之间会存在任何的综合——不管是概念的还是经验的,至于象征的更不待说;或者更为恰当地说,来制造这样的概念的综合(比如说,把历史当作"自然",或者自然在历史面前消失)其实恰恰就是制造意识形态,或者,如经常所说,是制造"形而上学"。所以艺术品永远无法"治疗"这种缝隙。而詹姆逊认为,我们其实具有第三种立场:不是张力消解的问题,而是压抑和遗忘的问题,是"一个分裂的意识它把分离的各部分紧密地连接在一起,一个各种差异产生联系的觉醒的瞬间"(《无用的共通体》322—323)。这即是共通体的使命所在,保存差异的同时又独自生存,这本身就是对个体经验本身的确认。[①]

麦勒斯与康妮由触碰所引发的关系成为共通体之中个体的基础。进而言之,身体是两者各自经验能指的总体作为独一体的呈现形式。如上文所言,谈论共通体的本质实则还是在谈论独一个体的生存情状。无论南希抑或劳伦斯,二者在不同的语境下,都是在讨论和呈现存在的问题。南希尤其提出了共通体的分联,它至关重要。"分联"在某种意义上指"书写",也就是

[①] 这也是被詹姆逊称作海德格尔奠基性的"诗学的"行动和相似的哲学(生命的去蔽)以及政治革命(出现一种新的社会,创造一种新的关系)行动相类比。参见《詹姆逊文集 第5卷 论现代主义文学》,中国人民大学出版社2010年版,第323页。

说,是对其先验与在场在结构上被无限期延宕了的意义的书写。"共通体"在某种意义上指的是一种共在的在场,这种共在,只能以死亡的作品方为可能(《无用的共通体》185)。这预设了文学艺术与交流都不能应对"书文的共通体"所提出的双重危机:去挑战无言的内在性,同时去挑战化身话语(言成肉身:Verbe)的超越性。这正道明了共通体的特质:无用性,在每一个集体性与个体性的腹地抵抗,因此,这里生存着"书文共通体"的危机。这意味着:思想,诸声音之分享的实践,分联的实践,通过分联,只有独一体外展在共通体中,而且共通体也供奉到独一体的界限上。共通体的重要意义正是在于它确定了这一界限。"沟通在这个界限上发生,事实上,沟通构成了界限,它要求着我们共在的方式,要求共通体自我打开,而非向目的或未来打开的方式"(186)。"书文共通体"是先于我们的,先于我们的发现——在共通体的深刻性上也是先于我们的(187)。这也充分道明劳伦斯等现代主义作家以小说为代表的艺术创作的伦理本质。文学回应人本身的内在经验,"是一种延续性的活动,它是一个行为过程,证明它正确的依据是,它服从某种内在的冲动。这种服从是一种理想的实现"(伯林57)。

　　劳伦斯利用麦勒斯与康妮的身体,以及以此为基础的亲密关系的构建成为其模拟并塑造书文共通体的文学经验式的表达。而两人自身原有的经验差异在通过身体进行意指和交流的模式下,实现了彼此生存意义的分享过程。因为两人可以说是"劳伦斯笔下最具代表性的伴侣,因为他们完全不厌恶和恐惧性,而小说也聚焦于他们的感官行为"(Cavitch 197)。所以,值得注意的是他们之间所象征的关系,共同而又相互独立的存在,

第三章 共通体的想象性构建:劳伦斯小说中伦理的本体维度

并保持各自的完整性。两者独立与差异所呈现出的空隙与留白便是促成共通体的分联状态,因为个体经验就是充满差异的,所以以性为各自身体能指的象征,可以通过分联的方式分享共通体的意义。

两者所构成的分联模式包含了以触碰为主要形式,维持共通体之共性的友谊纽带,强调一种生存状态,并非去定义一种本质,不会以一个"区别出来的、独立的、与其本质的同一性和统一性发生关联的物的方式来设定一个生存者"(《无用的共通体》193)。劳伦斯在工业重压之下的矿区,通过康妮与麦勒斯的"身体"话语搭建出伦理关系的象征。劳伦斯笔下构建的伦理并非强调本质,而是一种同地方和情怀化一的归属感,"向着存在外展——或者向着生存被外展——作为单纯持续或作为内在性的存在之外的存在被外展了"(同上)。个体经验的内在性与意义通过共通体之内个体间共同作用下得以理解和表达。

这种去本质化而具有共通意义的本体性伦理思想可以看成劳伦斯面对绝对化、本质化科学技术理念的最后药方。劳伦斯选择运用一种较为象征化,或谓隐喻的方式去反映这种去本质的关系。小说中男主人公的形象塑造转化成了两个个体的生存形态的描绘。尽管小说强调了人物的阶层和身份,与其说它们的作用是主人公的阶级标签与社会属性,不如说它们决定了主人公作为存在的话语场。既然通过身体去代替人,那么身体能指的多样性与流动性便决定了身体的变化性,即生存的去本质性。"自身"是宾格的存在,除此存在没有其他的格。那是它倒下(cadere, casus),这是存在偶然的主体,或者说,这是作为存在,而不持存的本质的偶然属性。自身是存在的到达、来临与事件(《无用的共通体》195)。因此,个体生存本身,或者说人作为存在都是没有本质的。如南希所言,"本质的本质是生存"(同上)。如果说非要有本质,那么本质就是外展式的生存。而针对不同的个体,生存只是分享(partagée)。但这个分享——我们可以称之为生存的"向着—自身"(aséité)——并不能分配一个实体或一个共同的意义。它只是分享了存在的外展,自身的性数格变化,被外展的同一性那没有面容的战栗:它分享我们(197)。麦勒斯—康妮共通体存在关系的讨论与发展构成了小说的主要线索之一。而这种共通体的核心便是一种联结,"不是作为一份财产契约,而是两个个体之间的生存纽带。而这条纽带将他们引往更广泛意义上的共通体中"(Burns 106)。

小说中同样值得注意的是,康妮对于语言的看法折射出现代人的工具理性思维,而语言在共通体的形成中至关重要。正是在语言中人的经验得以"固化",进而得到表达。这并非指语词本身,那些现成的、约定俗成的富含人经验内涵的语言恰恰都是共通体的会聚地。在康妮眼中,克里福德以及这个时代的语言都出了问题,

> 在康妮看来,所有伟大的词汇对于她的一代人来说,都被废弃了:爱情、快乐、幸福、家、母亲、父亲、丈夫,所有这些伟大的、充满活力的词汇,现在都奄奄一息,一天天地走向死亡。家是一个你居住其中的地方,爱情是不虚度光阴,快乐是形容好好跳一场查尔斯顿舞的词汇,幸福是人们用来吓唬别人的虚伪字眼,父亲是光会享受自己生活的个人,丈夫是一个你和他一起过日子,并且继续兴高采烈地过下去

第三章　共通体的想象性构建:劳伦斯小说中伦理的本体维度

的男人。至于性,这伟大字眼中的最后一个,不过是用来描述一种兴奋的非正式用语,这种兴奋让你片刻销魂,而后却让你变得空前破烂不堪。破烂啊!似乎你的真正构成就是些廉价玩意儿,在不断地磨损,直至一无所有。(65)

在这里,康妮批判了当时英国社会的语言现象。这包括有关语言概念本身以及能指与所指关系的批判。语言的批判背后,恰恰是语言使用者们对于社会文化与风俗的所隐含的观点。在社会中,"语言是一种公共活动,因此,个体自我健全与否是由这个社会的健全与否所决定的。生活形式决定了语言状态。相反,语言反过来再构成生活形式,并确立可能性边界"(Burns 108)。语言本身显示出来的霸权与独断,以及随之而来的阐释的单一性,令康妮既恐惧又愤怒。而克里福德在自己的小说写作以及平日里对事物命名的态度中都显示出这种独断与专横。这恰恰逐渐泯灭了人们生活中本应具有的丰富经验内涵。那么麦勒斯的出现是否解决了康妮所发现的语言层面的问题,劳伦斯又是通过哪些策略来挽救工业社会由于逻各斯中心主义而几乎失落的共通体?

继续以小说中语言本身的呈现为例,小说中麦勒斯所使用的地方语正是对克里福德代表的上层社会规范语言系统的拒斥。从另一个角度来看,麦勒斯所使用的方言本身也有一套自己的文化支撑。也许更值得关注的是如何去看待和使用它。方言本身以及秽语仅仅如同把戏一般,在劳伦斯所致力于发展的有意识个体的事业中,起不到任何作用(Burns 111)。这里固然体现出劳伦斯通过语言进行共通体构建过程中的局限性与绝对性。对于康妮来说,拉格比,即她自己所在的世界是"谈话"的世界,但仅仅是小聪明、油嘴滑舌般的谈话,空无一物,仅仅是语言层面的炫耀(verbal display);而麦勒斯的方言却让他显得敏捷、沉静,就像动物。他们两人所认同的便是那人性的共同脉搏(common pulse of humanity),然后一起实现这种共同性(Leith 254)。既然语言能够在社会、文化为基础的伦理关系的共通层面起到重要作用,那么选择违背主流、具有地方特色的方言作为主流语言,即劳伦斯所针对的约定俗成的、作为逻各斯象征的"上层阶级"所使用的语言,在一定程度上可以说陷入了自己设置的绝对化困境。因为只要有语言,就必定与经验的固定相关,无法完全对等地还原并反映劳伦斯最初所希望实现的"活的体验"。

如同在本书第二章已经探讨过的,在自我这一问题上,劳伦斯与富兰克林的分歧在于,他极力反对富兰克林思想中试图创建一套道德观念的封闭系统,以及基于此确立的自我的封闭属性的做法。劳伦斯认为,只有以数学为代表的自然科学领域才有这种全然封闭的实质。而所有试图将这种本质加入道德、哲学以及宗教的行为其实是自笛卡尔宣布他将把在数学中所发现的明晰与确定性植入伦理学与哲学这一标志性事件之后,西方哲学的症结所在(Burns 119)。在劳伦斯的语境下,自由的边界从另一方面也体现了自我的封闭与隔绝。社会施加给个体的压抑与个体所经受的压抑相比,更加不可逆转。劳伦斯对于极度自由与自我偏离这一问题的关注引起了美国精神分析学家巴娄(Trigant Burrow)的兴趣。1927年夏天劳伦斯与其通信,巴娄让劳伦斯重新考虑他与其他人及社会的关系。劳

第三章　共通体的想象性构建:劳伦斯小说中伦理的本体维度

伦斯推断出：

> 使我不安的是我早期的社会本能受到了完全的挫败。英雄的幻想始于个人主义的幻想,接着而来的是所有的反抗。我认为社会本能比性本能更深刻,而社会压抑的破坏性要强大得多。就个人的自我,我自己的及其他任何人的自我而论,个人的性压抑无法与我作为社会的人所受的压抑相比。(转引自沃森382)

小说的第三稿是在对上述观念的严重忧虑状态中完成的,如同《恋爱中的女人》中的伯金,麦勒斯与康妮都仇恨与害怕社会,而小说中对社会的描述确实使它令人畏惧。看来他们的将来是两人一起在农场里,与外界没有任何联系(沃森382)。通过这种想象共通体的形式,劳伦斯从一方面避免了一种完全封闭的自我,因为尽管与社会隔离,两人通过以"温情"为主要特征的情感表达实现了生存本质意义的分联。从另一方面来讲,劳伦斯又一次采取了弃绝的方式,完全脱离了社会。"小说回到了熟悉的宣告孤独和对社会彻底的,争议性的抵制。"(沃森383)这方面则更加体现了劳伦斯共通体宣言的理想性与实验性。尽管他又一次回到了英国,感受着矿区家乡曾经给予他的温存与亲切,通过语言、情感、性这些主题的共通体的思考与构建,但很难在与社会融合这一实践维度有所突破。从这一角度,不妨说这是劳伦斯对于避免任何西方社会对原始生存秩序的独断与碾压的一种极致表达。与其说劳伦斯脱离社会语境,不如说他更倾向于呈现具有普遍性的生存个体间关系,无论是乡村还是拉纳尼姆团体。只有在这样的小单位中真正的亲密与自我才能够繁荣生长——这又是典型的劳伦斯式有关个体联系和独立的辩证思想(John 244)。

劳伦斯对于共通体的塑造，也可以类比南希所讨论的现代语境下的"神话观念"："在神话观念的核心，也许有着西方世界自命不凡的企图，即企图去占有自身(本己/特有：propre)的本原，揭开它的秘密，最终达到与自身专有的出生和所声称的东西的绝对同一"(《无用的共通体》107)。在现代世界，神话转换为神话观念，"这正表现了西方本身的观念，它不断再现了回到起源的冲动，回去，是为了使自己重生，就像人类的命运一样"。这种转换，在南希认为，我们，即现代人，已经与神话不再有任何联系(同上)。

在此意义上，劳伦斯似乎希冀实现从现实向神话传统的复归，从《羽蛇》中宗教的切入与他者伦理的问题呈现，到这里类神话共通体模式的尝试，都是在挑战现代社会将一切独断化和观念化的思维。因此，可以看出，劳伦斯在试图构建如同南希语境下那个被打断的神话所具有的最初的、原始的交流要素："在交换和分享一般的自身创建和铭写中"(《无用的共通体》112)。在《查泰莱夫人的情人》中可以看到，麦勒斯所使用的地方语言，以及麦勒斯与康妮所构成的分联形式成为劳伦斯构建共通体的关键要素。因为这些要素决定并废除了以虚构和发明性为特征的神话体形式的存在，而是将其作为伦理形式的意义与界限。这既不是对话，也不是独白，它是一种独特的言语，许多人走到一起来，在神话中相互认识、交流、沟通(118)。具体而言，这种理想的共通体并不试图传达什么，而是"自身沟通着的沟通本身"。

第三章 共通体的想象性构建:劳伦斯小说中伦理的本体维度

换而言之,无论神话沟通的对象是什么,它沟通了知识,还沟通了这种知识的沟通(同上)。尽管这种共通体的范畴并未扩展到南希意义上的整个社会,但劳伦斯以此作为理想关系的范例,以对照克里福德所代表的绝对个体的同质化伦理。相比之下,面临着现代社会工业化的境况与影响,劳伦斯的伦理关系建构无疑是乐观和理想化的,具有积极意义。可以看到,他的这份信仰持续地被拷问着,然而却越发坚定。他的活力论也越发地得到印证,因为他看到了现代社会机制僵死与邪恶的一面(John 234)。正如其妻子弗里达所言,"劳伦斯绝不带有悲剧意识,他永远不会认为人类,哪怕再有悲剧性,会得不到真正的智慧"。他的整个生命同艺术都倾注于去阐明并传播这种智慧,通过一种"复苏的语言……它会将我们带往我们的自我存在"(转引自John 235)。在这部作品中,劳伦斯验证了他在《道德与小说》中所提到的,希望小说能实现的这种中介性的复苏功能,"小说是向我们揭示我们那如同彩虹般变幻的生动关系。小说可以帮助我们去活着,这是其他东西所办不到的:那些说教的经文,无论如何都办不到"(John 237)。

在劳伦斯创作的最后阶段,在个体经验、个体间关系以及个体与自然间和谐关系等核心关注点的观照下,《查泰莱夫人的情人》成为其通过共通体呈现伦理问题本质的实践场域。劳伦斯从以他者构成透视伦理问题的视角,到回归本土,通过语言、情感关系等元素构建新的伦理意义的共通体,通过这种构建不仅实现了个体内在经验的确认,同时使得他者在独白与对话之间实现了一种弥合。独一个体通过外展意义的方式形成共通体,共同生存,进而反映出伦理的本体维度。这个过程既保留了他者所涵盖的异质性，同时从对他者的突出强调过渡到由共通体所实现的关系本身的关注。总之，个体的经验以及生存意义通过共通体得以外展和呈现，这就是劳伦斯语境下伦理关系的必要条件与关键所在。

结　论

结 论

劳伦斯作为现代主义作家的代表之一,在其作品中投射出对工业社会所导致的伦理危机的深切忧虑。这种忧虑反映为劳伦斯包括小说、诗歌、散文乃至绘画等多种艺术形式上的革新实践,也被表征为这些作品中现代人的个体经验与个体之间关系的描绘。因此,对于伦理与道德问题的深度思考构成其整体创作思想的隐性的关键线索。在《谈小说》、《小说与情感》、《道德与小说》和《艺术与道德》等探讨小说观以及艺术本质的多篇论文中,劳伦斯明确提出以小说为代表的艺术经验形式具有一种关涉人自身经验的新型道德内涵,展现"真实而生机勃勃的关系"(《道德与小说》28)。这种道德内涵不再遵循如自然科学一样抽象化的道德戒律与行为准则,使得人类行为如机器般规范化、均等化,而是如劳伦斯笔下的"天平"隐喻,揭示以生命为基础,并展现如同天平般颤动,抑或如彩虹般变幻莫测的、永远处于变动中的关系。这正呼应了利维斯将劳伦斯纳入其《伟大的传统》一书,认为其以《虹》、《恋爱中的女人》为代表的主要小说实际上反映的是承接以乔治·爱略特、简·奥斯汀等作家延续而来的英国文学传统内涵,具有优秀小说所具备的道德严肃性。以关注道德严肃性为起点,也是劳伦斯与其他现代主义作家们的不同之处。以 T.S.艾略特和伍尔夫为代表的其他现代主义作家一方面指责战争以及工业社会影响下现代人的麻木与堕落，另一方面运用先锋的技巧与手法侧重反映这种麻木的精神状态与机械的生活境况。然而，在劳伦斯看来，其他现代主义作家对于现代人生存现象的"真实"反映显得消极而不彻底。对于此时社会本质问题的洞察与进一步反省促使劳伦斯产生了不同于他们的思考路径。劳伦斯认为，工业文明造成的最直接的后果便是人精神维度内在性的同一化处理。正如利维斯对他的高度评价，"劳伦斯伟大之处在于其修改了一个人有关智识的标准与概念"（Leavis 22—23，27）。对旧的观点与道德的颠覆是其作品的重要呼声，小说家则可以将小说作为新型伦理与道德的实践语境，在解构传统道德的同时实现新型伦理的构建。因此，可以认为劳伦斯的小说是蕴含伦理内涵的小说。

自《虹》和《恋爱中的女人》开始，对个体精神维度与内在体验的超验式刻画确定其小说以展现个体"活的体验"的新型道德诉求为伦理基础；到《羽蛇》及以旅行书写为代表的作品所呈现出的互为他者形式的个体间动态性关系的伦理问题，并以小说为言说语境，试图寻求理想他者；直至创作的最后阶段，劳伦斯希望通过《查泰莱夫人的情人》回到英国矿区的原初语境直面问题，在接纳重视内在生命体验的个体与以无限挑战的互为他者关系间实现一种平衡，以共通体的形式作为伦理本质的可能性尝试。在整个创作生涯中，劳伦斯对于伦理危机问题的探究、解构直至构建过程折射出其超越所处社会状况，而极具自反性与哲思性的思考过程，从另一方面也体现其思想的前瞻性。

劳伦斯的思考路径与现当代诸多反观现代社会问题的哲学家与伦理学家有一定程度的呼应。在不同的研究语境中，以小

结 论

说为代表文学样式与以伦理学为哲学形态通过对同一议题——伦理的反思进而实现对话。德勒兹曾将劳伦斯和尼采的思想进行类比,反映出二者对于人类未来命运的共同诉求:"劳伦斯紧紧抓住尼采之箭,但却把箭以完全不同的方式投掷出去,尽管他们两人都在同一个地狱中,精神错乱,咯血不止"(《批评与临床》88)。劳伦斯以文学化的方式去呈现尼采视界中以生命为关键词的议题核心,用以"性"为隐喻的纯粹而简单的自然关系状态,以批驳主—客二分的"无性"逻辑关系(106—107)。写作背后更高的伦理诉求让劳伦斯的小说呈现出文学作为伦理学范畴内关系和道德问题探讨的一种可能性。

劳伦斯以个体经验为基础所构建的伦理观尤其同当代欧陆以巴塔耶为代表并发展起来的法国异质哲学对伦理的考量有值得思考的呼应关系。巴塔耶提出的"异质"是指一切拒绝与资产阶级生活方式以及日常生活同化的东西,这些东西也在方法论上反对科学,是超现实主义作家和艺术家基本经验的结晶:他们用令人震惊的方式宣扬醉、梦和本能的迷狂力量,以此来反对功利性、规范性和客观性的命令,目的是打破常规的感觉模式和经验模式。异质领域只有在瞬间的震惊中才会把自己敞开。而且其前提在于,确保主体与自我和世界维持联系的一切范畴统统遭到击破(哈贝马斯 248—249)。而另一位在巴塔耶之后异质思想脉络的哲学家列维纳斯以"他者"、"他异性"为关键词的伦理学则被称为"第一哲学"。无限性的他者以"面孔"的形式,以对话挑战"我"的方式,扩展了主体的存在空间与维度,也由此揭开了"自我理解的角度和深度"(王恒 6)。列维纳斯通过引入他者而强调了关系之于独断主体的优先性,同样是避免主体的同一化。与此同时,将伦理问题转换成对于无限他者的责任关系问题。而直接受到巴塔耶以《内在体验》文本中"内在体验"、"共通体"等概念启示的南希则将两者个体的异质性基础、个体间互为他者的责任关系结合起来,试图以脱离政治语境而考虑纯粹个体的"共通体"而非"共同体",进一步思索伦理问题的本质形式。南希对于独一个体以"分联"的形式共同构成共通体的意义实则是对两种观点结合并思考下的一种折中性的阐释。这些法国异质脉络的思想家们的伦理观点为劳伦斯作品中所呈现出的伦理维度提供丰富的理论场景与阐释空间。

《虹》和《恋爱中的女人》是劳伦斯探索新型道德观的起点,劳伦斯在作品中构建出其语境下伦理问题的呈现形式,即以个体经验为基础的伦理观。对于小说人物角色的重新理解与塑造展现了劳伦斯有关个体生存与生命体验的现代主义表达。旧有的自我被消解,呈现在读者面前的只有个体内部迸发出的内在的生命力量。这也是劳伦斯伦理思考的根基。两部作品分别呈现出其伦理思考的两个侧面:《虹》主要突出劳伦斯所构建的个体生命体验重新为"真实"划界,确定一种新型的强调个体内在精神维度的伦理基础。活的体验构成其伦理诉求的关键词,通过"血液意识"、"黑暗"等概念与意象的书写确定围绕体验的智慧型伦理。在《虹》中,劳伦斯脱离于惯常的人物塑造,坚守"直觉式写作",通过转写并分析人物如同"黑夜"和"黑暗"般的心理活动、情感以及抽象化的意识表达,以强调生活经验的不可言说性与多样性,进而确认在其语境下通过非实证化的经验规范而体现出的伦理维度,并以此作为其整个小说伦理建构的基础。而身处后现代语境下的巴塔耶通过神秘的"迷狂体验"确认了这

结　论

种"活的体验"的道德真实性以及对于人之生存认识的必要性。《虹》中揭示出个体生命体验的界限与不可描述性,暗合了巴塔耶语境下体验的"非知"状态,体现出工业社会前原始经验状态的景象。作品以呈现三代人生活的方式作为缩影展现了英国的历史。以生命的延续与体验的不断变迁的纵横结合的书写方式,描绘并分析了布朗温家族在内在体验的呈现以及外在化过程中的变迁。以日常经济活动到伦理,再到欲望、热情、性爱与婚姻等各种关系的构建模式,而同巴塔耶一样,将"色情"作为宗教先验的一种世俗替代物,超越物质世界而开辟新的经验领域与道德规范模式(Doherty 47)。从第一代汤姆与莉迪亚内心动态经验的直接描绘,到第二代威尔与安娜情感与欲望中未知与陌生性元素的挖掘,同时展现人物内心与外部世界的联结关系。而第三代厄休拉对于自身生存体验强烈的自省意识体现出其更具典型性的现代性维度。三代人通过"情感"的方式实现经验上的联结。劳伦斯以"性"和"情欲"作为内在体验作为生存模式和伦理维度基础可能性的关键隐喻,在小说中展现了从概念到体验的跨越,也在小说中实现了抽象概念模式的工具性伦理向生存型伦理的转换。

在《恋爱中的女人》中,劳伦斯试图侧重展现生存伦理的对话性,以他者作为伦理问题的主要呈现形式,进而奠定伦理的辩证维度的基础。一方面,劳伦斯在侧重书写个体内在体验多样性的基础上,引入"同素异形"概念,将传统小说的同一性、故事性人物的塑造转化为具有变化性与真实性的生存个体;另一方面,这些个体更为强烈的自省性也说明了个体的差异性。互为他者的个体所构成的差异性也构成了伦理问题的主要呈现方式,即劳伦斯语境下伦理关系的基本模式。该作品中个体经验间的"对话"以多重方式得以展开。人物通过言语表意经验的方式完成个体经验的交流与挑战。这种对话方式也由个体出发,通过交流上升到知识层面。这种经验型知识在个体间的互通中此消彼长,实现达成共识的过程。对话性的伦理关系是确在的实践性智慧,并非像自然科学知识一般,具有绝对的标准和定义。语言的辩证性与多重性以反讽的形式抵御思维的惯性,而同样折射出经验的丰富变化。以生存对话的形式,人物不仅呈现出内在体验的可能交流形式,同时也将有关生命的概念与理解融入存在之中,使它们自身问题化并得以反思。因此,《恋爱中的女人》更像是一部"观念"小说,或谓"概念"小说,通过生存个体的反复言说、对话与实践以反观"强力意志"和"存在"等概念,而不同层面的"对话"是一座关键的桥梁。小说对于男性和女性关系的描绘则是以隐喻的方式展现生存对话,这同样体现了伦理关系所应具备的他者属性以及辩证元素。伯金与厄休拉、赫麦妮在精神上的碰撞与激烈对峙,以及戈珍与杰拉德作为他们的对立面,对机械社会、神秘以及黑暗体验的探索让他们的关系不断地变化着。劳伦斯对于不同关系的刻画所要反映的实则是对他者所引出的动态伦理关系的一种可能性表达。情感与性再一次作为严格的主—客体二分机械二元关系的对应物。因为只有在承认个体经验维度和随之而来的变化性和神秘性内涵,以及通过他者所引发的动态和辩证的交往模式,才能促成新的生存型伦理关系。

劳伦斯在其创作过渡期的旅行书写《墨西哥的清晨》、《意大利的黄昏》以及以《羽蛇》、《骑马出走的女人》以及《圣·莫尔》为

结 论

代表的小说是其伦理观点的进一步语境化。在此过程中,劳伦斯本人逃离英国、欧洲大陆到达美洲寻求文明新的希望。与此同时,他也在不断地遭遇自然环境、文化、宗教多重语境下的他者。因此,劳伦斯的旅行与地方书写具有较强的实践意义与象征指向。劳伦斯认为,美洲大陆的新墨西哥州以及墨西哥充满原始、神秘色彩的文化语境为伦理关系带来了新的可能性,进而在与异域"他者"诸多维度的遭遇中寻求替代物以拯救英国以及整个欧洲文明社会。在这个阶段,劳伦斯对伦理问题的根本在关系二字上面,而在全新的文化语境下对于自我、自我与他者关系的全新构建与反思则是对伦理基础进一步的深化与细化,并继续在更为真实化的小说语境中进行实践,逐渐摸索出使个体经验得以确认、沟通与持存的他者存在之可能性。

在逃离欧洲大陆的过程中,劳伦斯真实地记录并反思其在异域的见闻。结合其早年对于美国经典文学作品、文化、民主问题的诸多论述,可以看出劳伦斯对于美国自由主义引导下的"自我"和民主概念都颇有微词。富兰克林宣扬的自由以及平等概念不过是科学观念影响下的另一个非本真伦理性的产物。缺少自省性与口号化的声明的直接后果便是伦理关系的破败,因为个体之间所谓的平等关系实则反映出个体异质性与特殊性的丧失,以及个体间互为他者之对话关系的破裂。这种观念代表的美国作为"机械化现代主义的最低点、西方的最终产品",而无法成为"旧世界的救赎方式",而唯独新墨西哥州所留有的"原生的地方精神"依然具有参考性(Jenkins 11)。对于美国式自我的反思是劳伦斯思索英国命运的重要环节,也为他进一步的"远行",探求更具神秘色彩与异质性的"他者"开辟了新的路径。

经过旅行书写的沉淀与思索,《羽蛇》可以被看作劳伦斯探索伦理关系构建过程最为完整的表达,尤其是他者问题在其中的显现。依托墨西哥具有强烈而原始地方色彩的全新语境,以及以印第安"羽蛇"之神复归的线索,劳伦斯通过女主人公凯特自我探寻过程中与他者的遭遇,来反映其身上折射出的伦理维度。凯特对自我内在性维度的反思与觉醒构成了其与诸多他者元素构建伦理关系的基础。在列维纳斯看来,他者具有无限性和异质性,是"自我界限的一个挑战,它的超然与内在性相对"(Moyn 251)。而他者以"面孔"显现则是自身觉察到他者的伦理要求,并希望伦理关系具体化。约次姆、西比亚诺以及卡拉斯所领导的宗教都以各自神秘、先验的方式挑战凯特作为整个欧洲文明主体的象征。自我构建与自身同他者的遭遇过程同步,因为只有伦理关系的达成才能实现个体内在精神体验的确证,以实现真正的个体化。而这种贴近心灵而非物质维度的个体化以及差异性的确证也印证了列维纳斯语境中真正的具有辩证性的伦理关系。在小说中,劳伦斯通过以宗教、情感等具有仪式化色彩的形式引出他者,以表征他者的内在性与先验性本质。

如果说《羽蛇》及酝酿其生成的一系列小说及旅行书写,是劳伦斯强调他者在伦理关系中的问题化与重要意义,那么晚期劳伦斯以绘画为代表的艺术实践转向,以及向以其最初写作语境——诺丁汉伊斯特伍德矿区为代表的英国社会本土的回归探索可以为其伦理问题本质探究提供一些线索。从理想性的改革与探索,回归到原始语境直面问题,劳伦斯将伦理思考与艺术创作紧密结合的愿望更加迫切。对现代主义绘画的分析,尤其是对塞尚画作真实性所揭示出的伦理维度的思考,让劳伦斯对于

结　论

艺术创作所具有的如天平一样颤动,却揭示另一种真实性的道德关系充满信心。与此同时,以《查泰莱夫人的情人》为代表的晚期小说从独一存在体出发,试图从共通体这一本体维度出发揭示并建构伦理关系的理想模式。

绘画作为劳伦斯晚期创作整体的重要实践场域,与小说伦理实践互相影响渗透。从对现代主义画家作品的分析,到自己投身到绘画创作的过程中,劳伦斯进一步思考艺术所具备的可以呈现真实关系的能力,包括人与人以及人与世界等。一方面,他分析了英国在以绘画为代表的视觉艺术上的失败源于对旧道德的妥协;另一方面,劳伦斯认为塞尚的作品将客体复原到审美反应中,确立了一种超越我们的有限而主观的视觉的实在性的合法地位(Fernihough, *Aesthetics and Ideology* 3)。劳伦斯从绘画中所感受到的不可见性,与其小说中一直致力于展现的个体经验的杂多性,他者与个体间的动态关系一脉相承。劳伦斯的绘画观点与艺术批评打开了其小说话语中不曾打开的空间。艺术所能赋予这种本真伦理关系的直观性被劳伦斯提炼了出来,为其小说伦理本体维度的探索奠定了坚实的基础。

劳伦斯的最后一部小说《查泰莱夫人的情人》可以看作劳伦斯对伦理本体维度探索的定论之作。在这部作品中,伦理探究与小说创作实现了最大程度的统一。劳伦斯化身成德勒兹语境下的"巫师",把其对工具理性的思考融汇到小说人物的塑造中。克里福德成为"欲望机器"之典型,经验型生存伦理的对立面,其所象征的绝对主体的理性与内在的封闭性本质成为南希语境的共通体的对立面。在克里福德身上,个体呈现的本质意义就是其本身,并无外展与意义的分享,这也是所有现代个体的症结所在。以身体层面的交流与自省构成了"触碰"式个体间关系的主要形式,身体成为个体间进行交流的真实物质载体。与此同时,身体作为经验载体的这种"能指性"与"对话性"保留了互为他者的个体间的不可渗透性,被劳伦斯用于表达与精神、理性相对应的"非知"状态的场域。在此基础上,劳伦斯否定了个体经验被标签化和系统化,因此也必然否定了个体经验的同一性。劳伦斯更希望构建的是具有独一性和异质性的个体间以能指身体进行对话的和谐共在。独一个体以独立与差异的形式外展自身的分联模式,构成了维持共通体之共性的友谊纽带,强调一种沟通意义上的本体论生存状态。劳伦斯从以他者构成透视伦理问题的视角,到回归本土,通过语言、情感等主题和元素构建新的共通体,实现了个体内在性经验的确认,令他者在独白与对话之间实现一种弥合。因此,共通体既突出了他者的异质性,同时也从对他者的过分强调过渡到个体间关系本身的关注。

面对现代工业社会的伦理危机,劳伦斯的小说创作过程一直围绕如何化解和重新构想伦理问题展开,其小说创作过程同对伦理问题的思索与建构过程一致。从《虹》和《恋爱中的女人》开始,劳伦斯通过生存个体的塑造强调以个体生命维度的"内在体验"抵抗科学引导下的工具理性和传统道德观,进行小说伦理基础的探究。因此,劳伦斯语境下的伦理具有一种开放的内涵,而不是预先建立的、绝对性的设定。以《羽蛇》为代表的旅行体阶段的小说全方位地展现了劳伦斯从多维度的"他者"为切入点,建构"互为他者"的个体间关系,以实现个体间经验层面的互通有无,具有差异性、先验性和动态性的个体关联可以作为理想的伦理关系的一种模式。在回归原始的创作语境之后,《查泰莱

结 论

夫人的情人》中独一个体所构成的"共通体"模式则体现出劳伦斯在个体间的差异性伦理与整体性之间的一种调和。从新型伦理基础的构建、伦理问题的呈现直至伦理关系本体的探问，整个伦理建构过程体现出了利维斯认为劳伦斯所具有的"道德严肃性"。这是一种对于英国文化与社会的现状与未来充满积极心态的责任感。而劳伦斯延续"伟大的传统"的方式却是解构颠覆已然满目疮痍的旧道德，通过具有伦理自反性的小说作为手术，去植入新的、重新给予现代人活力与生存意义属性的新道德。

劳伦斯小说中伦理维度的构建与展现可以体现其创作思想中所涵盖的生存论意义上的哲学意味，同时贯穿整个创作生涯的伦理诉求具有一致性与系统性。解构与建构并置的伦理诉求，在一定程度上契合了现当代法国思想家巴塔耶、列维纳斯、南希和德勒兹等人的差异哲学观。一方面，"他者"、"面孔"、"内在体验"、"共通体"以及"身体"等当代哲学或伦理学概念为阐释劳伦斯的作品提供了理论支撑；另一方面，在围绕这些话题的探讨中，劳伦斯在小说中将这些观点语境化与直观化，使其伦理内涵维度的辩证性更加突出。小说为伦理学观点的展开提供了可能性场域与对话空间，体现了劳伦斯作品所具备的未来属性，即当代意义。劳伦斯小说的伦理维度在一定程度上呼应了当今伦理学界的重要议题，包含情感伦理、人工智能伦理、动物伦理、生态伦理、环境伦理及人类世伦理等。以他者、共通体为特征的伦理观照也为当代伦理话题的进一步思考提供了重要线索。

沃森笔下的"局外人"劳伦斯在多样的文化语境、丰富的艺术媒介之间游走探索，试图在其创作中找寻那条失落于工业文明之外的伦理线索。在不同的学科语境之间，劳伦斯同当代伦理学家分别针对尚未发生的与后现代语境之前的"现代主义"事件进行反思,构成了文学与哲学的一次历史性交汇,对今后现代主义文学与哲学的跨学科研究同样有一定的建设性意义。在当代伦理学的观照下,劳伦斯的这些为世人所熟悉的经典小说再一次发出新声,质问与挑战当下读者们惯常的意识与知识,何为伦理,伦理为何。而这也许也是经典作家与作品不断被品味、改编和阐释的意义所在。

参考文献

英文文献

Acheson, James. "Schopenhauer, Nietzsche and D. H. Lawrence's *Women in Love*." *Journal of European Studies* 50.1(2020): 7-16.

Adamowski, T. H. "Character and Consciousness: D. H. Lawrence, Wilhelm Reich, and Jean-Paul Sartre." *University of Toronto Quarterly* 43.4 (1974): 311-334.

Albright, Daniel. *Putting Modernism Together: Literature, Music, and Painting*. Baltimore: John Hopkins University, 2015.

Alexander, Edward. "Thomas Carlyle and D. H. Lawrence: A Parallel." *University of Toronto Quarterly* 37.3(1968): 248-267.

Alford, C. Fred. "Emmanuel Levinas and Iris Murdoch: Ethics as Exit?" *Philosophy and Literature* 26.1 (2002): 24-42.

Allan, Jonathan. A. "Lady Chatterley's Green World: A Frygian Reading of Lady Chatterley's Lover." *Canadian*

Review of Comparative Literature 47.2 (2020): 143-157.

Alldritt, Keith. *The Visual Imagination of D. H. Lawrence*. London: Edward Arnold, 1971.

Asher, Kenneth. "Emotions and Ethical Life in D. H. Lawrence." *The Cambridge Quarterly* 40.2 (2011): 101-120.

---. *Literature, Ethics and the Emotions*. Cambridge: Cambridge University Press, 2017.

Auden, W. H. *The Dyer's Hand and Other Essays*. New York: Random House, 1962.

Bakhtin, Mikhail. *The Dialogic Imagination*. Trans. Carly Emerson and Michael Holquist. Austin: University of Texas Press, 1981.

Banerjee, A. "D. H. Lawrence's Discovery of American Literature." *The Sewanee Review* 119.3 (2011): 469-475.

Barnes, David. "Mexico, Revolution, and Indigenous Politics in D. H. Lawrence's *The Plumed Serpent*." *Modern Fiction Studies* 63.4 (2007): 674-693.

Becket, Fiona. *D. H. Lawrence: The Thinker as Poet*. London: Macmillan Press, 1997.

---. *The Complete Critical Guide to D. H. Lawrence*. London: Routledge, 2002.

Bedient, Calvin. "The Radicalism of *Lady Chatterley's Lover*." *The Hudson Review* 19.3 (1966): 407-416.

Bell, Michael. *D. H. Lawrence: Language and Being*.

Cambridge: Cambridge University Press, 2011.

---. "The Metaphysics of Modernism." *The Cambridge Companion to Modernism*. Ed. Michael Levenson. Cambridge: Cambridge University Press, 1999.

Berthoud, Jacques. "The Rainbow as Experimental Novel." *D. H. Lawrence: A Critical Study of the Major Novels and Other Writings*. Ed. A. H. Gomme. Hassocks: Harvester Press, 1978. 53-69.

Bhabha, Homi. *The Location of Culture*. London and New York: Routledge, 1994.

Bhowal, Sanatan. "Lawrence's Concept of Time: A Deleuzian Reading." *Études Lawrenciennes* 48, 2017, www. journals. openedition. org/lawrence/284. Accessed 27. June. 2018.

Black, Michael. *D. H. Lawrence: The Early Philosophical Works: A Commentary*. London: The Macmillan Press, 1991.

Bloom, Harold, ed. *D. H. Lawrence (Modern Critical Views)*. New York: Chelsea House, 1986.

Bonds, Diane S. *Language and the Self in D. H. Lawrence*. Ann Arbor: UMI Research Press, 1987.

Boone, N. S. "D. H. Lawrence Between Heidegger and Levinas: Individuality and Otherness." *Renascence* 69.1 (2016): 49-70.

Booth, Wayne. *The Company We Keep: An Ethics of Fiction*.

Berkeley: University of California Press, 1988.

---. "Introduction." *Problems of Dostoevsky's Poetics*. Ed. M. Bakhtin. Trans. Caryl Emerson. Minneapolis: University of Minnesota Press, 1984. xiii-xxvii.

Booker, M. Keith. *A Practical Introduction to Literary Theory and Criticism*. New York: Longman Publishers, 1996.

Bryden, Mary. *Gilles Deleuze: Travels in Literature*. Basingstoke: Palgrave Macmillan, 2007.

Bostock, Camilla. "Against D.H. Lawrence: St. Mawr, the Nonhuman and the Phantasms of Reading." *Textual Practice* 35.5(2021): 769-786. *Taylor & Francis Online*, https://doi. org/10. 1080/0950236X. 2020. 1737211. Accessed 6 December 2022.

Buber, Martin. "Dialogue." *Between Man and Man*. Trans. Ronald Gregor Smith. New York: Macmillan, 1965. 1-39.

Burack, Charles. *D. H. Lawrence's Language of Sacred Experience: The Transfiguration of the Reader*. New York: Palgrave Macmillan, 2005.

Burden, Robert. *Travel, Modernism and Modernity*. Burlington: Ashgate, 2015.

Burns, Aidan. *Nature and Culture in D. H. Lawrence*. Totowa: Barnes & Noble Books, 1980.

Callow, Phillip. *Son and Lover: The Young Lawrence*. New

York: Stein and Day, 1975.

Carter, Frederick. *D. H. Lawrence and the Body Mystical*. London: Denis Archer, 1932.

Cavitch, David. *D. H. Lawrence and the New world*. London: Oxford University Press, 1969.

Chelliah, S. "Portrayal of Man-Woman Pairs in the Fictional World of D. H. Lawrence: An Analysis." *International Journal on Multicultural Literature* 6.2 (2016): 7-14.

Clark, L. D. *The Minoan Distance: The Symbolism of Travel in D. H. Lawrence*. Tucson: University of Arizona Press, 1980.

---. "Reading Lawrence's American: *The Plumed Serpent*." *Critical Essays on D. H. Lawrence*. Eds. Dennis Jackson and Fleda Brown Jackson. Boston: G. K. Hall & Co., 1988. 118-128.

Chambers, Jessie. *D. H. Lawrence: A Personal Record*. Cambridge: Cambridge University Press, 1980.

Coombes, H., ed. *Penguin Critical Anthologies: D. H. Lawrence*. London: Penguin, 1973.

Cushman, Keith and Michael Squires. *Challenge of D. H. Lawrence*. Madison: University of Wisconsin Press, 1990.

Daleski, H. M. *The Forked Flame: A Study of D. H. Lawrence*. Evanston: Northwestern University Press, 1965.

Deleuze, Gilles and Félix Guattari. *A Thousand Plateau: Capitalism and Schizophrenia*. Trans. Brian Massumi. Minneapolis: University of Minnesota Press, 1987.

Diani, Marco. "The Desert of Democracy, from Tocqueville to Baudrillard." *L'Esprit Créateur* 30.3 (1990): 67-80.

Dillon, M. C. "Love in Women in Love: A Phenomenological Analysis." *Philosophy and Literature* 2.2 (1978): 190-208.

Doherty, Gerald. "Violent Immolations: Species Discourse, Sacrifice, and the Lure of Transcendence in D. H. Lawrence's *The Rainbow*." *Modern Fiction Studies* 57.1 (2011): 47-74.

Fernald, Anne E. "Out of It: Alienation and Coercion in D. H. Lawrence." *Modern Fiction Studies* 49.2 (2003): 183-203.

Fernihough, Anne. *D. H. Lawrence: Aesthetics and Ideology*. Oxford: Clarendon Press, 1993.

---, ed. *The Cambridge Companion to D. H. Lawrence*. Cambridge: Cambridge University Press, 2001.

Fleming, Fiona. "Encountering Foreignness: A Transformation of Self." *Études Lawrenciennes* 47, 2016, www.journals.openedition.org/lawrence/271. Accessed 03 June. 2017.

Game, David. *D. H. Lawrence's Australia: Anxiety at the Edge of Empire*. Burlington: Ashgate, 2015.

Garrington, Abbie. *Haptic Modernism*. Edinburgh: Edinburgh

University Press, 2013.

Gharib, Susie. "The Interweaving of Color and Theme: Purple and Blue in the Works of D. H. Lawrence and Virginia Woolf." *Pennsylvania Literary Journal* 11.2 (2019): 182-189.

Gibbons, T. "'Allotropic States' and 'Fiddle-Bow': D. H. Lawrence's Occult Sources." *Notes and Queries* 35.3 (1988): 338-341.

Gindin, James. "Lawrence, Language and Being." *English Literature in Transition, 1880-1920* 36.4 (1993): 535-539.

Gilbert, Sandra. "Afterward: D. H. Lawrence's Uncommon Prayers." *Acts of Attention: The Poems of D. H. Lawrence*. 2nd. ed. Carbondale: Southern Illinois University Press, 1990. 319-353.

Greenwood, Edward. "Leavis, Tolstoy, Lawrence, and 'Ultimate Questions'." *Philosophy and Literature* 40.1 (2016): 157-170.

Guerlac, Suzanne. *Literary Polemics: Bataille, Sartre, Valéry, Breton*. Stanford: Stanford University Press, 1997.

Gunnarsdottir-Campion, Margaret. "The 'Something Else': Ethical Ecriture in D. H. Lawrence's *St. Mawr*." *D. H. Lawrence Review* 36.2 (2011): 92-110.

Harrison, Andrew, ed. *D. H. Lawrence in Context*.

Cambridge: Cambridge University Press, 2018.

Harrison, Jane Ellen. *Ancient Art and Ritual*. New York: Greenwood Press, 1969.

Hawthorne, Derek. "D. H. Lawrence on the Metaphysics of Life."*Counter-Currents*, September 12, 2013, https://counter-currents.com/2013/09/d-h-lawrence-on-the-metaphysics-of-life/. Accessed 07 July. 2021.

Hidenaga, Arai. *Literature Along the Lines of Flight*. Amsterdam: Editions Rodopi, 2004.

Huxley, Aldous. "Appendix: Introduction by Aldous Huxley to the Letters of D. H. Lawrence."*The Collected Letters of D. H. Lawrence*, Volume Two. Ed. Harry T. Moore. New York: The Viking Press, 1962. 1247-1268.

Humphries, Andrew F. *D. H. Lawrence, Transport and Cultural Transition: "A Great Sense of Journeying"*. Cham: Palgrave Macmillan, 2017.

Ingram, Allan. *The Language of D. H. Lawrence*. London: Macmillan Education Ltd., 1990.

Jenkins, Lee M. *The American Lawrence*. Gainesville: University Press of Florida, 2015.

John, Brian. *Supreme Fiction: Studies in the Work of William Blake, Thomas Carlyle, W. B. Yeats, and D. H. Lawrence*. Montreal: McGill-Queen's University Press, 1974.

Kalnins, Mara. "Symbolic Seeing: Lawrence and Heraclitus."

D. H. Lawrence: Centenary Essays. Ed. Mara Kalnins. Bristol: Bristol Classical Press, 1986. 173-190.

Kermode, Frank. *The Sense of an Ending: Studies in the Theory of the Fiction*. Oxford: Oxford University Press, 1966.

Kessler, Jascha. "D. H. Lawrence's Primitivism." *Texas Studies in Literature and Language* 5.4 (1964): 467-488.

Kiely, Robert. "'Bad Form' in Lawrence's Fiction." *D. H. Lawrence: A Centenary Consideration*. Ithaca: Cornell University Press, 1985.

Krockel, Carl. *D. H. Lawrence and Germany: The Politics of Influence*. Amsterdam and New York: Rodopi, 2007.

Lackey, Michael. "D. H. Lawrence's *Women in Love*: A Tale of the Modernist Psyche, the Continental 'Concept,' and the Aesthetic Experience." *The Journal of Speculative Philosophy*, New Series 20.4 (2006): 266-286.

---. "The Literary Modernist Assault on Philosophy." *Philosophy and Literature* 30.1 (2006): 50-60.

Lawrence, D. H. *Apocalypse and the Writings on Revelation*. Penguin Books, 1995.

---. *The Collected Letters of D. H. Lawrence*, Volume One. Ed. Harry T. Moore. New York: The Viking Press, 1962.

---. *The Collected Letters of D. H. Lawrence*, Volume Two.

Ed. Harry T. Moore. New York: The Viking Press, 1962.

---. "Introduction." *Memoirs of the Foreign Legion*. By Maurice Magnus. Ed. Keith Cushman. Santa Rosa: Black Sparrow Press, 1987.

---. "Myself Revealed." *Late Essays and Articles*. Ed. James T. Boulton. Cambridge: Cambridge University Press, 2004. 177-181.

---. *Phoenix: The Posthumous Papers of D. H. Lawrence*. Ed. Edward D. McDonald. New York: Viking, 1972.

---. *Phoenix Ⅱ: Uncollected, Unpublished, and Other Prose Works*. Eds. Warren Roberts and Harry T. Moore. New York: The Viking Press, 1968.

---. *Reflections on the Death of a Porcupine and Other Essays*. Ed. Michael Herbert. Cambridge: Cambridge University Press, 1988.

---. *St. Mawr and The Man Who Died*. New York: Vintage Books, 1953.

---. "Why the Novel Matters." *Study of Thomas Hardy and Other Essays*. Eds. Bruce Steele. Cambridge: Cambridge University Press, 1983. 191-198.

Lawtoo, Nidesh. *The Phantom of the Ego: Modernism and the Mimetic Unconscious*. East Lansing: Michigan State University Press, 2013.

Leavis, F. R. *D. H. Lawrence: Novelist*. Chicago: The

University of Chicago Press, 1955.

Leith, Richard. R. "Dialogue and Dialect in D. H. Lawrence." *Style* 14.3 (1980): 245-258.

Leone, Matthew. "Art and Ontology." *English Literature in Transition, 1880-1920* 53.1 (2010): 125-128.

---. "The Rainbow & Women in Love." *English Literature in Transition, 1880-1920* 50.4 (2007): 487-490.

Levinas, Emmanuel. *Ethics and Infinity: Conversations with Philippe Nemo*. Trans. Richard A. Cohen. Pittsburgh: Duquesne University Press, 1995.

---. "Signature." *Difficult Freedom: Essays on Judaism*. Trans. Seán Hand. Baltimore: The John Hopkins University Press, 1990. 289-295.

---. *Totality and Infinity: An Essay on Exteriority*. Trans. Alphonso Lingis. Pittsburgh: Duquesne University Press, 1969.

Levy, Eric. P. "Ontological Incoherence in *Women in Love*." *College Literature* 30.4(2003): 156-165.

Levy, Michele Frucht. "D. H. Lawrence and Dostoevsky: The Thirst for Risk and the Thirst for Life." *Modern Fiction Studies* 33.2 (1987): 281-288.

Mailer, Norman. *The Prisoner of Sex*. Boston: Little, Brown and Company, 1971.

May, Todd. *Reconsidering Difference: Nancy, Derrida, Levinas, and Deleuze*. University Park: The Pennsylvania

State University Press, 1997.

Mensch, Barbara. *D. H. Lawrence and the Authoritarian Personality*. London: Macmillan, 1991.

Meyers, Jeffrey. "D. H. Lawrence's 'Lady': A New Look at *Lady Chatterley's Lover*, and *The Letters of D. H. Lawrence*. Volume 3: October 1916-June 1921(review)." *Modern Fiction Studies* 31.2 (Summer 1985): 357-361.

---. "Introduction." *The Legacy of D. H. Lawrence: New Essays*. Ed. Jeffrey Meyers. London: Macmillan Press, 1987. 1-13.

---. "Joyce and Lawrence: Virtuous Immoralists." *Style* 55.2 (2021): 161-171.

---. "Lady Chatterley's Gamekeeper." *Style* 51.1 (2017): 25-33.

Miko, Stephen J. *Toward "Women in Love": The Emergence of a Lawrentian Aesthetic*. New Haven: Yale University Press, 1971.

Milton, Colin. *Lawrence and Nietzsche: A Study in Influence*. Aberdeen: Aberdeen University Press, 1987.

Montgomery, Robert E. *The Visionary D. H. Lawrence: Beyond Philosophy and Art*. Cambridge: Cambridge University Press, 1994.

Morgan, George Allen, Jr. *What Nietzsche Means*. Cambridge: Harvard University Press, 1943.

Moyal-Sharrock, Daniele. "Wittgenstein and Leavis:

Literature and the Enactment of the Ethical." *Philosophy and Literature* 40.1 (2016): 240-264.

Moyn, Samuel. *Origins of the Other: Emmanuel Levinas Between Revelation and Ethics*. Ithaca: Cornell University Press, 2005.

Moynahan, Julian. "Lawrence and the Modern Crisis of Character and Conscience." *The Challenge of D. H. Lawrence*. Eds. Michael Squires and Keith Cushman. Madison: The University of Wisconsin Press, 1990. 28-41.

---. *The Deed of Life: The Novels and Tales of D. H. Lawrence*. Princeton: Princeton University, 1963.

Nancy, Jean-Luc. "On Wonder." *The Gravity of Thought*. Trans. François Raffoul and Gregory Recco. Atlantic Highlands: Humanity Books, 1997. 65-68.

Nietzsche, Friedrich. "On Truth and Lies in a Nonmoral Sense." *Philosophy and Truth: Selections from Nietzsche's Notebooks of the Early 1870's*. Trans. and Ed. Daniel Breazeale. Atlantic Highlands: Humanities, 1979. 79-97.

Oates, Joyce Carol. *The Hostile Sun: The Poetry of D. H. Lawrence*. LA: Black Sparrow Press, 1973.

Oates, Joyce Carol and D. H. Lawrence. "The Hostile Sun: The Poetry of D. H. Lawrence." *The Massachusetts Review* 13.4 (1972): 639-656.

Oser, Lee. *The Ethics of Modernism: Moral Ideas in Yeats,*

Eliot, Joyce, Woolf, and Beckett. New York: Cambridge University Press, 2007.

Pearce, Colin D. "Hierarchy, Beauty, and Freedom: D. H. Lawrence's Response to Techno-Industrial Modernity." *D. H. Lawrence, Technology, and Modernity*. Ed. Indrek Männiste. New York: Bloomsbury academic, 2019. 101-114.

Periyan, Natasha. "*Women in Love* and Education: D. H. Lawrence's Epistemological Critique." *Modernist Cultures* 14.3(2019): 357-374.

Pinion, F. B. *A D. H. Lawrence Companion*. London and Basingstoke: Macmillan, 1978.

Price, Martin. *Forms of Life: Character and Moral Imagination in the Novel*. New Haven and London: Yale University Press, 1983.

Roberts, Neil. *D. H. Lawrence, Travel and Cultural Difference*. Basingstoke and New York: Palgrave Macmillan, 2004.

Royle, Nicholas. *Veering: A Theory of Literature*. Edinburgh: Edinburgh University Press, 2011.

Ryan, Derek. "Following Snakes and Moths: Modernist Ethics and Posthumanism." *Twentieth-Century Literature* 61.3(2015): 287-304.

Schmidt, Michael. *The Novel: A Biography*. Cambridge: The Belknap Press of Harvard University Press, 2014.

Schneider, Daniel. J. *The Consciousness of D. H. Lawrence: An Intellectual Biography*. Lawrence: University Press of Kansas, 1986.

Steinberg, Erwin Ray. "D. H. Lawrence: Mythographer." *Journal of Modern Literature* 25.1 (2001): 91-108.

Stewart, Jack. *The Vital Art of D. H. Lawrence: Vision and Expression*. Carbondale and Edwardsville: Southern Illinois University Press, 1999.

---. "Dialectics of Knowing in Women in Love." *Twentieth Century Literature* 37.1 (1991): 59-75.

Squires, Michael and Keith Cushman, eds. *The Challenge of D. H. Lawrence*. Madison: University of Wisconsin Press, 1990.

Tally Jr, Robert T. *Spatiality*. London and New York: Routledge, 2013.

Taylor, Mark. "The Strange Stimulus of the Forest: Bergsonism and Plantlike Posthumanism in D. H. Lawrence's *Aaron's Rod*." *Modern Fiction Studies* 65.2 (2019): 338-353.

Tindall, William York. *Introduction to The Plumed Serpent*. New York: Alfred A. Knopf, Inc., 1952.

Trotter, David. "The Modernist Novel." *The Cambridge Companion to Modernism*. Ed. Michael Levenson. Cambridge: Cambridge University Press, 1999. 70-99.

Wall, Brian. "Written in the Sand: Bataille's Phenomenology

of Transgression and the Transgression of Phenomenology." *After Poststructuralism: Writing the Intellectual History of Theory*. Ed. Tilottama Rajan and Michael J. O'Driscoll. Toronto: University of Toronto Press, 2002. 245-261.

Wallace, Jeff. *D. H. Lawrence, Science and the Posthuman*. Basingstoke and New York: Palgrave Macmillan, 2005.

Weinstein, Phillip. "Modernism." *The Oxford Handbook of Philosophy and Literature*. Ed. Richard Eldridge. Oxford and New York: Oxford University Press, 2009.

Wexler, Joyce Piell. "Sex isn't Everything (But It Can be Anything): The Symbolic Function of Extremity in Modernism." *College English* 31.2 (Spring 2004): 164-183.

Whitaker, Thomas R. "Lawrence's Western Path: 'Mornings in Mexico'." *Criticism* 3.3 (1961): 219-236.

Woolf, Virginia. "Notes on D. H. Lawrence." *Collected Essays* 4 *Vols*. London: Hogarth Press, 1966, i. 352-55.

Worthen, John. *D. H. Lawrence and the Idea of the Novel*. Basingstoke: Macmillan, 1979.

Wright, Terry R. "Lawrence and Bataille: Recovering the Sacred, Re-membering Jesus." *Literature and Theology* 13.1(1999): 46-75.

Yamboliev, Irena. "D. H. Lawrence's Stained Glass." *Twentieth-Century Literature* 67.1(2021): 1-30.

Zeng, Kui. "Orientalism in D. H. Lawrence's Novelistic Representation of Italy." *Journal of Language, Literature and Culture* 68.1(2021): 1-9.

Zytaruk, George J. "The Doctrine of Individuality: D. H. Lawrence's 'Metaphysics'." *D. H. Lawrence: A Centenary Consideration*. Eds. Peter Balbert and Phillip L. Marcus. Ithaca and London: Cornell University Press, 1985. 237-253.

中文文献

T. S. 艾略特:《评劳伦斯》,蒋炳贤译,《劳伦斯评论集》,蒋炳贤编,上海文艺出版社1995年版,第35—37页。

乔治·巴塔耶:《内在体验》,尉光吉译,广西师范大学出版社2016年版。

——:《色情史》,刘晖译,商务印书馆2003年版。

——:《色情、耗费与普遍经济——乔治·巴塔耶文选》,汪民安编,吉林人民出版社2010年版。

——:《文学与恶》,董澄波译,北京燕山出版社2006年版。

——:《艺术的诞生:拉斯科奇迹》,蔡舒晓译,西南师范大学出版社2019年版。

朱迪斯·巴特勒:《脆弱不安的生命:哀悼与暴力的力量》,何磊、赵英男译,河南大学出版社2016年版。

罗纳德·博格:《德勒兹论文学》,石绘译,南京大学出版社2021年版。

莫里斯·布朗肖:《不可言明的共通体》,夏可君、尉光吉译,重庆大学出版社2016年版。

布鲁姆:《影响的剖析:文学作为生活方式》,金雯译,译林出版社2016年版。

陈博、王守仁:《文学批评伦理转向中的他者伦理批评》,《南京社会科学》2018年第2期,第120—126页。

陈红:《戴·赫·劳伦斯的动物诗及其浪漫主义道德观》,《外国文学研究》2006年第3期,第47—55页。

陈后亮:《西方文论关键词:伦理学转向》,《外国文学》2014年第4期,第116—126页。

德勒兹:《批评与临床》,刘云虹、曹丹红译,南京大学出版社2012年版。

德勒兹、加塔利:《资本主义与精神分裂(卷2):千高原》,姜宇辉译,上海书店出版社2009年版。

杰夫·戴尔:《一怒之下:与D. H. 劳伦斯搏斗》,叶芽译,浙江文艺出版社2016年版。

——:《人类状况百科全书:杰夫·戴尔评论集》,王和玉译,浙江文艺出版社2021年版。

丁礼明:《劳伦斯现代主义小说中自我身份的危机与重构》,博士论文,上海外国语大学,2011年。

爱·摩·福斯特:《先知者——小说家》,王偑中译,《劳伦斯评论集》,蒋炳贤编,上海文艺出版社1995年版,第33—34页。

彼得·盖伊:《现代主义:从波德莱尔到贝克特之后》,骆守怡、杜冬译,译林出版社2017年版。

格洛登、克雷斯沃思、济曼:《霍普金斯文学理论和批评指南:第2版》,王逢振等译,外语教学与研究出版社2011年版。

参考文献

高速平:《D. H. 劳伦斯的"完整自我"观及其文学表征》,博士论文,北京外国语大学,2017年。

——:《劳伦斯的"完整自我"探析》,《外国文学》2017年第6期,第41—48页。

海德格尔:《林中路》,孙周兴译,上海译文出版社2004年版。

于尔根·哈贝马斯:《现代性的哲学话语》,曹卫东译,译林出版社,2011年。

韩智浅:《罪恶书写的交流功能:论乔治·巴塔耶的文学观》,《理论界》2018年第3期,第94—99+93页。

黑马:《文明荒原上爱的牧师:劳伦斯叙论集》,新星出版社2013年版。

侯维瑞:《现代英国小说史》,上海外语教育出版社1985年版。

胡继华:《差异冒险和文化转向——评〈重审差异〉》,《国外理论动态》2003年第3期,第42—45页。

尤金·W. 霍兰德:《导读德勒兹与加塔利〈千高原〉》,周兮吟译,重庆大学出版社2016年版。

伽达默尔:《美学与诗学——诠释学的实施》,吴建广译,北京大学出版社2013年版。

蒋虹:《批判、借鉴与升华:〈圣·莫尔〉与〈安娜·卡列尼娜〉比较研究》,《解放军外国语学院学报》2012年第1期,第86—90,126页。

D.H. 劳伦斯:《查泰莱夫人的情人》,杨恒达、杨婷译,上海三联书店2014年版。

——:《道德》,《灵船》,吴笛译,上海人民出版社2012年版,第290页。

——:《道德与小说》,《劳伦斯读书随笔》,陈庆勋译,上海三联书店 2007 年版,第 25—31 页。

——:《给小说动手术或者扔一颗炸弹》,《劳伦斯读书随笔》,陈庆勋译,上海三联书店 2007 年版,第 39—44 页。

——:《虹》,黑马、石磊译,上海三联书店 2014 年版。

——:《〈为恰特莱夫人的情人〉辩护》,《劳伦斯读书随笔》,陈庆勋译,上海三联书店 2007 年版,第 218—251 页。

——:《劳伦斯论美国名著》,黑马译,上海三联书店 2006 年版。

——:《恋爱中的女人》,黑马译,译林出版社 1986 年版。

——:《人的秘密》,杨小洪等译,上海人民出版社 1989 年版。

——:《谈小说》,《劳伦斯读书随笔》,陈庆勋译,上海三联书店 2007 年版,第 1—16 页。

——:《蛇》,《灵船》,吴笛译,上海人民出版社 2012 年版,第 155—159 页。

——:《小说为什么重要》,《劳伦斯读书随笔》,陈庆勋译,上海三联书店 2007 年版,第 17—24 页。

——:《羽蛇》,彭志恒、杨茜译,中国文联出版公司 1994 年版。

——:《伊特鲁利亚人的灵魂》,何悦敏译,上海人民出版社 2016 年版。

劳伦斯、萨加:《世俗的肉身:劳伦斯的绘画世界》,黑马译,金城出版社 2011 年版。

F.R.利维斯:《伟大的传统》,袁伟译,三联书店 2002 年版。

李为民:《〈查泰莱夫人的情人〉三部文稿中性描写的差异与表征》,博士论文,上海外国语大学,2010 年。

李维屏:《劳伦斯的现代主义视野》,《外国文学研究》2008 年第 4

期,第 44—49 页。

李晓岚:《论劳伦斯小说的情感表现》,博士论文,东北师范大学,2013 年。

李勇:《苹果的苹果性——D. H. 劳伦斯笔下的塞尚及其对跨媒介研究的启示》,《浙江社会科学》2021 年第 11 期,第 132—140 页。

列维纳斯:《从存在到存在者》,吴蕙仪译,江苏教育出版社 2006 年版。

——:《总体与无限:论外在性》,朱刚译,北京大学出版社 2016 年版。

刘洪涛:《新中国 60 年劳伦斯学术史简论》,《南京师范大学文学院学报》2013 年第 4 期,第 8—15 页。

刘须明:《是天使还是恶魔——从劳伦斯研究中的女权主义论争谈起》,《当代外国文学》1999 年第 1 期,第 128—134 页。

陆建德:《启蒙精神的正统信仰——从〈洛丽塔〉和〈查泰来夫人的情人〉说起》,《世界文学》1999 年第 3 期,第 290—304 页。

戴维·罗宾逊:《尼采与后现代主义》,程炼译,北京大学出版社 2004 年版。

罗旋:《边界区域中的对抗与对话——D.H.劳伦斯墨西哥小说殖民话语研究》,博士论文,西南大学,2015 年。

苗福光:《生态批评视角下的劳伦斯》,博士论文,山东大学,2006 年。

阿拉斯戴尔·麦金太尔:《追寻美德:道德理论研究》,宋继杰译,译林出版社 2011 年版。

杰弗里·迈耶斯:《D.H. 劳伦斯传记》,朱云译,南京大学出版社 2020 年版。

让-吕克·南希:《解构的共通体》,夏可君编校,郭建玲等译,上海人民出版社 2007 年版。

——:《无用的共通体》,郭建玲、张建华、夏可君译,河南大学出版社 2016 年版。

——:《素描的愉悦》,尉光吉译,河南大学出版社 2016 年版。

——:《肖像画的凝视》,简燕宽译,漓江出版社 2015 年版。

尼采:《哲学与真理》,田立年译,上海社会科学出版社 1993 年版。

聂珍钊:《文学伦理学批评:论文学的基本功能与核心价值》,《外国文学研究》2014 年第 4 期,第 8—13 页。

牛红英:《野蛮人的朝圣之旅——论 D. H. 劳伦斯的乌托邦思想》,《外国文学研究》2015 年第 5 期,第 120—129 页。

牛莉:《在解构中重逢和谐的曙光——从生态女性主义视角解读〈查泰莱夫人的情人〉》,《西安外国语大学学报》2014 年第 3 期,第 104—108 页。

理查德·E. 帕尔默:《诠释学》,潘德荣译,商务印书馆 2012 年版。

斯拉沃热·齐泽克:《事件》,王帅译,上海文艺出版社 2018 年版。

阮炜、徐文博、曹亚军:《20 世纪英国文学史》,青岛出版社 1998 年版。

孙周兴:《未来哲学序曲:尼采与后形而上学》,上海人民出版社 2016 年版。

隋晓荻:《现代化状况与主体性自由:现代主义文学的伦理向度》,《外国文学评论》2013年第4期,第170—183页。

汪民安:《巴塔耶的神圣世界》,《国外理论动态》2003年第4期,第41—47页。

——:《乔治·巴塔耶的色情和死亡》,《读书》2004年第2期,第157—165页。

王恒:《列维纳斯的他者:法国哲学的异质性思路》,《江苏社会科学》2004年第3期,第6—8页。

王嘉军:《文学的"言说"与作为第三方的批评家——列维纳斯与文学批评之一》,《文学评论》2017年第31期,第25—34页。

王薇:《心中的天堂,失落的圣地——劳伦斯的"拉纳尼姆"情结评析》,《国外文学》1997年第4期,第41—45页。

王佐良、周珏良:《英国二十世纪文学史》,外语教学与研究出版社1994年版。

马克斯·韦伯:《新教伦理与资本主义精神》,于晓、陈维纲等译,生活·读书·新知三联书店1987年版。

魏宁海:《从法国尼采主义到后现代差异理论的文化延伸》,《南京师大学报(社会科学版)》2016年第6期,第55—62页。

约翰·沃森:《劳伦斯:局外人的一生》,石磊译,上海书店出版社2012年版。

武伟:《历史的维度:D. H. 劳伦斯〈虹〉中的三个空间性隐喻》,《英语文学研究》2020年第2期,第76—86页。

闫建华:《劳伦斯诗歌中的黑色生态意识》,博士论文,上海外国语大学,2010年。

杨国静:《伦理》,外语教学与研究出版社 2020 年版。

杨金才:《中国文学伦理学批评学术成就之我见》,《外国文学研究》2016 年第 5 期,第 33—40 页。

叶秀山:《试论尼采的"权力意志"——尼采哲学探讨之三,兼论尼采的哲学问题及其在哲学史上的地位》,《浙江学刊》2002 年第 3 期,第 5—12 页。

曾利红:《双重意识与文本变异——民族和文化地理学视域下的 D.H.劳伦斯作品解读》,上海大学出版社 2017 年版。

弗雷德里克·詹姆逊:《詹姆逊文集(第 5 卷):论现代主义文学》,苏仲乐、陈广兴、王逢振译,中国人民大学出版社 2010 年版。

张浩军:《论勒维纳斯的他者理论》,《世界哲学》2015 年第 3 期,第 21—28 页。

张能:《反谱系学、多元体与非地域化——德勒兹"块茎说"的伦理学阐释》,《湖北师范大学(哲学社会科学版)》2022 年第 1 期,第 146—153 页。

张涛:《劳伦斯研究在中国》,《社会科学动态》1999 年第 9 期,第 6—9 页。

张一兵:《意蕴:遭遇世界中的上手与在手——海德格尔早期思想构境》,《中国社会科学》2013 年第 1 期,第 132—150,20 页。

张驭茜:《从身体到艺术——让-吕克·南希哲学思想中的美学呈现》,《文艺争鸣》第 4 期,第 29—34 页。

张正萍:《解构与思想的未来——读〈解构的共通体〉》,《文化与诗学》2008 年第 2 期,第 359—363 页。

张中:《文学:从真理到政治——后马克思主义与文学理论的当代性问题》,《天府新论》2015年第5期,第47—54页。

赵天舒:《从文学的介入之用到文学的无用之用,试论巴塔耶的文学观》,《文艺理论研究》2021年第4期,第129—137页。

周玉忠:《文坛凤凰的斑斓色彩——劳伦斯小说文体研究》,博士论文,上海外国语大学,2008年。

祝昊:《关于生存理想的言说——论D. H. 劳伦斯的神话书写》,博士论文,南开大学,2014年。

后　记

　　每到落笔时，总有感怀。

　　在本书的结尾，我由衷地感谢所有读者的耐心阅读。这本书的完成，不仅是本人近年来学术探索和思考的结晶，也离不开许多人的无私支持与帮助。

　　伦理作为文学研究中的一个重要话题，是人性、道德和社会关系的反映。通过对伦理话题的深入研究，人们可以更好地理解人类情感的丰富性，思考个体与社会、自我与他者之间的纷繁关系。在当今这个节奏快捷、瞬息万变的时代，文学作为一面镜子，可以为我们呈现出生活的多样性和复杂性。早在古希腊时期，亚里士多德在《诗学》有关悲剧定义的论述中就揭示了文学与伦理学之间的紧密关联。文学作品可以被看作伦理思想的一种呈现方式。现代主义作家则以其作品反映伦理问题较为丰富与复杂的面向。劳伦斯作为其中的一员，以自己独特的笔触和深刻的洞察力，反映出个体的内在体验和外在的生存现实之间的动态关系，为读者呈现出一个别样多彩的"活生生"的世界。本书尝试从劳伦斯小说中提取伦理问题的线索，探讨他对个体、个体间关系的思考。通过对《虹》《恋爱中的女人》《羽蛇》《查泰莱夫人的情人》等作品的研读和分析，我希望读者能够更好地理解劳伦斯作品中体现的伦理观点和其他关乎当下的重要议题,并关注到劳伦斯文学创作和伦理思考的一致性。劳伦斯的小说不仅仅是艺术的表达,更是对人的内在体验、生存关系的深刻思考。小说中围绕情感、生态、动物的探讨对于当今人工智能伦理、动物伦理和人类世等相关重要伦理议题有很强的借鉴意义。

我想特别感谢江苏省社会科学基金后期资助项目和南京航空航天大学外国语学院"外语教学与立德树人研究中心"对于本书慷慨资助的支持,它们使我得以结合前期的博士论文内容,放心专注于本书稿进一步的研究。感谢我在南京大学的博士导师杨金才教授在博士论文写作阶段和书稿修改过程中提出的宝贵建议,帮助我不断推进、完善研究思路以及形成其中一些重要的观点。

感谢书中引用、提及的所有国内外劳伦斯专家和学者。他们让劳伦斯研究不断地丰富与发展,同劳伦斯的作品一样,焕发着持久的生命力。是他们研究中的不懈探索及其著作中的真知灼见照亮了研究的前路。借着这光亮,后继者才会有前行的勇气和信念。

感谢本书中提到的现当代哲学家和思想家,尤其是法国哲学家巴塔耶、列维纳斯、南希和德勒兹。这些思想家对总体性哲学的反思、批判,以及在哲学思想构建过程中对于文学的特别关注开辟了文学哲学研究的新路径。他们丰富的论证维度、独异的写作风格和开阔的研究视野为本研究提供了源源不断的灵感。而他们深刻的哲学思考也为劳伦斯的作品找到了新的场域和声音。与此同时,他们的哲学观点、概念在劳伦斯的小说中也得到了具象的呈现与阐释。这种跨学科的对话不仅拓宽了劳伦斯研究本身，也为文学和哲学的交汇提供了有价值的案例。现代大学常常将学科划分得很清晰，但实际上，不同领域之间的交叉和互动能够为思想的发展注入新的活力，正如劳伦斯的作品与伦理学、哲学的互动一样。

感谢南京大学出版社的帮助，尤其是施敏主任的统筹协调还有责任编辑的严谨认真。她们的专业性和责任心，以及在编辑过程中的敦促和建议才让这本书能够如期面世，以尽可能好的方式呈现给读者。

最后，我要感谢所有支持和鼓励我的亲人、师长、朋友和同事，没有他们这本书将无法完成。文学作品的解读本就是主观而具有开放性的。无论面对经典或是新作，身处不同时代的读者都会从各自的经验和视角出发同作品会面，产生不同的理解与感悟。谨希望这本书能够成为一个启发思考的起点，而非终点，引发更多关于文学、伦理甚至人生的讨论，为劳伦斯的作品解读提供一些借鉴。愿所有人在求知的旅途中，像劳伦斯一样，关注生命体验的历程，不断发现新的可能性，拓展自己的视野，与作品交流，与世界对话。

2023 年 8 月于南京